JN211694
オリンポスの
郵便ポスト
The Post at Mount Olympus
藻野多摩夫
イラスト：いぬまち

エリス
火星郵政公社に勤める長距離郵便配達員。
都市伝説であるはずの
「オリンポスの郵便ポスト」を
目指すことになるが――。

クロ
全身を機械の身体に入れ替えた
改造人間《レイバー》。
この星の歴史を見守り、
長い年月を生きていたが――。
私は手持ち無沙汰に、地図を広げた。
早朝にエアリーを発って西に九十キロ程度。
ここから先は本当に未知の世界だ。
街も人もない。
私はふと、頭を上げる。
クロと視線が合う。
彼は私が膝の上に広げた地図に目を落とした。

東の空はすでに艶《あで》やかな赤色に照らし出されていた。
私は一晩を駱駝《らくだ》の足跡を追って過ごしたことになる。
左脚の筋肉は張り詰めて悲鳴を上げていた。
しかし、休むわけにはいかない。
砂の上に残された足跡が風に消されてしまえば、
永久にクロの行方は分からなくなるだろう。

モニターが真っ暗に入れ替わる。
そして、しばらく間を置き、
映し出される映像。
それは私にとって懐かしい顔だった。
『エリス。久しぶり』

「お母さん……お父さん」

Contents

Designed by YOSHIHIKO KAMABE

# オリンポスの郵便ポスト

*The Post at Mount Olympus*

藻野多摩夫

イラスト：いぬまち

前略

お父さん、お母さん。お元気ですか。

私は一応、元気、かな。こんな風に誰かに手紙を宛てるの、随分と久しぶりなことだと思います。ひょっとしたら、急な手紙で驚かせてしまいましたか。

えっと、実は最近、私、面白い人と会ったんです。いえ、恋人とかじゃないですよ。

どこから話をしようかな。えーっと、二人は聞いたことがありますか。

オリンポスの郵便ポスト。

この星に古くから言い伝えられている都市伝説みたいなものです。この赤い大地の遥《はる》か西の果てにあるという「オリンポス山」。その山のてっぺんには郵便ポストがあって、そこに投函《とうかん》した手紙はどこへでも、誰にでも、神様が届けてくれるのだそうです。

そう、たとえ天国へでも。

どんなに会いたくても、もう会うことのできない人。伝えたくても伝えられない言葉。でも、オリンポスの郵便ポストは届けてくれるんです。とてもロマンチックな話ですよね。誰がいつ、言い出したのかは分かりませんが、信じている人、結構多いみたいです。

私が出会った彼もそんな一人でした。

その彼と一緒に過ごした百九日間の旅。その始まりは小さな郵便局からでした。

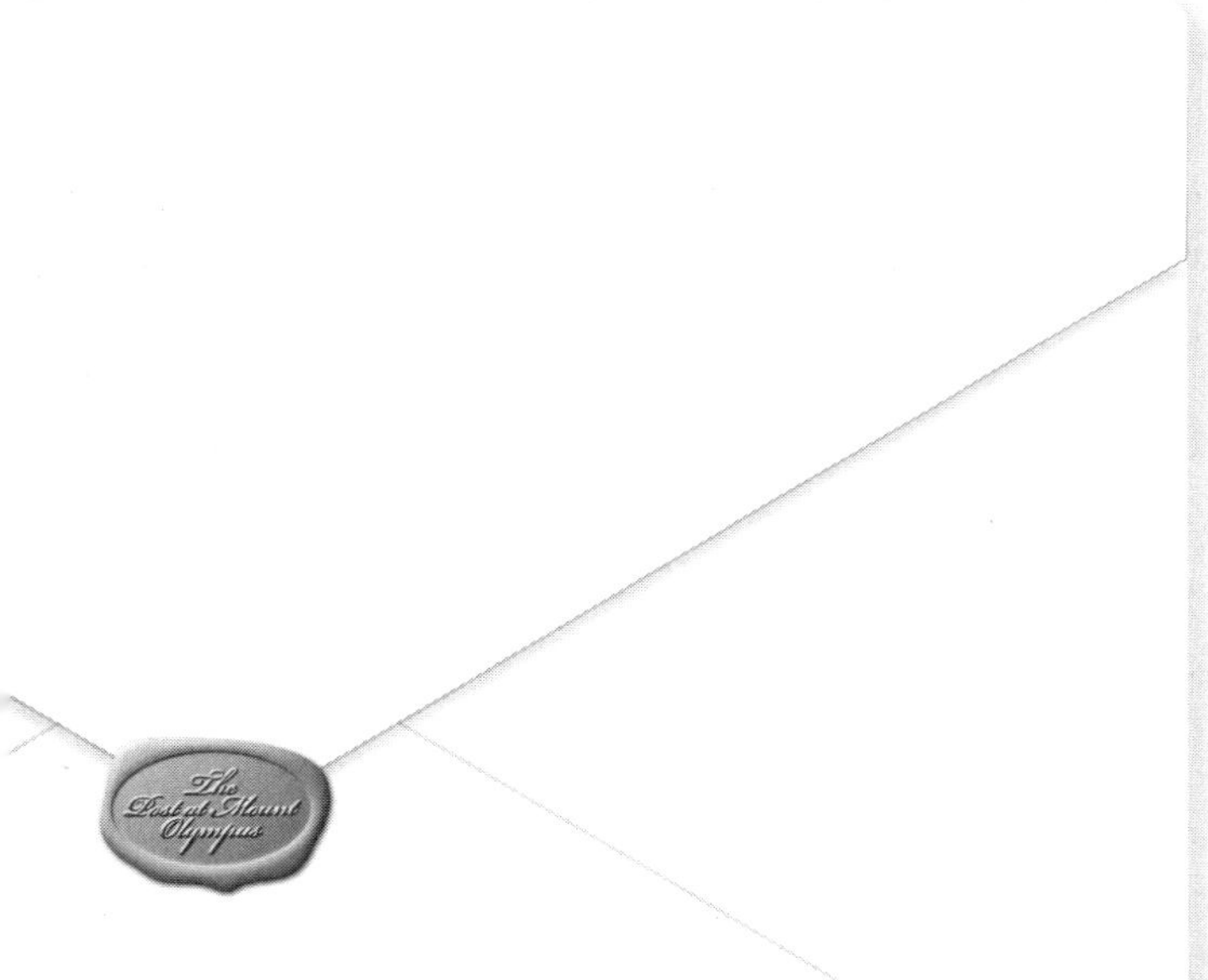


# *1* 宛先不明便

乾ききった大地に吹き荒れる赤い砂埃《すなぼこり》は、この地の代名詞だ。

ひび割れた地面をローバースクーターの四輪タイヤが削り取る。巻き上げられた真っ赤な砂《さ》塵《じん》が舞い上がり、くるくると空中に輪を描いて踊った。

正面から吹き付ける強めの風と無骨なエンジン音。それだけが荒野をたった一人で走り続ける私の相棒だった。

草木の一本も見えない。地平線のずっと先まで、ずっと見渡す限りの赤い荒野。そこに忽然《こつぜん》として穿《うが》たれた巨大な窪《くぼ》地がいくつもあった。その大小はさまざま。数十メートルくらいの小規模なものから数キロにも及ぶものまで、色々な大穴が口を開いている。それは草木も生えない不毛の地に、神様が気まぐれに描いた落書きにも見える。遡ること四十億年も昔、遥《はる》か宇宙を旅してきた小隕石《いんせき》群がこの大地に降り落ちて大地を抉《えぐ》った、その傷痕だ。

遮光ゴーグル越しに、私は西の空に目を遣《や》る。

日中でも一際《ひときわ》目立って瞬《まばた》く二つの星が見える。高度六千メートルと二万メートルの軌道に浮かぶこの星の二つの衛星、フォボスとダイモス。そして、この時期にはよく見える特別な星もある。日が沈めば、いつものように蒼《あお》い星が東の空から昇るはず。

それはこの星とは全く対照的な水と緑に囲まれた星。私たち人類にとって生まれ故郷でもある星――地球だ。そして、いま、私が立つこの星は同じ太陽系の第四惑星。

燃えるような赤い大地から「火星」と名付けられた。

やがて地平線の先に大きな石壁が立ち塞がるのが見え、ようやく私は安堵《あんど》する。

荒涼とした赤い平原の真ん中にぽつんと佇《たたず》む城塞都市。過去に造られた防砂壁も今では大部分が朽ち果て、石門の部分だけが不格好に取り残されている。でも、それだけに愛着もある。

そう、あれは一週間ぶりの我が町。エアリーだ。

今回は随分と長旅だった。だから、今はとにかく、我が家のことが恋しい。

「あーあ。早くお風呂《ふろ》入りたい……」

ロ－バースクーターのサイドミラーに、全身砂埃《すなぼこり》をかぶったみすぼらしいわが姿が映る。

エアリーはこの星では五本の指のうちに入る大都市だ。とは言っても、市中心部でも人口はたった五万人。街全体を取り囲むのは西欧の城砦《じょうさい》を思わせる防砂壁。一世紀以上も昔に建てられたものだが、そこかしこに小さな穴が穿《うが》たれ、深く抉《えぐ》られている箇所もある。内戦中の銃痕だ。内戦終結から十数年余り。その生々しい傷跡は今でも到《いた》るところに遺《のこ》されている。

巨大な石門のゲートを潜ると、そこからは真《ま》っ直《す》ぐに赤煉瓦《れんが》の敷かれた目抜き通りへと続く。通りに面するのは、無粋な石壁に囲まれただけの四角いブロックのような平屋住宅。草木もほとんど生えないこの不毛な大地で唯一、石と砂だけが無限に手に入れられる資源なのだ。

夕暮れ時、広場には白いテントが並び、恒例のマーケットが開かれていた。そこに並ぶのは地下水を汲《く》み上げた小さな農場で育てられた小ぶりの果物や野菜。だが、それらは概して驚くほど値が張る。水の張った樽《たる》に浮かんでいるのは養殖の砂トカゲの肉片。見た目はグロテスクだが、火で炙《あぶ》れば、香ばしい薫りとともに肉汁を滴《したた》らせる。私たちにとっては安価で蛋白質《たんぱくしつ》を得られる貴重な栄養源だ。ぐうと、お腹《なか》が鳴った。私は誘惑に抗《あらが》いながら、大通りを真《ま》っ直《す》ぐ、ローバーを郵便局に向けて走らせた。


お父さん、お母さん。

私が長距離郵便配達員《ポストマン》に配属され、もうじき四年になります。火星全土にある百近い集落《コロニー》と都市を結ぶ郵便網。一つの街から街までは最大で一千キロ。何もないこの星の乾いた大地をローバースクーターで数週間かけて巡り、あちこちにある郵便ポストから手紙を回収して、郵便局の集配センターまで届けるのが私の仕事です。最初はすごく大変なことも多かったけど、今では人と人とをつなぐ大事な仕事だと胸を張っています。

多くの人が言います。この星は死に向かっていると。

最初の人類がこの火星の地に入植を開始したのは今から二百年も昔のこと。大気圧は地球の1%にも満たず、年間の平均気温は氷点下四十度という極寒地獄。生命の存在を許さない過酷な環境も、人類の永住の地へと改造《テラフォーミング》しようという無謀とも思える壮大な試みは多くの時間と資材、そして開拓民たちの犠牲を要求しました。それでも、多くの苦難を乗り越えて、この星は豊富な海を湛《たた》えたかつての姿を取り戻しつつありました。

しかし、崩壊はその矢先に起きました。八十年前。未曾有の大災害と、それに続く半世紀に及ぶ内戦の混乱――。すでに入植を終えた大小百近い集落を結んでいた交通網は寸断され、通信施設も破壊されました。電子メールはもちろん、有線による電話も使えなくなりました。今では、手紙だけが人と人とを結ぶ貴重な伝達手段です。

深刻な問題はそれだけではありません。通信施設が破壊されたせいで、この半世紀、地球からの通信が途絶えたままです。通信施設を修復する技術力は戦後のこの世界には残されていません。この八十年で新たな入植者はいません。

そして、つい数年前にとある研究者からもたらされた気象論文が追い打ちをかけるように、私たち人類に衝撃と絶望を与えました。

それは恒星から吹き付ける太陽風によって、年間三十トンものこの星の大気が宇宙の外へと流出しているというものでした。地球や金星のような分厚い大気層を留め置くのにはこの惑星はあまりにも小さく、重力が弱すぎたのです。このままでいけば、百年後か数百年後か、大気を失ったこの星は再び死の惑星へと戻ってしまうのだそうです。衰退した今の人類の技術では、自らの手で空気を造り出すことはできません。地球からの連絡が途絶えたまま、救いを求めることも、この星から逃げ出す術も私たちにはありません。

その研究者は論文の最後にこう書いて締めくくりました。

――この星の惑星改造《テラフォーミング》の夢は失敗に終わった、と。

「ああ、エリスさん。お疲れさま」

三日ぶりに帰ってきた働き者の従業員を温かな言葉で出迎えてくれたのは、受付窓口に座る黒髪の女性。受付嬢のアリスは私より二つ上、私にとってはお姉さんのような存在だ。

「あれ、誰もいないの。局長は？」

夕暮れ時の時間帯だというのに、お客さんどころか、ほかの従業員の姿も見えない。

「皆さん、ちょうど出払っているところですよ。ブラン局長は部屋で接客中ですけど」

「ふーん」

事務室の奥にある局長室のドアを一瞥《いちべつ》し、私は机の上にぱんぱんに膨らんだ郵便鞄《かばん》を置いた。さっさと引き継ぎ用の資料を書いて、今日は帰って寝よう。アリスが淹《い》れてくれた冷たいお茶を一気に飲み干して一息をつくと、私は鞄《かばん》を開いて収集してきた手紙の整理を始める。

「ええ、またぁ」

一通の封筒に、作業する手が一瞬止まる。

「どうしたんですか、エリスさん」

怪訝《けげん》そうにアリスが顔を覗《のぞ》き込《こ》ませた。私が手紙の宛先を見せると、彼女は納得した様子で頷《うなず》いた。

「ああ。また、オリンポスの郵便ポストですか。最近増えましたね。ほら、見てくださいよ」

にこにこ笑いながら、棚からビスケットの缶ケースを下ろした。蓋を開けると、そこに詰まっていたのは赤い紐《ひも》で縛られた手紙の束だった。ざっと数えて、百通近くはありそうだった。

「これ、全部、ここ二年ほどに来たオリンポスのポスト宛ての手紙ですよ」

そのあまりの数の多さに、郵便業務に携わる者としてはため息をつきたくもなる。この全部が悪戯《いたずら》とは思わないいけど、何だかもやもやとした気持ちにさせられる。

——オリンポス。

そう、それはこの星に生きる人間なら、誰でも知っている特別な土地の名だ。

高さ二十五キロ。西の果てにあるという霊峰・オリンポス山。その山体のスケールは直径六百二十四キロもある。その背丈は金星最大のマスクウェル山のほぼ倍、地球のエベレストが相手なら三倍近く。太陽系最大とも言われる正真正銘の超巨大火山だ。

けれども、オリンポスの郵便ポストという住所は実際には存在しない。そもそも、その一帯にポストが設置されているという話は聞いたことがない。少なくとも、現在の火星郵政公社の集配コースには含まれていない。そもそも、あの辺りには街も村もない。かつては大きな街が麓にあったらしいけど、それも遥《はる》か昔の内戦を経て、今は廃墟《はいきょ》しか残されていないはずだ。

宛先が存在しない手紙はいわゆる、宛先不明便となって、規則では最寄りの郵便局で二年間保管し、差出人が回収に来ない限りは保管期限終了後に破棄されることになっている。

見れば、宛先に書かれた文字はまちまちだ。子供が書いたような拙いものや、高齢の人が書いたと思わせる達筆な筆跡もある。その一文字一文字に想《おも》いが込められているのだろうが、それが宛先に届けられ、読まれることは永遠にない。ただ、この小さな郵便局でビスケットのアルミ缶の中に詰め込まれて、廃棄処分の日を待つだけなのだ。

「亡《な》くなった人に手紙を届けてくれる郵便ポストですよね。すっごくロマンチック。しかも、そのポストはオリンポス山にあるっていうんですから。きっと、この星で一番、天国に近い場所だからなのでしょうね」

相変わらず、アリスはロマンチストだ。その点、リアリストの私とは違う。現実問題として、届きもしない手紙を多くの人が投函《とうかん》する。それが無為に廃棄されていることは、やはり郵便事業に関わる者として看過しがたい。そもそも、郵便ポストまで届けてほしいと、郵便ポストに投函《とうかん》するということがおかしいのだ。都市伝説だか何だか知らないが、ひどく迷惑な話だ。

「それに、今日。少し変わった配達依頼……いえ、依頼人がいらしたんですよ」

「変わった配達依頼？　どういうこと？」

「ふふん。いま、局長が対応しているところだと思いますよ」

アリスは敢《あ》えて説明しようとはしてくれない。悪戯《いたずら》っぽく笑って、事務室の奥にある局長室の扉を指差す。首を捻《ひね》る私の反応を楽しんでいるかのようだった。

「おお。ちょうどいいところに帰ってきてくれたね。エリス君」

ちょうどドアが開き、間からひょっこりと禿《は》げ頭《あたま》のおじさんが顔を出して手招きをした。この郵便局のボスで私の上司、ブラン局長だ。ほら、と言わんばかり、アリスがウインクする。

いつも局長室に入るときは緊張する。だいたい、この部屋に呼ばれる時はお小言を聞かされるか、厄介事《やっかいごと》を頼まれる時なのだ。今日は後者の方らしいことは、部屋に入って即座に察した。

大きな鉄の塊のようなものが、ドアの前で仁王立ちして私のことを見下ろしている。何だろう、この物体。はて、錆《さび》だらけになったロボットか何かに見えるけど……。

「局長。何ですか、このガラクタ。こんなもの室内に持ち込まないでくださいよ」

「ちょ、ちょっと。エリス君！　お客さん《クライアント》に失礼だよ！」

えっ……私はもう一度、そのボロボロになったロボットの顔を見上げた。昔、持っていたゼンマイ式で動くブリキのロボットの玩具に似ているかも。頭部をすっぽりと覆うフルフェイスヘルメット。ゴーグルの奥に二つ点《とも》る緑色の光と目が合った。

「初めまして。長距離郵便配達員《ポストマン》さん」

ロボットらしからぬ凛々《りり》しい声が響く。錆《さ》びついたギアがぎこちなく駆動し、ずんぐりとした巨体がぺこりと私にお辞儀をした。

「うわ！　喋《しゃべ》った！　う、動いた、な、何これ、こ、このガラクタ！」

「だから！　エリス君！　依頼主《クライアント》に失礼だってば」

「へ……依頼主《クライアント》？」

もう一度、私はそのロボットと目を合わせた。海坊主《うみぼうず》みたいな頭がこくりと頷《うなず》いた。

酒樽《さかだる》を連想させるずんぐりとした寸胴のボディーラインから伸びた逞《たくま》しくも、少し不格好な四肢。全身を覆う鋼鉄の装甲は赤錆塗《あかさびまみ》れで、肩から掛けるマントも泥だらけであちこち擦り切れていた。ロボットのホームレス、というのが私の第一印象だった。

「エリス君。彼はレイバーだよ。勿論《もちろん》、知っているよね。この星の黎明《れいめい》期を支えた第一次開拓民の方だ。最近ではほとんど、姿を見かけなくなったけど、君や私が今、ここにいられるのも彼らの苦労があったからこそだよ。だから、決して失礼のないように」

「ジョン・クロ・メールです。よろしくお願いいたします」

クロさんか、と頭の中で勝手に命名する。クロが握手の手を差し伸べる。見た目とは違ってその立ち振る舞いはすごく紳士っぽい。

「郵便配達員のエリスです。初めまして。えっと、さっきはボロっちいガラクタとか言ってすいません。私、いつも見たまま、感じたままをつい口にしちゃう癖があって……」

「だから！　エリス君！　それが余計なんだよ！」と、また、局長に叱《しか》られた。

「いいえ。いいのです。こんな格好をしている私が悪いのですから」

やはり、いい人（ロボット）なんだなと思った。

「あの、ご依頼の配達物を受け取らせていただきます……えっと、郵便物はどちらに」

目にしたところ、クロは小包の類を持っていないようだった。彼は静かに首を横に振った。

「いいえ。配達品は私自身です」

「は……？」

クロと局長の顔を交互に見返した。局長は心得たようにうむ、と頷《うなず》いた。

「エリス君。少し遠くにはなるが、目的地まで彼を送り届けることが今回の仕事だ」

確かに、見れば、彼の両肩には長距離便用の三十ドル切手が十数枚、糊《のり》で貼られていた。どこかに行きたいのなら、自分の足で行けばいいじゃない、と言い掛けたが、あちこち装甲がひしゃげてボロボロになった足を見て、さすがの私も口にするのを止めた。

「……分かりました。ご依頼の品の配達を承りました。それで、宛先と言うのは」

「宛先はオリンポスの郵便ポストです」

耳を疑う。いや、それ以前に、火をつけたやかんみたいに怒りが一気に込み上げた。

「ちょっと、クロさん。悪戯《いたずら》のつもりなら帰ってください！」

「だ、だから！　エリス君！　お客さんにそんな口を利《き》かない！」

局長が慌てたが、私は私で郵便配達の仕事を馬鹿にされたようで退く気もなかった。

「はっきり言わせてもらいますが、ありもしない宛先を書かれてもですね、それは宛先不明便と言ってですね、こちらで廃棄させていただく手筈《てはず》となっておりまして……」

「エリスさんが怒られるのも理解できます。しかし、決して存在しない宛先ではありません。オリンポスの郵便ポストは存在するのです」

「はぁ？　人も住んでいないところに郵便ポストなんてあるわけが……。だいたい、あるとして、オリンポス山のどこにあると言うんですか。言っておきますけど、オリンポス山はそこらへんの小さな丘とは訳が違うんですよ。何十キロもある広大な場所からどう探せと」

「場所についてはおおよそ把握しています。オリンポスの頂上に巨大なカルデラがあります。郵便ポストはそこにあると、古い知人から聞いたことがあります。開拓初期の時代に気象観測所が設けられ、当時は実際に郵便物も配達されていたと聞きます」

そんな話、聞いたこともない。言い返そうとする私に局長が畳みかけた。

「エリス君。彼の言う話は本当だよ。内戦のドタバタで所在不明になったり、存在自体を忘れられたポストもいっぱいあるんだ。今更だけど、会社ではそれを一つ一つ掘り返したいと考えている。それに、エリス君。うちの局内にほかにもオリンポス宛ての手紙は大量に保管されているだろう。その全てを廃棄するのはあまりに忍びない。そうは思わんかね」

宛先が存在する限りは仕事を選ばない。それが私たち長距離郵便配達員《ポストマン》の職業倫理であり、矜持《きょうじ》だ。局長もそれを知っているからこそ、こんな言い方をする。やっぱり、大人って卑怯《ひきょう》だ。

「だいたい、何で私なんですか。ベテランの配達員だっているじゃないですか」

「ふむ。僕としてはエリス君が適任だと思ったから君に頼んでいるんだよ」

「人手不足だから、とかではなく？」

「それは理由の八割程度さ。何しろどれだけの長旅になるのかも分からないし、何が待ち受けているかも分からないからね。その点、エリス君、君は身体だけは丈夫だからね」

随分と意味深な言い方だが、意図する所は理解した。つまりは私のこの特異な身体のことを言っているのだろうが、やっぱり釈然としない。

「それに君は真面目で仕事を途中で投げ出すような人間ではないし、この旅で見聞も広げることができるだろう。大きな仕事をやり遂げることは君自身にとって大きな自信にもなるし、社内での君の評価も高まるはずだ」

「……はぁ」。残りの二割に随分といい加減に詰め込まれた気もするけど。結局、雇われの身である以上、上司に言われたら拒否権なんかないのだ。しぶしぶではないが、私は了承した。

私と局長がやりとりしている間、依頼人《クライアント》は隣で何も言わず、静かに立っているだけだった。別に依頼人のプライベートを探ることは趣味ではないが、事情が事情な以上、私にはどうしても知っておきたいことがあった。

「……クロさん。あなたがオリンポスの郵便ポストに行く理由を教えてください」

私の問いに、おんぼろのロボットは物静かに答えた。

「私は自分の死に場所を探しているのです」

それが八六三五キロに及ぶ、私たちの旅路の始まりだった。

# 2　配達員と労働者

第二次世界大戦の開戦前夜となる一九三八年秋。アメリカ・CBSネットワークのラジオ番組から流された一つのニュースが全米を恐怖に陥《おとしい》れた。

夜八時過ぎ、人々はチャンネルを合わせ、ラジオから流れるオーケストラに聞き入っていた時だった。曲が不意に止まり、鬼気迫るアナウンサーの声に切り替わった。

「ここで番組の途中ですが、臨時ニュースです」

最初の一報は、ニュージャージー州の小さな村に隕石《いんせき》が落ちたというものだった。ニュースは高名な大学教授へのインタビューにつなぎ、隕石《いんせき》は火星表面で起きた爆発現象によって飛来してきたものだと報じた。しかし、現場に向かったスタッフが見たものは、想像を絶する光景だった。それは隕石《いんせき》などではなかったのだ。

円盤型の飛行体の入り口が開き、ぞろぞろと異形の生命体が這《は》い出《だ》すのを彼らは目にした。そして三本の細い足を蜘蛛《くも》の如《ごと》く這《は》わせ、巨大なロボットが現れた。恐慌《きょうこう》状態に陥ったラジオのリポーターの絶叫が全米に流された。

「火星人の襲来です！」

未知の兵器によって武装した軍勢はプリンストンの街を焼き払い、アメリカ合衆国の心臓部であるニューヨークへと進軍を開始。ラジオを聴いた人々はたちまちパニックになった。地元の警察署には電話が殺到し、隕石《いんせき》の落下現場近くでは火星人を退治しようと発砲騒ぎも起きた。多くのニューヨーク市民が避難を開始する一方で、いざ祖国を守らんと義勇兵たちも続々と集結した。ひっきりなしにかかる出動要請に、警察と消防隊も次々と現場へと向かっていった。そして、一時間に及ぶパニックの末、再びアナウンサーが伝えた。とても陽気そうな声で。

「リスナーの皆さま、最後までお聴きいただきありがとうございます。ラジオドラマ『宇宙戦争』は楽しんでいただけましたでしょうか」

ラジオドラマの迫真の演技と演出に百万人以上がものの見事に騙《だま》されたのだ。今でこそとんだ笑《わら》い種《ぐさ》かもしれないが、その端緒をたどるとさらに六十年前にまで遡る。イタリアの天文学者ジョバンニ・スキアパレッリが、ある発見をする。

火星の地図を作製していた彼は火星表面の黒い影の間をつなぐ細い無数の線が複雑に交錯していることに気付いた。当時、その黒い影は植物が自生するエリアだと考えられていた。スキアパレッリはこれを人工的な「カナリ《運河》」と考えた。そして、アメリカの天文学者パーシバル・ローウェルは火星には高度な文明が存在すると主張した。SF小説の大家ハーバート・ジョージ・ウェルズが名著「宇宙戦争」を産んだのもそんな時代背景があったからだった。

時代を考えれば、そんな嘘《うそ》のニュースにも人々がまんまと騙《だま》されたのも仕方ないことかもしれない。膨らんだ頭部から伸びる、デビルフィッシュの触手を思わせる手足。地球の隣にはきっと火星人がいるはずだ――。それは地球の全土を踏破し、開発し尽くした人類にとっては唯一、最後に残されたロマンだったのだ。

そんな人類のロマンがぶち壊されたのが一九七六年のこと。アメリカの無人探査機ヴァイキングが火星に着陸し、その寂寥《せきりょう》とした荒野を初めて写真に収め、地球へと送信した。丘の向こうで手を振る火星人の姿は写っていなかった。

やがて、人々の興味は「火星に生命がいるか」から「かつて存在していた生命の痕跡を探す」ことに移り、そして、最後には「人類が火星に移り住む」ことへと変遷した。

地道な観測の結果、この星が太古の時代に豊富な海と大気に覆われていたことも分かり、さらに二酸化炭素や窒素の分子が土壌に閉じ込められていることも判明した。もし、これを利用して二酸化炭素の濃度が上げることができれば、温室効果によって気温も上昇する。貧弱な太陽光エネルギーを利用するために火星の高度十万キロに三千万トンに及ぶ大がかりな集光レンズを設置する計画が進んだ。幸いにも、火星の南北極には数十億年もの昔から、巨大な氷塊が残り、水に困ることもなさそうだった。植物が自生できるようになれば酸素も生み出されるはずと考えた。

この途方もなく壮大な計画も、全人類があらゆる総力をつぎ込めば、一世紀の間に火星を移住可能に惑星改造《テラフォーミング》することも夢ではない。多国間による巨大プロジェクトが立ち上がり、人類が第一陣となる開拓移民団を死の惑星に送り込んだのが西暦二〇四〇年代の半ばだった。

決して故郷に戻ることのできない片道切符を喜んで手にしたのは「レイバー」と呼ばれる二千人に及ぶ改造人類《サイボーグ》の一団だった。バンアレン帯によって保護された地球とは異なり、磁気帯を持たない火星は太陽風や宇宙放射線に剝《む》き出《だ》しに晒《さら》され、生身の人間が生きていくにはあまりに過酷な環境だった。だからこそ、彼らはその身を鋼鉄の肉体で覆うことを選択した。故郷を捨てた屈強なレイバーたちは来る日も来る日も、働き続け、環境改造に奔走したという。鋼鉄の身体は老いることもなく、病むこともなく、死ぬこともない。食べることも、寝ることもせず、彼らは文字通り、不屈の労働者《レイバー》として働き続けた。一世紀に及ぶ惑星改造を終え、第二、第三の開拓団が続々と火星に移り住むようになってからも、彼らは貴重な労働力であり続けた。しかし、その姿も今ではほとんど見かけることもない。今から八十年前、この星の全土を巻き込む大規模な内戦が勃発し、多くのレイバーたちが兵隊として駆り出されたという。彼らのほとんどは激しい戦火の中で、殉死を遂げたと聞かされている。

そして、開拓時代の終焉《しゅうえん》とともに彼らは歴史の表舞台から姿を消したのだった。

——その絶滅危惧種が今、私の隣に座っているわけなのだが。

ローバースクーターに跨《また》がり、エアリーから赤土の荒野に繰り出してはや半日。日の出から私たちの旅の出発を見届けた太陽も今では西の空へと傾きかけている。私はサイドカーに陣取る鋼鉄の塊に目を遣った。何を話すでもない、話しかけられるわけでもない。寸胴に両腕を組んで、じっと、赤い大地の先を眺めている。やりづらい。この一日、ずっと喋《しゃべ》っていないんじゃないか、私たち。荒野に二人きり。これ以上の沈黙に私は耐えられる自信はなかった。

——私は自分の死に場所を探しているのです。

つい先日、クロが口にした言葉を思い返した。どうして、オリンポスに行くのかと尋ねて返ってきた台詞《せりふ》がこれだ。

さすがに予想もしていない回答だった。重すぎる。いくら何でも、あんなことを言われれば、誰だってドン引きする。私は自殺志願者を届け物で運んでいるのか。あの言葉の真意を知りたい。いや、聞けるわけない。さすがに郵便配達員如《ごと》きが踏み込んでいい話とは思えない。依頼主との距離感を測りかねながら、それでも時間だけが淡々《たんたん》と過ぎていく。

「いやあ、このへん、何もないですねぇ。こうも何もないと退屈しちゃいますよねぇ」

「ええ、そうですね」

「…………」

「…………」

そこで会話は途切れる。何をしているんだろう、私。そして、また気の遠くなるほど長い沈黙が開始された。

私はローバースクーターを止め、鞄《かばん》から地図を取り出した。黄ばみかけた大判の古紙に事細かに記された地形図。コンパスを合わせて距離を測る。首を捻《ひね》った。地形図と目の前に見える景色とで微妙に形が合っていないのだ。密《ひそ》かに慌てた。ひょっとして迷子……？

この星で方位磁石は役に立たない。双極性の地磁気に覆われた地球と違って、火星は磁気帯を持たないからだ。何もない荒野で自分の立ち位置を正確に把握することは困難を極める。

　多くの地図には、ロケーションポイントと呼ばれる目印――例えば、奇怪な形をした岩や窪《くぼ》地《ち》――が記されている。そのロケーションポイントや周囲を取り囲む峰々の形、クレーターの位置から方角も自分の位置も割り出すのがいわゆる「山アテ」。この火星の原野を旅することは古い時代の航海士の仕事にも似ている。地図上から二つの目標物を見つけ、直線で結べば、自分の位置をおおよそ特定することができる。私は地図を見た。およそ三十分ごとにこうしてスクーターを止め、硬鉛筆で地図に走行ルートを線で書き込んでいる。地図を見る限り、この辺りまで来れば、巨大な双子岩が目印に見えるはずだが、それらしいものは確認できない。

　勿論《もちろん》、開拓期の古い時代に記されたものを基にしてつくられた地図なので、小さな岩や地形は風化され、消えてしまうこともある。西方には連綿と山々の峰が続いていたが、地図上に記された標高線と比較すると違和感を拭えなかった。直感が確信へと変わる。

「エリスさん、いかがいたしましたか」

「すいません。ルートがずれたようです。一度、前のポイントまで戻らせてもらいます」

　迷子になったら、来た道を引き返すというのが鉄則だ。これが走り慣れたエリアなら兎《と》も角《かく》、私にとっては未踏の魔境と同じだ。それに、エアリーから西方にはほとんど人が居住する街はないはずだ。遭難したからといって、キャラバン隊に拾ってもらうわけにいかない。

　私はスクーターをUターンさせて引き返そうとする。それをクロが止めた。

「エリスさん。すいませんが、その地図を見せていただけませんか」

クロは私から少し強引に地図を取り上げると、ふむふむと唸《うな》りながら読み込む。そして、手持ちの荷物から半円状に膨らんだものを取り出した。それは、大分使い古されてはいたが、かなり精度の高い羅針盤のように見えた。恐らくは地球製の精密機械だろう。

「クロさん。どうしたんですか。この星では地球みたいに方位磁石は使えないんですよ」

二百年以上もこの星で生きてきて、そんなことを知らないわけがないとは思うけど——。

地図の上に羅針盤を置き、その丸太のように太い手で器用に向きを調整する。そして、羅針盤の赤い針が指し示す方向とは真逆の方角を指差してこう言った。「こっちが北です」

「は？」と、思わず顔が歪《ゆが》んだ。何か高度なジョークかと思ったが、そもそも、冗談を言うような類の人間（？）には見えない。それに、何で地球から持ってきた役にも立たない羅針盤を二百年間も大事そうに持っているのかも分からない。

「やっぱり、ちょっと、おかしい人なのかな……」

「あの、エリスさん。声に出ていますよ」

慌てて、私は両手で口を塞いだ。また余計なことを口から垂れ流してしまった。さすがに、これは怒られるだろうと覚悟したが、クロは相変わらず、肩身が狭そうにサイドカーの座席の中に収まっている。鉄仮面の奥の表情までは分からないが、怒っている感じではない。

「あちらに向かって下さい」。当てずっぽうで言ったような方角を自信満々に指差す。

「あのですね、クロさん。いくら何でも、当てずっぽうに走ったら遭難してしまいますよ」

「大丈夫です。私を信じてください。この星は私にとって庭みたいなものなのですから」

いつもの控えめな態度からはかけ離れた自信に満ちた言葉に、私も頷《うなず》くしかなかった。

彼の指差す方向にスクーターを走らせること十数分。巨大な双子岩が荒野の真ん中で私たちを待ち構えていた。にわかには信じられなかった。私はサイドカーに腰掛けるクロを見た。彼はさも当然のことのように、じっと座って移り変わる景色を見つめ続けていた。

熟練した配達員《ポストマン》でも地形図から自分の座標を読み解くのは至難な業だ。それを彼はあの短時間のうちにいとも簡単に、座標から方角からすべてを読み解いたということになる。

「実はですね、私、昔に、地形図の測量の仕事をしていた時期がありまして」

得意げに鼻を高くするわけでもないが、クロが畏《かしこ》まったようにネタばらしをする。彼は私の前に地図を広げて指差した。入り組んだ黒線で書き込まれた標高線と複雑に交差するように伸びた短い青色の線。古い地図にはよく見るものだが、正直、ほとんど意識したことはなかった。

「多くの人が火星に磁気帯がないと思われていますが、実はそうではないんですよ」

サイドカーから下り、クロは地面の感触を確かめるように、赤土の大地を踏みしめた。

「えっ」と驚く私の顔を少し見て、クロは説明を続けた。

「地球では液体の内核が流動することによって、星一つが大きな電磁石となって巨大な磁場を生み出しています。けれども、この星は遥《はる》か昔に死んだ星です。火山活動もプレートテクトニクスも存在しません。冷え切った内核は固化し、この星ではダイナモ効果による地磁気が生まれることはありません」

荒野の中心で私たちを見下ろす双子岩は十数メートルに及ぶ巨体を空に向かって屹立《きつりつ》させていた。見ようによっては、それは人の形にも似ている。空に向かって拳を突き上げる男と、地面に蹲《うずくま》って嗚咽《おえつ》するもう一人。これが悠久の時の流れの中で自然に生まれたものだと断じるのには、あまりに思わせぶりな姿形をしている。クロは嗚咽《おえつ》する人の足元へと歩み寄った。

「しかし、かつてはこの星も生きていました。流動する液体核が惑星を覆う磁気帯を生み出し、活発な火山活動によって吐き出される二酸化炭素が大地を分厚い大気の衣に覆っていました。今から三十億年も昔の話です。その時代の残滓《ざんし》は今もなお、この大地に刻まれています」

クロが取り出して見せたものは、例の羅針盤。赤い針は二人の巨人に向かって差していた。

「残留磁場と言います。太古の時代の磁気が大地に刻まれて残っています。地球でも化石層に残った残留磁場が過去、数度にわたって起きたポールシフトの証人です。ですが、これは星一つに満ちるものではなく、例えるなら、枯れ果てた砂漠の中に辛《かろ》うじて残る水源帯……オアシスと言ったところでしょうか。勿論《もちろん》、地殻の変動によって、羅針盤の針が常に北を指し示すほど単純なものでもありません。ですが、迷子になった我々に行先《いきさき》を示してくれる大切な道標《みちしるべ》であることには違いありません」

そこまで説明されて、私はようやく地図に複雑に書き込まれた謎の青い線の意味を知った。

「なら、まさか、これが残留磁気の向きってこと……？」

ポイントごとに異なる磁力の向きが事細かに記されているのだ。私は驚きの顔を再び、クロに向けた。この広大な大地を測量しながら巡り、記したのは地形図だけではない。それにはいったい、どれだけの労力と時間を費やしたのだろう。だが、それを成し遂げたのは、今、私の目の前にいるレイバーという人種だ。

その地図に記された記号の意味も私は知らなかった。それが堪《たま》らなく恥ずかしかった。

「今の若い人が知らないのは仕方ないことです。とても微弱な磁力ですから、地球製の精密機でなければ検出することができません。内戦以降は地球製の羅針盤もなかなか手に入らなくなって、こうした磁力線を示した地図も廃れていきましたから」

クロは私の掌《てのひら》に例の羅針盤を載せた。

「どうか、役立ててください」

「え……これを、私に？　でも、いいんですか。これ、大事なものではないんですか」

何しろ二百年もの間、肌身離さず持っていたものだ。

「いいえ。どのみち、私にはもう必要のないものですから」

私の頭にまたあの言葉が過《よぎ》る。――私は自分の死に場所を探しているのです。形見分けのつもりか。思わず口に出そうになった言葉を、羅針盤と一緒にポケットの奥に突っ込んだ。

「それよりも今日はここでテントを張りましょう。次のポイントまでは少し遠いですから。暗くなれば、地形を把握することもできなくなります」

陽射《ひざ》しはまだ、西の空の高い場所にあった。確かに無理をすれば、まだ先に進むこともできるだろう。しかし、地図を見ると、この先は標高線が複雑に入り組み、かなりの悪路を覚悟しなければいけなかった。クロの判断は決して間違ってはいない。むしろ郵便配達員《ポストマン》の私よりもずっと旅慣れている感じで、正直、少し悔しかった。

私はローバーを停《と》めると、日が沈むまでのわずかな時間を利用しようと、ソーラーパネルのアンテナを展開し、西の空に向けた。車体にもバッテリーは搭載されているが、これからの長い旅路を考えると、心許《こころもと》ない。明日からは日中にも太陽光の充電にまとまった時間を取るようにすることを考えなければいけない。

アンテナの設置を終えると、今度はテントの設営に移る。コンテナボックスを開け、キャンピング用の道具を取り出す。しかし、エアリーから用意してきたテントは一人用の辛《かろ》うじて風を防げる程度の簡素なつくりのものだけだった。私は少し困ったが、クロは、自分は外でも大丈夫だと主張した。とはいえ、依頼主《クライアント》様を粗末に扱うわけにはいかない。

「いいのです。我々、レイバーには家も屋根も関係ありません。夜の冷たさも、吹き付ける風も感じません。私たちは二百年も昔、まだこの星の平均気温が摂氏マイナス四十度、空気さえなかった時代に、この荒野でほとんど休みなしに働き続けてきたのですよ」

そう言われたら、私には何も言い返せなくなる。加えて、レイバーは水も食料も何も口にしない。クロは岩の一つに腰を掛けると、そのまま自分まで岩になったかのように動かなくなった。その隣で携帯用食料キットの封を開けるのには少し度胸が必要だった。

ランプに火を灯《とも》して小さな一人用の鍋を炙《あぶ》る。少量の水に固形スープを溶かすだけだ。貧相な食事だが、夜は氷点下近くまで冷え込むこの星の大地では身体を温める料理が一番大事だ。元々は開拓時代に開発されたもので、携行用食料としても優秀。わずか数センチ程度の塊で、一日に必要な最低限のカロリーを摂取できてしまうのだから長旅には欠かすことができない。

私は料理を鍋から小皿に盛りつけ、クロに差し出したが、やはり首を横に振られた。

「あの、お水とかいりますか」「お気遣いなく」

クロは空に広がる星をずっと見ていた。私は居心地の悪さを感じながらも、食事を平らげ、片づけをこなした。その間も、クロは一言も発せず、空を眺めていた。

一息をついたところで、今度は抗《あらが》いきれない生理現象が私に襲い掛かる。こんな時、近場に仮設トイレがあったりしたらどんなに便利だろうと心底思う。だからと言って、こんな荒野の真ん中で無防備に用を足すわけにはいかない。

ローバーの後部ハッチを開き、貯水タンクを確認する。出発時に持ってきた四十リットルの水はそのままほとんど減っていない。けれど、この程度の量なら二十日もしないうちに飲み干してしまうだろう。勿論《もちろん》、空気中の水蒸気を掻《か》き集《あつ》めて濾過《ろか》することもできないわけではないが、この乾いた大地ではそれだけで飲料水になるだけの量を賄うのは望み薄だ。

例えば昔、宇宙開発が始まったばかりの頃の私たちのご先祖様。宇宙ステーションで半年や一年過ごすこともあったと聞くが、その間の水はどうしていたのだろう。人間が一日に必要とする水の量は最低二リットル。それだけの量の水を地上からちまちま運んでいたのだろうか。そうではない。大切なのは「もったいない」の精神だ。身体から排泄《はいせつ》される「水」は一日一・五リットル。それを「リサイクル」できれば、かなりの節水になるではないか。

そんなわけで私は浄化装置を経由させて、携帯用トイレと貯水タンクをパイプでつなげた。今から私が出す水はこれから小さな旅をして、再び私の口の中へと戻ってくるのだ。万歳。恥ずかしいかと聞かれれば、それはもう、すごく恥ずかしいが、幸いにもこんな荒野の真ん中で見ているのなんて石と砂くらいのもの。いや、しまった。クロがいた。

「あの……クロさん。えっとですね……お願いが……えっと、そのですね。すごく心苦しいのですが、後ろを向いてそのまま、私から離れてくれませんか。できるなら三キロくらい」

いきなり年頃の女の子にそんなことを言われて、私が男の人だったら軽く落ち込むと思う。

「え……あの、それはどういう……」。案の定、クロの声は震えた。これで全てを察してくれるような人だったら助かるのだけど、そんなことはきっとないだろう。

「あのですね、その……ごにょごにょ……」

「申し訳ございません、お話が聞き取れません。もう少し大きな声でお願いできますか」

「えっと、その……少しばかり、お花を摘みに……」

「花ですか。こんな場所に咲いているとは思えませんが。それに、もう暗いですから……」

「だからぁ！　おしっこするから、どっか行ってと言っているの！」

私の後ろにあるトイレとポンプを見てようやく気付いたのか、クロは慌てて闇夜の荒野を駆け出した。それからクロが帰ってきたのは一時間経《た》った後。すごく悪いことをしたと思った。

夜は深まり、いよいよ本格的に寒くなってきた。私は分厚い外套《がいとう》を羽織って、小さなランプの火に手をかざして暖をとった。日中との寒暖差は三十度以上。それでも、開拓民たちが直面した過酷な環境と比べれば、ぬるま湯の中にいるようなものだ。

私は手持ち無沙汰に、地図を広げた。早朝にエアリーを発《た》って西に九十キロ程度。悪路であることには違いないが、比較的平坦《へいたん》な場所を走ったので距離を稼ぐことができた。とはいえ、旅はまだ序盤に過ぎない。私は指の先を地図の上に走らせた。現在の場所がマルガリティファー高地。そこから西に延びるのが、恐らくこの旅で最大の難所となるマリネリス渓谷。目指すオリンポスの山は渓谷を西に抜けた先、広大な火山台地の上にある。

ここから先は本当に未知の世界だ。街も人もない。私はふと、頭を上げる。クロと視線が合う。彼は私が膝の上に広げた地図に目を落とした。

「えっと……クロさんはオリンポス山には行ったことはないんですか」

「以前、麓にあるタルシシュで任務についたことがありました。内戦の激しい時期でした」

「タルシシュって……確か内戦で滅んだ街ですよね」

「タルシシュとは旧約聖書に記されている西の果てにあるとされる街です。その由来の通り、この星の西の果てにあるタルシス台地の中心に建設された惑星改造の一大拠点……でした。開拓期にはこの星で最も栄《さか》え、破壊されるまでは軌道エレベーターも稼働《かどう》していました。それが、この星と地球とを結ぶ唯一の玄関口でもありました。しかし、八十年前、未曾有の大災害によって甚大《じんだい》な被害を受けた街は混乱の中で、さらに《紅き蠍《スコーピオン》》の襲撃を受け壊滅しました」

《紅き蠍《スコーピオン》》とは私も少しだけ聞いたことがあった。あちこちで略奪行為を繰り返し、内戦の火種を撒《ま》いた極悪非道な武装集団。その中心は開拓時代を終えて、仕事も居場所も失ってゴロツキになったレイバーたちだったそうだ。《労働者《レイバー》》なのに無職とは、これ如何《いか》に。ふと、私はクロの顔を覗《のぞ》き込《こ》んだ。それに気付いたクロは私の不安を払拭《ふっしょく》するように笑い飛ばした。

「大丈夫ですよ。私は《紅き蠍《スコーピオン》》ではありませんよ。私がタルシシュに招集されたのは、むしろ彼らから民間人を保護するためです」

ちょっとだけホッとした。しかし、考えてみれば、クロのような人が略奪行為に加担するとは思えない。でも、彼が勇猛果敢に悪の組織と戦う姿も想像できない。どちらかと言えば、この人は図書館の奥で一日中、読書に耽《ふけ》るような——荒事とは無縁のイメージだ。

半世紀に及ぶ戦火は、せっかく築き上げたこの星の文明に回復不可能なダメージを与えた。ようやく自然増加の兆候が見えた人口も半分以下に減り、戦争が終結した後もその数字はゆっくりと減り続けている。何百万人も死んだ悲劇も私にとっては現実から離れたどこか遠くのお伽噺《とぎばなし》だった。でも、クロにとってそれは、昨日の夕食のメニューを振り返ることと同じなのだ。

「私、臆病者ですから。逃げて逃げて。怖くてずっと逃げていましたよ」

「でも、民間人を守る仕事だったんですよね」

「ずっと、逃げてばかりでしたから。私には大切なものを守ることができませんでした」

辛気臭い。私は何と言葉を返せばいいか分からない。この人は平気でこちらが反応に困ることを言う。「いいえ、いいえ。そんなことありませんよー」と明るく励ませばいいのか。それはそれで本当に馬鹿みたいだ。私の目の前で腰かけているのは鉄の塊だ。見れば見るほど人間とはかけ離れた造型なのに、話を聞けば聞くほど、人間臭い。

――やっぱり、クロもほかのレイバーみたいに、昔は同じ人間だったのかな。

幾度となく頭の中で繰り返した疑問だ。いや、しかし、いくらなんでも、そんなことをぶつけるわけには。あなた、本当に人間ですか、とはさすがに。

隣でクロがすごく驚いたような様子で私の顔を直視している。最初はその理由が分からなかったが、少し間を置いて考えて、私は慌てて両手で口を塞いだ。

「ひょ、ひょっとして、私また、今の口に出して喋《しゃべ》っていましたか！」

何も言われず、こくりと頷《うなず》かれると、私の頭はまたパニック状態に陥った。

「いえいえ、これはですね、決して悪気があったわけではなくてですね！　じゅ、純粋な疑問が湧いたっていうか……ではなくてですね、その……答えてもらいたいとかじゃなくて……」

「エリスさんはこの鉄の身体が怖いですか」

クロが寂しそうに言う。私は全力で首を横に振った。それがかえって白々しいと思われたかもしれない。だが、クロの声に怒った様子もなく、淡々と糸を手繰るように昔話を語り出した。

「よく勘違いされますが、我々は一度に全身を機械に入れ替えたわけではないのですよ」

首を傾《かし》げる私にクロは拳を握った左腕を静かに持ち上げた。

「最初は左腕でした。火星について三カ月ぐらいした頃でしたか。エリスさんは惑星改造《テラフォーミング》の現場がどのような場所だったかご存知ですか」

首を横に振る私にクロが言う。

「地獄の釜です」

「……地獄の釜？」

「北冠に近いボレアリス平原に全長二百キロを超す巨大な人工クレーターがあります。それを私たちはそう呼んでいます。惑星改造《テラフォーミング》の最初のステップとしてまずはこの星に地球と同じ大気の層を造りだすことを試みました。当時の火星の大気圧は地球の1％にも満たない七ミリバール。そのうち95％が二酸化炭素です。これを百倍に引き上げる。地球で言えば標高三千メートル地点の気圧に相当します。ですが、それだけの量の気体を地球から運び込むことは現実的ではありません。ですから、我々はそれらを現地で調達することを考えました」

クロが右手の人差し指を下に向ける。

「この土です。ご存知の通り、この星は太古、厚い大気層によって覆われていました。その時代の空気は長い年月の中で、多くは太陽風によって吹き飛ばされましたが、その一部は分子レベルに分解され、この土壌の中に溶け込んで残されていると我々は考えました。この星の岩石の多くを構成するのはケイ酸塩鉱物です。岩石は千七百度で溶融し、二千七百度以上で気化し、二酸化炭素と水蒸気、そして酸素を放出します。鉄や銅を掘り起こすように、我々は熱線で大地を穿《うが》ち、焦がし、溶かし、そうやってこの星に大気を満たしたのです」

そして、出来上がったのは巨大な大穴《クレーター》というわけだ。溶かされた岩石はぐつぐつとマグマのように煮えたぎり、巨大な鍋の底に沈む。自然の中にできた溶鉱炉はさながら地獄の大釜。

「岩の中には有害な化学物質も閉じ込められていました。駐屯地の換気装置は十分ではなく、多くの者が肺を病みました。それに、地面を溶かす熱線装置には放射性物質が火種として利用されていました。人間が一生のうちに浴びる放射線量を我々は数日のうちに浴びました。地獄の釜の内部は数百度に及ぶ灼熱《しゃくねつ》地獄でも、その外は氷点下百度を超す極寒地獄。凍傷で指先が壊死《えし》することもあれば、全身に致命的な火傷《やけど》を負うこともありました。内臓は酸化物質を含むこの星特有の砂塵《ダスト》と空から降り注ぐ放射線に蝕《むしば》まれていきました。私の場合、最初は凍傷によって左腕を切断し、代わりに義手をはめました。その後は重機に挟まれ潰された右脚の代わりに鉄の義足をつけました。砂塵《ダスト》を吸い、病んだ私の肺は人工の気管支に差し替えられました。心臓も血脈も骨も、その機能を低下させるたびに、金属と合成樹脂でできた異物が身体の中に差し込まれていきました。そうやって私の身体は次々と私のものではないものによって挿《す》げ替《か》えられ、支配されていったのです。そして、最後まで残ったのはここです」

クロが自らの頭部を指差す。

「ですが、その脳も二十年ほど経《た》って機能低下が起こる前に記憶情報をコピーして半導体に入れ替えられてしまいました。機械の身体には機械の脳の方が、親和性が高いのだと言われました。ですから、いま、私の身体には人間のものは欠片《かけら》の一つもありません。その意味で私はもう人間ではありません。あくまでも、人間だった頃の記憶が、半導体のメモリーの中に刻まれているだけで、私が私であることを証明できるものは何もありません」

あまりに壮絶。自分が自分でなくなる残酷な過程《プロセス》。それを、コンピューターが古いデータを引っ張り上げるように、クロは何の感情の抑揚もなく、ただ淡々と説明する。それがかえって怖い。開拓者——労働者《レイバー》たちは病むことも、死ぬことも許されなかった。彼らは単純に挿《す》げ替《か》え可能な労働力ではないのだ。彼らを火星まで送り届けるため、一人当たりで換算して数百億ドルの経費が掛かっている。だから、簡単に死なれては困るのだ。

でも、それでは単なる奴隷だ。他人から強要された運命に従う必要はない。抗《あらが》えばいい。

「勿論《もちろん》、反乱を企てる者もいました。ですが、そこまでです。抵抗したところで意味がないことを知っていますから、みんな。現実問題として、生身の身体でこの星では生きていけない。身体の一部が壊れ、処置しなければ死んでしまうという状況で示される選択肢はいつも一つだけでした。そもそも地球を発《た》つときに我々に渡されたのは往《ゆ》きの片道切符だけです。いくら抵抗しようとも、我々が地球に帰ることはできない。その手立てがないのです」

　新天地に夢と希望を抱き、人類の未来のために我が身を投げ売った開拓民たち。その強き使命感と英雄的な行動を後世の人々は讃《たた》えた。少なくとも、私はそう聞いている。

「いいえ。夢も希望も、人類への使命感も持った者など一割もいません。何しろ、労働力として世界から掻《か》き集《あつ》められたのはその七割近くが囚人──つまり、刑務所に服役中の犯罪者です。身寄りがない者や懲役期間が百年近い者たちが強制的に選出されました」

　驚いて、私は顔を見上げる。その反応も、きっと予想の範疇《はんちゆう》だったのだろう。クロが静かに頷《うなず》いた。そして、言った。「私もその中のうちの一人ですよ」と。

「嘘《うそ》でしょ。だって、そんな。クロさんが悪いことをするような人には見えな……」

　また、無遠慮に頭に浮かんできた言葉を垂れ流す口を両手で塞いだ。数々の無礼を働くこの口を私は正直、縫い付けてしまいたかったが、でも、クロは少し嬉《うれ》しそうだった。

「そう言ってくれるだけ、私も少し気持ちが楽になります。私の生まれた国は文化統制の厳しい国でした。私が逮捕されたのは十七歳の時。日が昇りきらないような早朝、突然、武装した警官隊が家の中に押し寄せて、私は拘束されました。そして、その日のうちに裁判にかけられ、私は収容所に送られました」

　十七歳、と聞いて私はぎょっとする。自分と同じ歳《とし》だ。

「罪状は、国体と公共に対する騒擾《そうじょう》を煽動《せんどう》する文物の頒布、というものでした。国の治安当局によって禁止されている海外の小説の翻訳作業——学校の研究会の活動で古いイギリスの小説を翻訳し会報に掲載したことが、軍権政府の掲げる国粋主義に触れたのです。特に、私が翻訳したものは戦争を主題としたものだったので、当局も無視できなかったのでしょう。国家騒《そう》擾《じょう》に関わる政治犯は私の国では罪が重く、私は百五十年の懲役を言い渡されました。ちょうど、その頃でした。多国間による火星移住計画が第一陣の入植者の公募を始めたのは」

当時から移住計画は二度と地球には戻って来ることのできない片道切符だと皆が知っていた。当然、手を挙げる希望者の数は定員に届くものではなかった。そこで各国で裏取引が行われたらしい。経済状態が悪化していたクロの国の軍権政府は経済支援と引き換えにまるで使えなくなった玩具《おもちゃ》を売り飛ばすように、数百人規模の政治犯をその人類の一大プロジェクトに送り込んだのだという。

私はクロに尋ねた。彼の逮捕のきっかけとなった古い小説のタイトルを。

「ハーバート・ジョージ・ウェルズの《宇宙戦争》です」

クロは自分で言って笑っていた。十九世紀に書かれた、蛸《たこ》に似た姿をした火星人がロンドンを襲撃するというお話だ。人類がまだ、この宇宙で隣人の存在を信じて疑わなかった頃の古典だ。それにしても、火星への移住計画が持ち上がる時代に、火星人襲来のお話をわざわざ翻訳して捕まるなんて、なんて捻《ひね》くれていた青年だったのだろう。そして、まさか、その自分が火星に送られるとは、随分と運命の皮肉が効いている結末だと、自嘲交じりにその当人が言う。

「あの日以来、私は家には帰っていません」

クロは呟《つぶや》いて、夜空を見上げた。その空の闇の向こうに、彼の故郷である青い星が瞬《まばた》いていればよかったのだけど――。

「そうなんですか……それじゃあ、家族は……」

「塗装工だった父と母。そして姉にはまだ幼い姪《めい》っ子がいました。家族には最後まで迷惑をかけっぱなしでしたね。私が逮捕されて両親はすっかり老《ふ》け込《こ》んでしまいました。姪《めい》っ子はセイラと言うのですが、まだ五歳でした。何をする時もいつも、私の後ろについてきて可愛《かわい》い子でした。きっと立派に成長して……結婚もしたのかもしれません」

立派に成長も何も、もう二百年も昔の話じゃない、とは言えなかった。

「逮捕の前日。寝室を覗《のぞ》き込《こ》んだ時に見せてくれたあどけない寝顔を見たのが最後でした。それから会っていません。元気にしているのでしょうか。それだけが唯一の気掛かりです」

家族のことを話すその時だけ、彼の言葉に感情がこもっているような気がした。この二百年の間に起きたことをあれだけ冷静に、客観的に振り返っていた人がどうして。二百年も経《た》って、まだ、自分の家族があの空の向こうで生きていると、信じられるのだろう。

でも、同時に私は少し安心した。凄惨たる過去を淡々と的確に振り返る彼は少し機械のようだった。一方で、私は彼の中にまだ眠っている人間的な何かを見つけたような気がした。

だから、私は彼にある提案をすることにした。

「クロさん。それなら手紙を書いてみませんか」

「……手紙？」

「そうです。セイラさんに手紙を」

「いや、しかし。手紙を書くと言っても、地球まで届くわけが……」

「私たちが今、どこに向かっているのか、もう忘れたのですか。オリンポスの郵便ポスト。神様がどこへでも手紙を届けてくれるという魔法のポストですよ」

驚いたのか、それとも呆《あき》れられたのか。その表情を私は読み取れることはできないが、彼はしばらく動かなくなり、長考した様子を見せた。何を迷うことがあるのだろう。

「まだ、時間はたっぷりとありますよ」。強引に押して、ようやくクロは頷《うなず》いた。

「分かりました。手紙なんて久しく書いたことがありませんでしたが……挑戦してみます。エリスさん、申し訳ございませんが、ペンと便箋《びんせん》はありませんか。あと、切手も」


お父さん、お母さん。夢を見ました。古い古い、ずっと昔から見ている夢です。

それは星が空からいっぱい落ちてきたあの日——。古びてセピア色に変わり果てた記憶の中で、唯一、あの日の見たものだけが未《いま》だに深く胸に傷痕のように刻み込まれています。

七歳のころでした。私は星が見るのが好きでした。火星の空からはたくさんの星たちが見えました。特に、砂塵嵐《ダストストーム》が通り過ぎたばかりの夜には、空気が澄んで、空一面に宝石箱のような煌《きら》めきを映し出します。満天の空に、一際《ひときわ》、明るく瞬《まばた》く星がありました。

地球です。お父さんとお母さんが生まれた星。地球には火星にはない、水でいっぱいの海や木々で埋め尽くされた森もあると聞きました。でも、この星だって、惑星改造《テラフォーミング》を頑張れば、私が大人になるころには火星も地球に負けない緑と水の豊かな星になるだろうと。お父さんはいつも言っていましたね。

だから、あの空の向こうに見える地球が、この星の未来の姿。そんなことを考えると、私の胸は弾みました。その時です。綺麗《きれい》に瞬《まばた》く流れ星が横切るのが見えました。

それも一つだけではありませんでした。空を覆い尽くしたのは無数の箒星《ほうきぼし》の群れでした。まるで、空から全ての星が零《こぼ》れ落《お》ちるかのよう。何もない火星の大地に光の雨のように降りしきりました。前にお父さんに教えてもらった流星群――それは宇宙を旅する彗星《すいせい》の置き土産なんだと。神秘的な光景を前に、私の胸はますます高まりました。

でも、それは間違いでした。あの日、空から落ちてきたのは星そのものでした。遥《はる》か北東の遠く、山の向こうに流星が連なるようにして落ちてきました。その一瞬。東の空が血のような真紅に染まり、燃え上がりました。そして、少し遅れて鼓膜を貫くような轟音《ごうおん》が風を震わせました。それでも、星はさらに落ち続けました。東から、西から、襲い掛かる爆音に私は耳を塞ぐしかありませんでした。怖くなって、お父さんとお母さんを呼びましたが、その声も爆撃の中に押し潰されてしまいました。それから数分もしないうちに、大地を薙《な》ぎ払《はら》うように巨大な衝撃波が押し寄せてきました。

人も、街も。すべてが暴風に飲み込まれ、炎に焼き尽くされました。それは一瞬の出来事でした。そして、それがこの星の受難の歴史の始まりでした。

## 二日目

翌朝。日の出前に私たちは出発した。

気温三度。吐く息が白くなる。防寒着を着込み、私はスクーターに跨《またが》る。これで日中はまた三十度近くまで上がるのだから嫌になる。夜間のうちに溜《た》まった真っ赤な砂埃《すなぼこり》を排気筒が一気に吐き出し、分厚い四輪タイヤを駆動させてスクーターが走る。

相変わらず、クロは口数が少なかった。それでも、昨日までとは違って重苦しい空気ではなかった。サイドカーでクロは膝の上に紙を広げて、一生懸命、何か下書きをしているようだった。邪魔したら悪いと思い、声を掛けなかった。推敲《すいこう》する時間なんて山ほどある。胸のうちに溜《た》まった想《おも》いは二百年分。もしも、クロが郵便ポストの入り口に入らないほど、分厚い手紙を書いてしまったらどうしようとか、私は余計な心配をしていた。

日が昇り、赤土の荒野を照らす。気温も急激に上がり、私は防寒着を脱ぎ捨てる。頃合いを見計らい、私はスクーターを停《と》め、地図を広げる。もらった方位磁石と、ペンとを手に、地図の上にルートを書き込む。旅は思った以上に順調だった。これならば、あと数日のうちにこの高原地帯を抜けることができそうだ。

「おや、これは……」

クロが何かに気付いたように、スクーターの運転席を指差した。彼が興味を示したのはコンソールに搭載した古めかしいカセットデッキだった。地球でも古い時代に用いられていた磁気テープを使ったアナログの記録メディアだ。大気中にマイクロレベルの微小なダストが舞うこの星では、光学ドライブを用いたデジタルメディアよりも耐久性の面で重宝されている。とは言っても、今のこの星の技術レベルではその両方とも、故障したドライブの修理はできても、改めて新品を製造することはできないのだが。

「え……これですか。元々は地図データの読み出しに使っていたものらしいですよ。でも、もうほとんど使っていませんよ」

「今でも動きますか」

「ええ……定期メンテナンスは受けているので、たぶん……」

「それならば、申し訳ありませんが、これをかけてみてはくれませんか」

何故《なぜ》か、クロの声が嬉《うれ》しそうに弾んでいた。彼が小さな荷物の中から取り出したのは、さらに古めかしいカセットのテープだった。表面は汚らしく黄ばみ、ラベルの文字も消えてもう読めない。私は言われるまま、デッキにカセットを挿入し、再生用のスイッチを押した。

しばらくの沈黙の後。ノイズの向こうから聞こえてきたのはピアノの鍵盤を叩《たた》く音と引き込まれるように美しい歌声。せせらぎにも似た緩やかな音程の中に時折、垣間見せる芯《しん》の強さを感じさせる強い女の人の声だ。劣化し、擦《かす》れきった音色はしかし、私の胸に深く突き刺さった。

真っ青な泉のように透き通った音色は荒涼とした赤い大地とは対照的だった。

「古い地球の歌です。火星に持ってくることができた私物なんて、これくらいです」

「綺麗《きれい》な歌声……思わず聞《き》き惚《ほ》れてしまいそう」

「双子の兄妹《きょうだい》のユニットです。妹の方は若くして亡《な》くなりましたが。ああ、でも良かった。再生できるデッキが故障して、ずっと聴けませんでしたから。あ、迷惑でしたでしょうか」

私は首を振って答えた。

「迷惑だなんて。何だか音楽を聞くと、元気が出てくる感じがします。ほら、郵便配達の仕事なんて孤独との戦いみたいなものだから。ずっと、一人で、何もない大地を駆けるだけだから。時々、すごく寂しくなって、嫌になるんです」

「そうですよね。私も、旅の間は何度もこの曲に励まされましたから分かりますよ」

「クロさんは元々、エアリーの人ではなかったのですか」

「以前はエリシウムにいました。エアリーまではキャラバン隊に同伴して来ました」

「エリシウム……大きな街ですよね。私も以前、住んでいたことがありましたよ。とは言っても、ずっと病院に入っていただけなんですけど」

「何か大きな病気でも？」

「小さい頃《ころ》に大きな怪我《けが》をしまして……リハビリも兼ねて。でも、今は大丈夫ですよ。それからは、郵便配達の仕事をすることになって、エアリーの郵便局に配属されました」

「お若いのに立派です。では、ご家族とは」

「ええ、ちょっと……今は事情があって両親とは別々に暮らしていて……」

「それは寂しいですね」

嘘《うそ》は言っていない。ちっぽけな罪悪感から私は目を逸《そ》らした。

「そうですね……もう何年も会っていませんから。夜寝る前に少し思い出したりしますね」

「ああ、それなら、エリスさんもご両親に手紙を書かれてはいかがでしょう」

クロの提案に、私ははっと気づかされる。

「手紙か……そうですね。この旅が終わったら、書いてみることにします。ああ、でも、何を書けばいいんだろう。ずっと会っていないから何を書けばいいか。頭に浮かばないです」

「そうです、そうなんです！　私も先ほどからずっと考え込んでいるのですが、ちっとも言葉が浮かんでこないのです。伝えたいことは山ほどあるのですが、いざ、ペンをとってみると、考えが纏《まと》まらなくて。手紙って書くの、難しいですよね」

クロの膝の上に広げられたノートには、時節の挨拶から何度も何度も書き直したような跡が残っていた。確かに私も、もう何年も人が書いた手紙を届ける仕事をしているが、自分が手紙を書くようなことは数えるほどしかない。

「それならこの旅で、お互い一緒に考えませんか。手紙に何を書くのかを」

そう言いながら、クロは少し嬉《うれ》しそうだった。その間もスピーカーからは音の割れたメロディーが絶え間なく流されていた。ずっと会えない恋人に宛てたラブソングだった。運命が二人を分かつ。いつか再び会えることを信じて——。歌の中の彼女が恋人に宛てて手紙をしたためるシーンを私は勝手に想像した。そんなこと、歌詞には一つもないのに。

大丈夫だよ。きっと会えるよ、きっと。だから信じて前を向こうよ。私はカセットテープの歌姫に心の声でエールを送った。

——それはこの世界で独りぼっちになった私自身に対する励ましの言葉でもあった。

再び、私はスクーターを停《と》める。目の前には大地を穿《うが》つ巨大なクレーターが口を開いて待っていた。私は三度、地図を見返したが、該当するような地形は記されていなかった。と、なれば、地図の測量後にこの場所に隕石《いんせき》が落ちたということになる。規模からすれば、落ちたのは一メートルにも満たない、小石みたいなものだろう。私はスクーターの座席の上に土足で立ち上がって、双眼鏡を手に覗《のぞ》き込《こ》んだ。思った通り、地図に記されない大小のクレーターがおもちゃ箱をひっくり返したように、あちこちに散らばって広がっていた。

「八十年前の隕石嵐《メテオストーム》の跡ですね」と隣でクロが言った。

「改めて見ると、やっぱりすごいですね」

似たような大災厄の痕跡はこの星のあちこちで見られる。古い地図と比較すると、山一つが消え、地形そのものが変わってしまっていることも少なくはない。

「八十年前。一晩に数百から数千の隕石《いんせき》がこの地に降り注ぎました。いわゆる《彗星の夜《コメットナイト》》です。多くの開拓集落が壊滅し、大気中に巻き上げられた粉塵《ふんじん》が全土を覆いました。まるで、この星全体が巨大な砂塵嵐《ダストストーム》に襲われたように、太陽の光は遮られ、急激な気温の低下を招きました。当然、各地の植物用プラントは壊滅し食料不足に陥り、政情も混乱しました。結果としてこの星の全土を巻き込む内戦に発展するまで時間はかかりませんでした」

私は何も言わず、クレーター原を迂回《うかい》するルートを取った。

この星の文明の時計は数百年のレベルで逆戻りした。その端緒とも言える《彗星の夜《コメットナイト》》。しかし、なぜ一夜で数千の隕石《いんせき》が一度に降ってきたのか、その災厄の原因は今なお、はっきりしない。その後の混乱で原因調査どころではなくなったというのが実情だ。ただ、昔からこの災厄が人為的に引き起こされたものではないか、というのが巷《ちまた》での共通理解だ。

その推論は、軌道から外れた小惑星群が流れ星となって、この星に降り落ちたというものだ。では、何故《なぜ》、百単位に及ぶ小惑星が軌道を外れたのか。火星が回る外側、木星との間の軌道を周回する小惑星帯は、かつて一つの岩石惑星になり損ねた無数の星の欠片《かけら》の集まりだ。当時、レアメタルやヘリウム3などの資源獲得を名目に地球側が開発を進めていた事実もある。当時の技術ならそのうちの一部の軌道を人為的に修正することも、決して不可能なことではない。

何かの事故か、はたまた明確な悪意を持った攻撃か。問いただそうにも、地球と唯一、交信できていた通信施設も、隕石《いんせき》の下敷きになってしまった。あれからもうじき一世紀、地球側からの接触は未《ま》だない。この星は見捨てられたのだと、今ではみんなが信じるようになった。

もう、今更、知るすべもない真実なんてどうでもいい。あの日見た悪夢を思い起こさせるような場所になんかにずっといたくはなかった。だから私は逃げるように、ただ無心にひたすらスクーターを走らせた。そうやって日が沈み、また昇る。それが幾度も繰り返され、旅は続く。

## 二十四日目

数度のルート変更を求められながらも、私たちの旅はここまでは順調だった。

この日、私たちは偶然にも荒野の真ん中で珍しい見つけ物をした。最初に気付いたのはクロだった。彼は歌姫の声に聞き惚《ほ》れながら、じっと地平線の先を見つめていた。

「あちらに何か落ちているみたいです」。ふと指差す先は進行ルートからはやや外れた方向。私も同じ方角を見たが、何も見つけられなかった。

「どのくらいの場所ですか」

「二キロほど先です」

さすが改造人間《サイボーグ》。どうせ誰かがハンカチか家の鍵でも落としたのだろうと、無視していこうとも思ったが、クロがどうしても気になるというので、しぶしぶハンドルを切る。数百メートル近づいてようやく影が見える。それはハンカチや家の鍵よりも大きそうに見えたが——。

「っていうか、人間じゃないですか！」

地面に蹲《うずくま》って倒れているのは私と同じくらいの年の女の人に見えた。赤と黒を交互に織り交ぜた特徴的なキルト生地は今では珍しい遊牧民特有のものだ。火星を第二の地球にしようと進められた開拓時代。火星に地球を模写した自然サイクルを再現しようと、各地に疑似的な農場や牧場が造られた。自然の営みから糧《かて》を得ることが尊ばれ、彼ら異星の遊牧民もその過程で生まれた。勿論《もちろん》、内戦の始まる前の話だ。今ではレイバーと同じくらいの絶滅危惧種だ。

「大丈夫、息はあります。熱中症のようです」

クロが女の人に近づいて、手首の脈をとる。私は慌ててソーラーパネルアンテナを展開させ、その下に日陰をつくって、女性を運んだ。黒髪の似合う、地球で言うところのアジア系の顔立ち。きっと、歳《とし》も私とそう変わらない。シートの上に寝かせ、額に濡《ぬ》れタオルを当てる。

二十分ほどでようやく少女が目を覚ます。私と、それと特にクロのことを見て、すごく取り乱して驚かれた。それでも、水を渡されて一気に飲み干すと、すぐに落ち着いたようだった。

「どうもありがとうございます……なんとお礼を言えばいいのか分かりません」

少女の名前はセリと言った。ここから少し離れた場所にキャンプを持つ遊牧民のようだ。

「しかし、なぜ水も食料も持たずにこんな荒野を一人で歩いているのですか」

——自殺行為ですよ、とクロは口では言わなかったが、彼女の行動はとても正気の沙汰とは思えなかった。そのことは本人も重々、承知しているのだろう。セリは顔を落とした。

「ユウが……まだ小さい弟が家から飛び出して帰ってこないんです」

私とクロは互いに顔を見合わせた。子供の家出……？　こんな荒野に？　それこそ自殺行為だ。

「えっと……セリさん。弟さんがどちらに行かれたのか分かりますか」

「オリンポスの郵便ポストに行くと言っていました」

まさか、その名が遊牧民の少女の口から出てくるとは思わなかったので私もクロも驚いた。何か事情がありそうだけど、今は一刻も早く急いだ方がいいだろう。私は温度計を覗《のぞ》く。気温三十二度。この日差しでは、その子もお姉さんと同じように行き倒れているかもしれない。

「でも、どうやって探そう。子供の足ならそう遠くへは行かないと思うけど……」

「以前、ユウに聞かれたことがあるんです。オリンポスの郵便ポストがどこにあるのかって。その時、私。お日様の沈む方角だって教えたんです。だから……」

「そうですね。この先に子供のものらしい足跡が西に向かって伸びているのが見えます」

「クロ。ここからだと、どのくらい」

「三キロくらい先のところです」。いったい、クロの視力はいくらなんだろう。ここから西と言うと、ちょうど、あの小山を越えていこうとしているのかもしれない。

「いけない。あそこの山は野生の砂トカゲの生息地なんです！」

セリの顔が青ざめる。砂トカゲと言えば、元々は開拓時代に食料として遺伝子改良された品種だ。この星では数少ない蛋白源《たんぱくげん》として広く養殖もされている。しかし、その野生種となるとかなり狂暴なものらしい。石だろうと砂だろうと、自分たちの仲間だろうと、目に見える物は何でも食べてしまう。

「とにかく、急いだ方がいいでしょう。セリさんはこちらに座って身体を休めてください」

クロがサイドカーの席をセリに譲る。クロはどうするのだろうと思ったら、時速十五キロで走るローバーの後ろをジョギングしながらついてきた。見た目の印象とは裏腹に、アスリートも顔負けの見事なストライドとピッチだと思った。これで疲れ知らずなのだから、自分一人でも半年くらいかければオリンポス山まで歩いて帰ってこられるのではとも思ってしまう。

「私とユウの母はユウがまだ小さい頃に亡《な》くなりました。父は出稼ぎに行ったきり、ずっと帰ってきません。私たちは祖母と三人きりで暮らしてきました。昔は集落に十数組の家族もいましたが、今は私たちだけです。皆、ロバや羊を売って、都会へと出ていきました」

ユウはまだ七歳。やんちゃ盛りの少年がそんな孤独な生活に耐えられるとは思えない。

「オリンポスの郵便ポストの話は昔、お父さんから聞きました。亡《な》くなった人に天国まで届けてくれるというお伽噺《とぎばなし》。元々は遊牧民の集落がまだ大きかった頃、旅のレイバーの方から聞いた話だそうです。勿論《もちろん》、私は信じてはいませんが、あの子が夜、眠れるようにと昔話代わりに話してあげたんです。そうしたら、あの子、自分もお母さんに手紙を出すんだと言いだして」

セリもこれまで何度もユウを説得したそうだが、引っ込み思案の少年が珍しく意固地になって聞かなかったという。姉としてはほとほと困っただろう。でも、その気持ち。私には少しだけ分かる気がした。近くにいるのは歳《とし》の離れた姉と祖母。歳《とし》の近い友人もいない。さぞ寂しかったのだろう。だから、眉唾ものでも微《かす》かな希望にすがりたかったのかもしれない。そして、とうとうその感情が爆発し、書き置きを残して家を飛び出してしまったのだろう。

家出からすでに半日が過ぎ、恐らく今頃は水筒の水も飲み干している頃だろう。

「私がいけないんです……私がもっと、あの子の声を聴いていれば……」

赤い地面の上に小さな足跡が続くのを見つけた。風で消えかけているが、その足跡は真《ま》っ直《す》ぐ、眼前に聳《そび》える岩山に向かって進んでいた。そこは野生の砂トカゲの巣だ。

やがてローバーは山道へと差し掛かる。そこは大地の切れ目だった。切りだった岩壁に挟まれた細道の奥へと足跡は続いていた。

「気を付けてください。ここからは砂トカゲの生息域です」

セリの表情にも緊張が走る。私はゆっくりとローバーのスピードを落とし、エンジンを切る。けたたましい騒音を発するローバーのエンジンはそれだけでトカゲたちを刺激しかねない。ここからは徒歩で追いかけるしかない。私たちはローバーをその場に乗り捨て足跡を辿《たど》る。

恐らく、ユウとの距離ももう、それほど遠くはないはずだ。しかし、進めば進むほど、道はさらに険しく、あちこちに無造作に転がった巨岩の群れが私たちの行く手を阻《はば》んだ。

気付くのが遅かった。岩の隙間からこちらをつけ狙う殺意に満ちた視線の数々に。

「二人とも走ってください！」

クロが叫んだのとほぼ同じタイミングで無数の茶褐色のシルエットが岩場の陰からのそのそと姿を現した。頭から尾の先までは人間の子供の背丈ほど。大振りの体軀《たいく》を短い四肢が四つん這《ば》いに支《よ》えている。来た道を塞ぐように七匹。いかにも食い意地の張っていそうな不気味な目がじっと私たちのことを捉える。トカゲにも、鉄の塊であるクロよりも若い女二人の方が美味《おい》しそうに見えたに違いない。一斉に襲い掛かろうとしたトカゲをクロが身を挺《てい》して食い止める。

「ここは私が引き受けます！　お二人は先へ！」

そう言ってクロは拳を握って、トカゲの群れに飛び込んでいく。

「分かりました！　食べられないようにしてくださいね、クロさん！」

ああ見えて、元は無敵の兵士だったのだ。きっと、大丈夫。それよりも、今はユウの方が心配だ。セリはずっと顔を青ざめさせたまま。私は少女の手を強引に引いて坂道を上る。岩盤の上に小さな靴の跡は残っていない。でも、きっと、ユウはこの山のどこかにいるはず。もしもの時には、私も戦う覚悟をしなければいけない。腰のベルトに手を当てる。あるのは護身用の小型閃光弾《せんこう》が一発だけ。でも、大丈夫。気乗りはしないが、いざという時には奥の手もある。

「ユウ！　ユウ！」

少年の名前を叫びながら、私たちは岩場の中を駆け抜ける。風に巻き上げられた砂埃《すなぼこり》に視界は遮られる。私は焦《あせ》る。大声を出せば、トカゲたちに狙われる危険は格段に高まる。それでも、私たちは迷子の少年の名前を叫び続けた。

「お姉ちゃん！　お姉ちゃん！　助けて！」

風の音に紛れ込んでしまうほどの小さな声だったが、セリは聞き逃さなかった。

「ユウ！　今、助けにいくよ！」

セリが私の前に出て駆け出す。岩の上から数匹のトカゲが私たちを追いかけてきているのが分かった。声のした方向を目指して走り、上り坂がやがて下り坂へと変わった。その坂の下に、五匹の砂トカゲに取り囲まれた幼い少年の姿があった。

「助けてぇぇ！」

恐怖で腰が抜けたのか、地面にへたり込んだ少年は自力で逃げることもできない。すでに一匹のトカゲが少年の首筋を狙っていた。このまま走ったところで間に合わない。いざに備えて用意していた物が早速、役に立ちそうだ。

「目を瞑《つぶ》って伏せて！」

腰のベルトを右手に掴《つか》む。ピンを外し、閃光弾《せんこう》をトカゲの群れに投げ込んだ。刹那、光が激しい音響とともに爆発を起こした。荒野の狩人《かりゅうど》は目も耳も、その五感の全てを極限にまで発達させた遺伝子改良種だ。だから、人間以上にスタングレネードの効果は覿面《てきめん》だ。光の爆炎が消え去った後、残されたのはお腹《なか》を出したまま、痙攣《けいれん》するトカゲたちの無様な姿だった。

少年は腰を抜かしたまま、泣きじゃくっていた。「お姉ちゃん、お姉ちゃん」と何度も叫んでいた。震える少年の身体をセリが両腕で抱き込んだ。

「大丈夫よ、ユウ。もう、お姉ちゃんが来たから、安心して」

それでも少年は泣くのを止めない。セリはそれを静かに腕の中に受け止める。まるで、お母さんみたいだと思った。ぬくもりに包まれて、すすり泣く声も次第に弱まっていく。

でも、これで終わりではないのだ。気付いた時には数匹のトカゲが帰り道を塞ぐように立っていた。先ほどから、私たちの後をつけ狙っていた連中だ。

どうするか。閃光弾《せんこう》はあの一発で終わりだ。一匹がこちらに向かって駆け出す。鱗《うろこ》に覆われた下顎にはナイフのように鋭い歯が何重にも連なって生えているのが見えた。あれで石さえも砕いて食べてしまうのだ。まともに噛《か》まれれば、人間の身体なんか簡単に食いちぎられる。

私は姉弟の前に飛び出した。咄嗟《とっさ》に突き出した右腕にトカゲがかじりついた。カン、と鋼鉄に何かを弾かせたような高音が響く。私は自分の腕を見て安堵《あんど》する。大丈夫、腕は千切れていない。良かった、これがこっち側の腕の方で――。

「こ、この！」

右腕にぶら下がったトカゲを地面に叩《たた》き付《つ》ける。獲物の側からの反撃は想定していなかったのか、驚いて一匹は逃げ出したが、残りの数匹はなおも私たちのことを狙って、にじり寄ってくる。私一人ではこれ以上、どこまで応戦できるか分からない。しかし、このタイミングで頼もしい援軍が颯爽《さっそう》と現れた。

「エリスさん、大丈夫ですか！」

後ろから群れに飛び込んだクロが、トカゲたちを摑《つか》んで投げて、蹴散らす。残ったトカゲたちも驚いて一斉に逃げ出していった。旅を始めて二十四日目。私は初めてクロを頼もしく感じた。しかし、彼の雄姿に私以上に目を輝かせた人物がいた。

「すごい……かっこいぃ」。少年は駆け寄り、自分の背丈の倍近くあるサイボーグの巨体を尊敬と憧れの眼差《まなざ》しで見上げた。しかし、クロの見てくれで驚くどころか、かっこいい、とは。男の子の感覚とは理解しがたいものだ。

「ユウ君。大丈夫ですか」

ユウが頷《うなず》くと、クロが満足そうに「よかった」と少年の頭を撫《な》でた。

「あの、おじさん。何て言うの？」

「私ですか。私はジョン・クロ・メールと申します」

「ねえ、クロのおじさん。どうやったら、そんなに強くなれるの」

「え？　私、強いですか？　そうですね……食事を好き嫌いしないようにするといいですよ」

……何を言っているんだ、この人は。

ヒーローに憧れるのは男の子に眠る遺伝子なのか、少年は一瞬でクロに懐《なつ》いてしまった。

「あの、クロ・メールさん。それにエリスさん。ありがとうございます。おかげでユウも無事でした。何とお礼を言っていいのか……」

「いいですって。成り行きですし。ともあれ、みんな無事ですし、一旦、引き返しましょう」

私は提案する。しかし、それをあろうことか、「いやだ」と言ってユウが頑《かたく》なに拒んだのだから、せっかくまとまりかけていた大団円が台無しだ。

「僕、帰らない。オリンポスの郵便ポストに行く」

これだけ他人《ひと》様に迷惑かけといて、まだそんなこと言って駄々をこねるのか、このお子さんは。これじゃあ、お姉さんも大変だろうなぁ……。

「エリスさん、また口に出ていますよ」

しまった、と思って口を塞いだが遅かった。ユウは私に敵意の混じる視線を向けながら、クロの背中の後ろに隠れた。

「ユウ。お願い、わがまま言わないで。みんなと一緒に帰りましょう。お姉ちゃん、これからはちゃんとユウの言うことも聞いてあげるから。ユウがこれ以上、寂しい思いしないように頑張るから。だから、もう無茶言わないで。オリンポス山なんてすごく遠いのよ。子供の足で行けるような場所じゃないのよ」

「やだやだ！　行くんだ！　オリンポスの郵便ポストに！」

何だか本格的にぐだぐだの根競《こんくら》べの雰囲気になってしまった。ユウは相変わらず、親の仇《かたき》を見るような視線を私に向けている。そんな空気を一言でクロが変えてしまう。

「ユウ君。どうして君はオリンポスの郵便ポストに行きたいんですか」

「お母さんに手紙を出しに……」

「そうですか。ですが、あなたがオリンポスに行く間、お姉さんは置いていくのですか」

「うっ」と、ユウは言葉を詰まらせた。

「それに今日みたいに危険なことがこの先、何度も待ち構えているのですよ。そうしたら今度こそ、君は死んでしまいますよ。それも、お姉さんをこの世界にたった一人残して」

ユウは黙ったままだ。反論もできない。ただ、クロの言うことを聞いているだけだ。そこで私は気付く。今のユウにとってはお姉さんのセリがお母さんの代わりだった。けれども、彼にはお父さんの代わりは今までいなかったのではないかと。

「ユウ君。聞かせてください。あなたにとって今、一番大切な人は」

「……お姉ちゃんとおばあちゃん」。少し黙ってから声を絞り出すようにして言う。そんな時も、当のセリとわざと目を合わせようとしないのが、男の子の矜持《きょうじ》かもしれない。

「亡《な》くなったお母さんのことを想《おも》うことは素晴らしいことです。きっと、お母さんも天国で喜んでいると思います。ですが、そのことで、あなたの傍《そば》に今いる大切な人たちのことを蔑ろ《ないがし》にしてはいけません。お姉さんはあなたをここまで探すのに途中、一度、倒れているのですよ」

初めて知らされる事実にユウは驚いた顔をセリに向ける。

「いいのよ、ユウ。私はあなたが無事ならそれで……」

セリは庇《かば》うが、さすがのユウにも罪悪感が芽生えたのだろう。

「ユウ。先ほど、私にどうすれば強くなれるか尋ねましたね。勿論《もちろん》、食事は大切ですよ。ですが、それ以上に大切なことがあります。それは自分の大切な人を自分の手で守ることです。ユウ、あなたも男の子ならいずれ、お姉さんに守られるのではなく、お姉さんを守れる男になってください。大丈夫です。あなたなら私より、強くてかっこいい男になれます」

何も知らない人が聞けば、何と臭い台詞《せりふ》と思うだろう。でも、私はクロの過去を知っている。大切なものを守ることもできず、遠いこの星へと引き裂かれた青年の人生を。

「……でも、お母さんに手紙を……」

ユウの手にはくしゃくしゃになった小さな封筒が握られている。ユウもクロの言うことを理解しているはずだ。けれども、亡《な》くなった家族への未練はそう簡単に断てるはずがない。

「なら、私に提案があります。その手紙を私たちに預けてくれませんか。あそこにいるお姉さんは郵便屋さんなんです。私たちはオリンポスの郵便ポストに向かう途中なんです」

「郵便屋さん……」。少年は相変わらず猜疑《さいぎ》心のこもった目で私を見る。

「エリスさん……私からもお願いできますか。ユウの手紙を届けてください」

セリが深々と頭を下げる。続くように、クロまで「お願いします」と頭を下げる。予想もせぬ流れに私はすっかり困ってしまった。そして、ユウが手紙を手に私の前に立った。

その目は、『本当はこんな女に頼むのは不本意なんだけどな』と言いたげだったが。

「お願い。郵便屋さん。この手紙をオリンポスの郵便ポストまで届けて」

「分かった。責任を持ってちゃんと届けるよ」

くしゃくしゃの手紙を受け取り、私は大切に郵便鞄《かばん》にしまった。

# 3　マリネリス渓谷

## 三十二日目

その日もまた、一日の行程を終えてキャンプを張り、夜半に私はいつもの日課で地図を広げた。エアリーを出発し、これまで二千キロを超す旅路を指でなぞる様に走らせた。私の人差し指は「バレー・マリネリス」の字の前で止まった。

「いよいよ、明日はマリネリス渓谷ですか」

横からクロが覗《のぞ》き込《こ》んで言う。この旅も一つの区切りが差し迫ろうとしていた。

火星を宇宙から見た時、ちょうど土手っ腹の辺りに、猫の三本爪で引《ひ》っ掻《か》かれたような大きな傷痕があるのが分かる。それがマリネリス渓谷だ。全長四千キロ、地球のグランドキャニオンと比べれば、実に十倍に匹敵する。そのグランドキャニオンは川の侵食作用によって生み出された断崖の地形だが、マリネリス渓谷は渓谷という名に反し、その正体は古代の地殻変動によって生み出された巨大断層――大地の歪《ひず》みだと考えられている。

赤道に沿って一直線に走る大地の裂け目。西のタルシス地方に向かうためには決して避けては通ることはできない。最深部は七千メートルに及び、かなりの難所となることが予測される。

それでも、一世紀も昔の郵便配達員たちはこの絶壁の崖の底を通って西に抜けていたというのだから驚きだ。エアリー郵便局の倉庫の奥から引っ張り出した古地図には信じられないことに、渓谷の底に数カ所、郵便ポストの設置場所が記されているのだ。

「やはり、不安ですか」。クロが私を気遣う。それに私は首を横に振る。勿論《もちろん》、それは強がりだったが、依頼主《クライアント》に不安や心配事を零《こぼ》すようでは、郵便配達員は失格だ。

翌朝。いつものように、お日さまよりも一歩早めの出発だった。

幸先《さいさき》も良く、朝から風も静かでほとんど凪《なぎ》に近い状態だった。いつもなら、風の音とエンジンの音で聴きづらいカーステレオの音楽も驚くほどクリアに響いた。もう、何度、聞き直したか分からない、女性ボーカルの澄み切った歌声。飽きた、というよりは私の耳の奥にごく自然にしみ込んでいくような感覚だった。音がよく聴こえる分、私の気持ちは少し高揚していた。

最後の曲が流れ、テープが再び自動で巻き戻る。すると、しばらくは静寂の時間が訪れる。

そのちょっとした寂しい時間。それを埋めようと、私の鼻腔《びこう》から聞き慣れたメロディーが意図しないうちに零《こぼ》れ出た。ふふふん、という鼻歌の後に、聞きかじりの歌詞を口遊《くちずさ》んだ。

例の曲。長い間、会えない恋人に手紙をしたためる女性——というドラマが私の中で出来上がっている。口遊《くちずさ》んだのは無意識のうちだった。やがて、隣で驚いた様子で私の顔を覗《のぞ》き込《こ》むクロに気が付いてやっと、私は同乗者の前で自分が独唱していたことに気が付いた。

「こ、これは……！」

私はすぐさまにしどろもどろに弁明した。いや、弁明なのか。顔が真っ赤に熱くなるのが自分でも分かる。ついだ。つい、独り旅をしている時の癖が出てしまったのだ。

「いや、別にいいのですよ。ちょうど、テープの曲にも飽きた頃でしたから、すごく新鮮でしたし、エリスさん、なかなかお上手でしたよ」

生粋の音痴に向かって、お世辞なのか、フォローのつもりか。とにかく、同乗者に赤っ恥をさらした私は自らの不注意を悔やみ、以後は沈黙を貫こうと心に決めた。なのに、クロは「もう終わりなのですか。もう少し聞かせてください」とアンコールを要求する。

「駄目！　そんなこと、駄目に決まっているじゃないですか！」

「そんな恥ずかしがることないのに……ちょうど、退屈もしていたところですし……」

「あ！　言った、言った！　私の歌なんて、所詮、退屈しのぎだって！　ふん、いいですよ、いいですよ！　私の歌なんて所詮、その程度ですから」

ぷい、と私はクロから視線を逸《そ》らした。テープの巻き戻しはまだ終わらない。

「あの……エリスさん。ひょっとして怒りましたか」

「怒ってない！」と、私は言葉を地面に叩《たた》き付《つ》けるように言い放った。

「やっぱり、怒っているじゃないですか」

「怒っていないってば！」

本当につまらない苛立《いらだ》ちだったが、私も意固地になった。クロもさぞかし、失望したことだろう。頭まで巻き戻ったカセットテープが再び、動き始める。ねえ、あなたに会えない夜は寂しいの、と乙女の述懐が始まる。ふふん、ふふふん。音割れたメロディーに合わせて鼻歌を口遊《ずさ》み始めたのはクロだった。

彼は相当ノリノリで、両手でテンポを刻むように楽しげに膝の上を叩《たた》く。それは、それは、度を越した音痴だった。何度も何度も聞いているはずの歌詞も間違いだらけ。これでは、もう、別の歌だ。なのに、それが分かっているのか、分かっていないのか、クロはやっぱり上機嫌に下手くそな鼻歌を熱唱しているのだから。私は笑いを堪え切れず、思わず「へったくそぉ！」と叫んでしまった。

悪いと思いながらも、お腹《なか》を抱えて笑う私に、クロも少し跋《ばつ》が悪そうに「エリスさん。性格、悪いですね」と呟《つぶや》いた。勿論《もちろん》、そのことは自分でも重々、承知している。

「だってぇ、だってぇ！　こんなに一生懸命歌っているのに、すごく下手くそなんですよ。それに、何であれだけ繰り返して聞いているのにどうして歌詞、間違うんですか！」

自分よりも下手くそがいると分かると、何だか気持ちが強くなる。だが、音痴と言われてはクロだって反論してくる。

「いいじゃないですか。どうせ、この荒野に、私たち二人以外、誰も聞いていないんですから。ここは演奏会のステージではないのです。楽しければいいと思いませんか」

と、言って、また、音痴な歌声で、カセットテープの歌姫と合唱を始める。これでまた、なかなか楽しそうなのが逆に悔しくなってくる。

「あー、あー」。首を真《ま》っ直《す》ぐ伸ばして、喉を整える。負けるものかと、腹の奥からひねり出した歌声で、私はクロの独り舞台に割り込んだ。すると、彼が音量を上げるので、私も声のトーンを上げる。いつの間にか、異国の歌姫は脇役になっていて、私とクロの二人きりの合唱ステージになっていた。一曲目が終わると、私とクロはお互いを見つめ、自然と笑い合った。

そんなお気楽なことをやっていたので、まさに今、背後から忍び寄ろうとしていた危機に、寸前になるまで私たちは気付くことができなかったのだ。

凪《なぎ》の時間が終わる。この季節としては珍しい冷えきった風が大地の上に転がるように吹いたのが前兆だった。空から降り注ぐ陽差しは変わらず、猛烈な熱を帯びていた。それにもかかわらず、大地は冷たく凍えていた。だが、私はその異変を異変として捉えることができなかった。

もうじき、お昼に差し掛かろうという時間、私はスクーターを停《と》め、いつものように地図を広げるが、強まる風に悪戦苦闘させられた。「音楽を止めてください」とクロが言った。

言われた通りにステレオのスイッチを切る。風が小さな呻《うめ》き声を上げていた。苦痛に悶《もだ》えるような悲痛な叫びだ。それを私は今まで何度も聞いてきたはずだったのに。悪い予感。リアボックスから双眼鏡を引っ張り出し、地平線の先を覗《のぞ》き込《こ》む。予感が確信へと変わった時、私の背中は冷たい汗でぐっしょりと濡《ぬ》れていた。放り投げるように、クロに双眼鏡を渡す。

「これはかなり大きいですね」

北の地平線に覆いかぶさるように、巨大な壁が立ちはだかっていた。それはこの大地と同じ薄い血のような赤色を帯びていた。上昇流によって巻き上げられた砂塵《さじん》が遥《はる》か四十キロの上空まで立ち上っているのだ。

「砂塵嵐《ダストストーム》……」

この星の乾ききった大地では、それはあまりにも暴力的な猛威を振るう。時に、星全体をも覆い尽くす大災厄を招く。狂ったように大地に吹《ふ》き荒《すさ》ぶ突風は時速にして百キロを超えることさえある。飲み込まれれば、ただでは済まない。

私は落ち着いて地図をなぞる。どこかに逃げ場はないか。しかし、赤砂の壁は私たちの進路を覆うようにして立ち塞がっている。北からじわりと南進する。普通に考えるなら、南に向かって逃げるしかない。しかし、この鈍足なローバースクーターの足でどこまで逃げ切れるか。

「このまま直進してください！」

予期せぬ言葉だった。このまま西に走ったところで砂塵嵐《ダストストーム》と鉢合わせるだけ。はっきり言って自殺行為でしかない。私が首を横に振ろうとすると、クロが体を前へと乗り出した。

「分からないのですか！　南に向かって逃げたところで、ローバーのスピードではいずれ追い付かれます。それに南側には隠れて嵐をやりすごせるような場所もありません。なら、一か八か、渓谷の底へ逃げ込むしかありません！」

私ははっと気づかされる。マリネリス渓谷は大地が引き裂かれてできた、いわば、大きな縦穴だ。深さ七千メートルまで潜れば、地上を薙《な》ぎ払《はら》う突風もその勢いは相当に削《そ》がれるはずだ。このまま、逃げ続けてチキンレースを続けるよりかは、多少の望みはありそうだ。

ただ、問題はどうやってそんな深い渓谷の底まで下りていくのかだ。

「貸してください！　私がナビゲートします！」

半ば強引に私から地図をひったくった。私は何が何だか、頭の中が滅茶苦茶《めちゃくちゃ》になっていた。

「早くローバーを出してください！　もたもたしていると、嵐に飲み込まれますよ！」

まるで、手綱を握られた馬車の馬のように私は急き立《せた》てられた。スロットルを全開にし、限界までエンジンを駆動させる。制御を失いかけた機体がまるで、暴れ馬のように荒々しく鼓動を刻む。それでも、悪路走行に特化したローバースクーターではどんなに無理をしても時速二十五キロ程度が限界だ。目標の渓谷までは一時間少々といったところだが、赤砂の嵐とどちらが先にゴールまでたどり着けるか、かなりきわどいタイミングになりそうだ。崖の底に下りる途中で嵐に飲み込まれれば、恐らくスクーターごと吹き飛ばされてお仕舞いだろう。

ハンドルのグリップを摑《つか》みながら、私の手は汗に滲《にじ》んでいた。

「二時の方角です！」

クロはなるべく遮蔽物の少ない平坦《へいたん》なルートを探して、私をナビした。おかげで余計な場所でスクーターを減速させる必要もなく、ひたすら最大速度で突っ走ることができた。

深い鉛色をした雲が早々に空を覆い、光と温《ぬく》もりを大地から奪い去る。入れ替わるように、凍《い》てついた風が地上に這《は》い出《だ》したかと思えば、やがて、弓兵によって放たれた矢の雨のように小石の混じった烈風が私たちを襲う。強大な災厄が私たちに腕を伸ばし、迫ろうとしているのが手に取るように感じられた。今や地平線の上に屹立《きつりつ》する赤土の壁は肉眼でも捉えることができる。まるで大地を蹂躙《じゅうりん》する巨人の軍勢だ。しかも、彼らは見た目以上に俊足だ。

「渓谷まであとどのくらい！」

「残り十キロです！」

思った以上にゴールまでの距離は縮まっていない。私は焦《あせ》る。巨人の軍勢は刻一刻と迫って来ている。頭の中で私は逆算する。これは、ぎりぎりでアウトのタイミングかもしれない。

私は、右肩から交差して掛けた郵便鞄《かばん》を片手に抱きかかえた。これだけは絶対に守り切ってみせる。誓ったのだ。責任を持って届けると。鞄《かばん》のハンガーをベルトに固定させた。

実際、赤枯れたこの大地を旅すれば、砂塵嵐《ダストストーム》や塵旋風《ダストデビル》にと出くわすことは珍しくない。小さな予兆から発生や接近を予測することもある程度は可能だが、あくまでも気まぐれな自然を相手にして、私たちが太刀打ちできる術はないと言ってもいい。立ちはだかる自然の猛威を前に自らの不遇を悔い、逃げ惑うしかないのだ。出くわしたのが、この何もない荒野のど真ん中というのも、私たちにとっては最悪だった。せめて、山か、付近にクレーターでもあれば、どこかに身を隠す術もあっただろうが、今更、自分たちの力ではどうすることもできない。

過熱状態を示すヒートランプが明滅を繰り返していた。この状態で走行を続ければ、エンジンが致命的なダメージを負う可能性もある。セーフティーが作動し、スクーターの速度が強制的に下げられる。迫りくる砂塵《さじん》の壁との距離はさらに縮まっていた。

「走ってよ、ポンコツ！」

セーフティーに逆らうように、私は何度もエンジンを噴かし、車体を片脚で蹴った。

地面を這《は》う横風がその勢いを緩やかに増していく。おぞましい風の咆哮《ほうこう》が聞こえる。

「着きました！　渓谷です！」

安心するのにはまだ早い。目の前の光景が私から言葉を失わせる。

渓谷と呼ぶからには、鋭く切り立った大地の切れ目のようなものをイメージしていた。確かにそれはその通り。しかし、私の目の前に見えるそれは、予想を遥《はる》かに上回るスケールで立ちはだかっていた。谷の向こう岸も、奈落のように果てしなく落ちていく崖の底も視界の奥の方でかすんで捉えることができない。大地を切り裂く爪痕はどこまでも果てしなく、圧倒的な存在感で私たちのことを待ち構えていたのだ。

「こんなもの！　下りていけるわけないでしょ！」

騙《だま》された、と言わんばかり、私はクロを睨《にら》んだ。しかし、眼前の光景にもクロは動じた様子もなく、驚くほど冷静な声調で私に言う。

「ここから下りてください」

さすがに耳を疑う。底が見えないような断崖を今から飛び降りろと言うのだ。

「飛び降りろとは言っていません。ローバーで下るのです」

確かに、クロが指し示したのは比較的傾斜の緩やかなポイントだった。いや、あくまでも比較してという話だ。私は両手の親指と人差し指の先をくっつけて、正三角形をつくる。果てしなく続く坂道の勾配はこれよりもやや小さいくらいか。世の中にはダウンヒルという崖を下る二輪車の競技もあるらしいが。勿論《もちろん》、これは競技用の車両ではない。

「無理！　無理でしょ！　こんなの！」

「無理ではありません。少なくとも、かつては皆が、この道を通ったのです」

地図を広げて私の前に突き付けた。詳細に渓谷の標高線が書き込まれた上に、私のものではない赤鉛筆で二本の線が引かれていた。恐らくは一本が上りで、もう一本が下りのルートということなのだろう。まさに、その赤線を辿《たど》るように岩の上に刻み込まれた古い轍《わだち》が残されていた。先人は——私の前任の郵便配達員《ポストマン》たちはきっと、この道ならぬ道を駆け抜けたのだろう。

目の前の状況は私に悩む時間さえ与えてくれないどころか、押し寄せる横風がまるで私の背中を押して崖から落とそうと企《たくら》んでいるようにも思えた。数キロ先まで迫った砂塵《さじん》の絶壁が私の視界を塞いでいた。全てを貪欲に喰《く》らい尽くし、今まさに私たちをも呑《の》み込《こ》もうとしている。

地面に刻まれた幾重ものタイヤ痕。生きて帰りたいのなら、その先人の足跡を寸分違《たが》わず、正確に辿《たど》るしかない。勇気なんて必要なのはきっと、最初だけ。私は両手で自分の頬を叩《たた》いた。

「分かった。もう、どうにでもなれ！」

汗に濡《ぬ》れた手でグリップを滑らせないように、力いっぱいに握る。後先考えず、とにかく勢いに任せてアクセルを踏み込む。恐怖も不安も関係なく、ローバーはいともたやすく、崖っぷちを飛び越えた。居心地の悪い浮遊感も一瞬のこと。この星の中心から伸びた重力の腕が私のことを鷲摑《わしづか》みにして、空中から引きずり下ろした。機体が大地に叩《たた》き付《つ》けられる。突き上げられる衝撃に、私はハンドルにしがみついて耐える。

ローバーが大地を蹴って走るスピードに、この星が生み出す重力が上乗せされる。機体の耐久性能などお構いなしに、ローバーは際限なく加速を続ける。辛《かろ》うじて、スクーターの車輪が接地してはいるが、それもいつまで、続くかもわからない。それはもう、ほとんど自由落下しているのに近い状況で、私はただ無心に轍《わだち》を追って、ハンドルを捌《さば》き続ける。

大きく迂回《うかい》しながら断崖を避け、東西にうねるように伸びた細い坂道。きっと、先人たちが絶えず労苦を重ね、見つけ出した奇跡の道なのだろう。しかし、今まさに、気流と砂塵《さじん》によってできた巨人が大地の裂け目を飲み込み始めていた。

ようやく、谷底が見え始めたというタイミングだというのに。結局、間に合わなかったのか。

「まだです！　諦めないでください！」

ハンドルを握る私の左手の上にクロが手を掛けた。両目に滲《にじ》みかけた涙も、暴れ狂う風たちが弾いて吹き飛ばす。冷たい鋼鉄の腕が私の手を強く握る。ほんの少し、勇気が湧いた。

砂塵嵐《ダストストーム》は広大に広がる竜巻のようなものだ。渦巻く乱気流が呑《の》み込《こ》んだ全てのものを破壊し、上空へと巻き上げる。対岸から現れた砂塵《さじん》の巨人は一瞬で渓谷を下り、地面の上を這《は》うようにこちらへにじり寄る。巨人が右腕をゆっくりとこちらへ伸ばす。

劣勢を強いられた追いかけっこも、土壇場《どたんば》でこちらへと流れが傾いた。

「やった！　着いた！」

ローバーが凮に持ち上げられ、わずかに宙に浮く。両手でハンドルを握りながら、全身の体重を預けて横に倒す。車体が大きく背中を仰《の》け反《ぞ》るように前輪が微《かす》かにゴールラインに接地した。数キロに及ぶ渓谷の最深部。私を導いた古いタイヤ痕はそこで途切れていた。

安心するのにはまだ早い。私は急いで四方を見渡す。とにかく、この嵐から身を隠さなければいけない。しかし、巨人もまた、私たちを追って渓谷に降り立ったところだった。

私は砂塵《さじん》の巨人と対峙《たいじ》する。暴れ狂う乱気流が岩壁をも引き千切り、大地を抉《えぐ》り取《と》る。仄暗《ほのぐら》い崖の底に、聳《そび》え立《た》つ岩の尖塔《せんとう》を見つけた。巨人がその巨大な腕を伸ばし、根元から引っこ抜いた。まるで、新しい玩具を手にした小さな子供のように、巨人はその十数メートルにも及ぶ岩塊を無邪気に振り回す。しかも、自然の生み出したその巨人は驚くほどに気まぐれだ。すぐに飽きた、と言わんばかり、その玩具を放り投げた。その放物線の先は私に向いていた。

逃げなきゃ――。しかし、悪いことは立て続けに、しかも最悪のタイミングで襲ってくるものだ。がくんと車体が傾く。負荷をかけすぎたせいだ。ローバーの右の前輪が脱輪していた。

視界全体に影《かげ》が差し込む。巨大な岩塊が頭上から降ってくる。逃げるタイミングはすでに失われていた。死んでもこれだけは守らなければいけない――。私は咄嗟《とっさ》に郵便鞄《かばん》を庇《かば》うように両腕で抱きかかえた。

死を覚悟した私に、その瞬間は訪れなかった。目の前に飛び込んだのは鋼鉄の背中だった。何のつもりなのか、クロが私を庇《かば》い、空に向かって堂々と右腕を掲げた。そして叫ぶ。

「Fire!」

威勢のいい号令はすぐさま、鼓膜を揺さぶる爆音と轟音《ごうおん》に押し潰された。刹那、燃え上がる炎の中から鋼鉄の砲弾が飛び出す。その弾道はまるで打ち上げ式の宇宙ロケットだ。大量のガスを噴射し、火の玉の如《ごと》く発射されたその弾丸が空中にて岩塊を貫き、そして爆砕した。

砕け散った小石の礫《つぶて》が四方に飛散した。しばらくは砂埃《すなぼこり》と白煙に視界を遮られ、何が起きたのか、私には確認することもできなかった。しかし、私の目は発射直後の砲弾の正体をしっかりと捉えていた。いや、あれは砲弾などではない。そう、あれは、腕だった。

やがて、吹き荒れる風によって、分厚い煙幕も吹き払われる。私を庇《かば》うように目の前に立っていたのは、片腕を失ったクロだった。その名の通りのロケットパンチとは恐れ入る。隻腕のレイバーの姿に思わず零《こぼ》れる笑み。私はようやく、自分が今、生きている奇跡を実感した。

「あちらに横穴があります。避難しましょう」

そう言って、クロは動かなくなったローバーを片手で押した。断崖の壁にぽっかりと空いた洞穴の入り口が見えた。すでに私たちは風の壁によって包囲されていた。それでも、残り十数メートル。押し寄せる風に何とか耐えつつ、最後の力を振り絞って、穴の中に転がり込んだ。

思った以上に奥まで続く洞穴に、外から吹き込む風もその勢いの大部分を削《そ》がれた。ローバーを横に置いて入り口を塞ぐと、風はほとんど洞窟の中に流れ込まなくなった。

ようやく息をついて、私は地面の上にへたり込んだ。肩から掛けた郵便鞄《かばん》も無事だった。ローバーもタイヤが外れただけで予備の部品を使って修理すれば、問題なさそうだった。唯一、問題なのは——私は右腕を無くした鋼鉄の人に目を遣った。

「大丈夫ですよ、これくらい」と、本人は言ったが、流石《さすが》に、腕を一本無くして大丈夫なわけがない。自分で腕を弾頭に使う、いわゆるロケットパンチというやつだ。確かに話には聞いたことはあったが、まさか現実で披露されるとは思ってもみなかった。本当に冗談みたいな攻撃方法だが、自らの身体の一部を犠牲する一種の自爆攻撃なのだからその威力は相当なものだ。現にあれほど巨大な岩を一撃で木端微塵《こっぱみじん》に砕いたのだから。

一方で、思い知らされもした。レイバーも、半世紀も昔には戦場で人を殺す兵士だった。そんな物騒な兵装が未《いま》だに残されていて、そこらを自由に出歩いているという事実。

「はは。これですか。昔、護身用にと半ば強引に付けられた機能なのですが、よかった。腕一本で二人とも助かったのですから安いものです」

ははは、と明るく振る舞うが、その乾いたような笑いが切ない。どうせ、これから死ぬんだから腕が一本無くなったところで平気だと言わんばかり。それが私には少しかちんときた。

ローバーに駆け寄り、大型のリアボックスの蓋を開けた。詰め込まれた衣類と食料品の底に仕舞っていたのは、鉄の塊。それは人間の腕の形をした——つまりは義手だ。

それから私は有無を言わさず、クロの身体を取り押さえた。肘《ひじ》の下からなくなった右腕の断面。神経系の接続端子のコードが行き場を失ってぶら下がっていた。それらを取り出した義手の断面へとつないで接続していく。いつも工房で受けているメンテナンスの手順を思い出しながら、関節駆動部のギアをはめ込み、肘《ひじ》に装具を括《くく》りつけて義手を固定させた。レイバーも、人間用の義手も、ジョイントの規格は万国共通だと聞いたことがあった。

少し面食らいながらクロも恐る恐る、新たに差し込まれた右腕を動かした。最初はぎこちない動きも少しずつ滑らかに、右手の指を一本一本、感覚を確かめるように動作させた。人間とレイバーの腕。ましてや、私のような身体も小さい娘のためにオーダーメードしたスペア用の義手とでは、その腕の太さも長さもまるっきり違うのでかなり不格好に見える。

「素晴らしい。まるで違和感がありません。神経の感覚が指の先まで伝わってきます。まるで自分の身体の一部みたいです。これを仕立てた職人は余程の腕のある方なのでしょう」

問題はなさそうで私もほっとする。義手は一度装着すれば、その装着者の神経系に最適合する仕組みだ。つまり、もう一度、取り外して、別の人間に付け替えることはできない。そして、私が持ち歩いているスペアはこの一本のみだ。

「でも、いいのですか。私なんかが頂いても。それにエリスさん、どうして、こんなものを」

クロは知らない。私の身体の秘密を。別に隠すつもりではなかったが、自分の身体のことなど積極的に話すようなことでもない。だから、少しだけ勇気が必要だった。私はグローブを外して、上着を脱ぐ。真っ白いブラウスの長袖を捲《めく》った。彼と同じ鋼鉄製の右腕が曝《さら》け出《だ》された。

クロの反応は、驚いた、というよりは「やっぱり」というものに近かった。

「私の身体の半分は鉄でできています。右腕と右脚……ほとんど右半身全てですね」

「どうりで。左右で身体の動かし方が違うのには気付いていたので疑問には思っていました」

分かる人には分かる。だが、これでも、身体の右半分に重しを載せて動くという不可解な感覚に私は長い時間をかけてゆっくりと自分を慣れさせてきたのだ。

「昔、大きな事故に遭いまして……。一命は取り留めましたが、身体の半分が潰《つぶ》されてこの有《あり》様《さま》なんです」

「そうですか。以前、エリシウムの施設にいたというのも、義体装着のためのリハビリだったというわけですね。義体への改造手術も現在ではエリシウムの病院でしかできませんから」

「すいません……今まで黙っていて」

「いえ、無暗《むやみ》に他人に話すことでもありませんし。誰にだって秘密はあります」

私は地面から突き出した岩の上に腰かけた。そして、自分の中で繰り返した。そうだ、無暗《むやみ》に喋《しゃべ》るようなことではないと。でも、それを私は彼に明かした。何だか、少しだけ心が軽くなるような気がした。ほんのちょっとだけだけど。私と彼は同じ。背負っているものは同じ。それなら、別に彼を相手にこれ以上は畏《かしこ》まる必要もない。秘密の一つを共有したという事実が、私とクロの間の距離を縮めてくれたような気がした。

「ですが、やはり良かったのでしょうか。これはエリスさんのスペアだったのでは」

「別に。エアリーに戻れば、知り合いの義体士に予備をすぐ用意してもらえますし」

「そうですか……なら、有難《ありがた》く受け取らせていただきます」

「あと、もう一つ。二度と自分の身体を粗末にしないと誓ってもらえますか」

クロが少しだけ驚いたように見えた。普通に考えれば、クロの体内にはあともう一発、物騒な弾頭が仕込まれているということになる。いや、《ロケットキック》なるものが存在するならばあと三発。どちらにせよ、身体の取り換えがきくことを前提にした自爆攻撃というものがすごく気に食わなかった。安易な自己犠牲は、前時代的で非人道的なものだと私は思う。

レイバーは鉄の身体を持つだけで、周囲からは人間扱いされない。それを受け入れてしまった時点で、私は——私たちは、人間からどんどん遠ざかってしまう気がした。

「私、前にクロがしてくれた話。少しだけ怖かった」

「何の話でしょうか」とクロは首を傾《かし》げる。

「駄目になった身体を機械の身体に入れ替えていくという話。身体に自分のものではない何かが入れ込まれるたび、自分が、人間ではない何かになってしまうんじゃないかって。それ、私もよくわかるから」

私は鉛色にくすんだ自らの掌《てのひら》に目を落とした。指を一本ずつ動かす。そのぎこちなさはギア駆動特有のものだ。私の身体の半分は私のものではないものによって支配されている。

「申し訳ございません。私の無思慮な失言がエリスさんを傷つけるものだとは思いませんでした。お詫《わ》びいたします」

そんなもの。これまで私が垂れ流してきた暴言の数々に比べれば失言のうちにも入らない。

「そうじゃない。そうじゃないの。一緒なの、私もクロも」

「……一緒、ですか？」

そこまで言っても、彼は理解できない様子だったので、私は覚悟を決めてブラウスのボタンを外して、右半分だけ服を脱いだ。

「ちょ、ちょっと……え、エリスさん！」

クロは慌てたが、そんなに色気あるものを披露できるわけでもない。私の白い肌は首筋の根元で終わっていて、肩から胸の半分と、お腹《なか》から腰まで、赤錆《あかさび》がこびり付いた鉄板のような肌がボルトと溶接で継《つ》ぎ接《は》ぎされていた。まるで、汚《よご》れた工場の床だ。

「わ、わかりましたから！　だ、大丈夫ですから！　服を着て下さい！」

クロはこれまで見たこともないような慌てぶりで私に無理矢理、上着をかぶせた。

「私の身体の半分は人間のものじゃない。なら、私が半分、人間ではないということ？」

クロは黙って、首を横に振る。

「それならクロも人間。人間なら、自分の体を粗末にするようなことはしてはいけません」

強引な理屈だが、これまで自分が長らく悩んで得た結論だった。

「いい？　自分が人間ではないと思った瞬間から私たちは本当に人間から遠ざかってしまうの。でも、私が自分のことを人間だと思えば、私たちは人間なの。分かる？」

途中からクロは何も言わず、私だけが一方的に喋《しゃべ》っていた。そして、少し間を置いて、乙女の柔肌を露《あら》わにした自らの姿に、自分がとんでもないことを仕出かしてしまったことに遅れせながら気が付いた。慌ててブラウスのボタンを掛け直して、私は自分の肌を隠すように蹲《うずくま》った。顔から火が出そうだったが、その間もクロはずっと黙り込んでいた。

何だか独り相撲をとっていた自分のことが無性に恥ずかしくなった。

「ちょっと、クロ！　何かしゃべってよ」

「……素晴らしい慧眼《けいがん》だと思います」

本人としては褒めているつもりなのかもしれないが、私には皮肉にしか聞こえなかった。

「別にいいわよ。あー、馬鹿みたい私。もう、いいわよ」

不貞腐《ふてくさ》れて、私はローバーに寄りかかった。そんな私をクロはずっと見つめていた。

「エリスさん」

「何よ」

「ありがとうございます」

「別にお礼を言われることなんか、私、してないから」

「いいえ。私、人間扱いをされるのなんて本当に久しぶりのことでしたから、嬉《うれ》しかったです。だから、お礼を言わせてください。私もエリスさんのおっしゃる通り、自分がもう人間でないとか、考えるのは止めます」

そう言ってくれると、私も大恥をかいた甲斐《かい》があったというものだ。気が付けば、全身汗まみれだった。緊張の糸がようやく途切れ、疲労がどっと押し寄せる。

「あーあ。もう、疲れちゃった」

おばさん臭いため息を吐きながら、私は近くの岩の上に腰を下ろした。それを「ふっ」とクロが軽く笑ったのを私は聞き逃さなかった。

「な、なによ……」

「エリスさん。いつの間にかタメ口になっているなと思いまして」

少し冷めかけというのに、その一言でまた顔が一瞬で熱く火照《ほて》った。

「い、いいじゃない！　べ、べつに減るもんじゃないし！」

百数十歳も年上の相手に私は意固地になる。何ということか、すっかり地が出ていた。うん、よくブラン局長にも怒られるのだ。

「いいえ、別に責めているわけではありませんよ。むしろ、私、嬉《うれ》しいです。遠慮しないで、もっと素のエリスさんを見せてほしいくらいです」

タメ口を使った相手に何故《なぜ》か感謝されてしまった。それはそれで何だか居心地悪いけど。

「それなら、もうお互いに遠慮はなしってことで。クロもその変な敬語はやめていいから」

「すいません、これが私の地なので、やめろと言われる方が辛いです」

そう言われると、何だかこちらの立つ瀬がなくなる。そもそも、敬語を使う方が自然体とか、私の中の常識では推し量ることはできない。

「ああ……そうなんデスカ。大人なんデスネ」

「はい。そうです。私、こう見えて、結構、大人なんですよ」

お互いの視線が交差すると、どうしてか、不思議と笑いが込み上げる。「ふふ」と、私たちはお互いの間抜け面を眺めながら、笑い合った。

もう、疲労もどこかに吹っ飛んで消えてしまったみたいだ。私は腰かけていた岩の上から立ち上がった。

「そうだ。私もお礼を言わなきゃいけなかった」

「はて」と、心当たりがないと言うようにクロが首を捻《ひね》った。

「落石から助けてくれた。クロがいなかったら、今頃、私、死んでいた」

今更、少し跋《ばつ》が悪かったけど。私がぺこりと頭を下げると、クロは嬉《うれ》しそうに声を弾ませた。

「どういたしまして」


瞼《まぶた》を開けると、白い天井が見えた。寝台に横たえた私は全裸で、全身をチューブのようなもので巻かれていた。

「起きたかね」。白髪の老人が白衣を羽織り、隣に立っていた。お医者さんかなと思ったが、手術台の上に並ぶのは血塗《ちまみ》れになった電動鋸《のこぎり》やらハンマー、溶接機など。とても、お医者さんの使う道具とは思えなかった。身体が動かないのはまだ全身の麻酔が抜けてないからだろう。

「麻酔が切れたら、全身が痛むだろうが、問題はないし、命に別状もない。そのうち慣れる」

老医が言うと、看護婦たちが寝台を囲み、私を入院室に運び込んだ。どこか、古い病院のようだったが、窓の外の景色は見慣れないものだった。

麻酔は二時間も経《た》つと、その効果を失った。全身を引き裂かれるような痛みが駆け巡った。

「痛い！　痛い！　助けて！」

ベッドの上で暴れる私を看護婦が数人がかりで抑えつけた。何度も頭を内側から金槌《かなづち》で強打されるような衝撃に、最初のうちは気が付かなかった。自らの半身に起きた異変に。数日間が経《た》ち、痛みが退く頃、私はようやく自分の置かれている立場について理解をした。

身体の右半分が異様に重い。私の右半身は消えていたのだ。代わりに鋼鉄の義肢に手足を挿《す》げ替《か》えられていた。全身を迸《ほとばし》る痛覚は鉄の義肢と生身の身体をつなぐ神経端子から起こるものだった。私の身体が鋼鉄の手足を異物と認識し、体内の免疫細胞たちが激しく抵抗したのだ。

並行して薬物療法も進められた。機械の身体に適応できるように心臓も、肺も、それ以外の内臓も強化し、代謝機能を高めなければ過負荷で潰れてしまうのだと、老医は言っていた。毎日、分けのわからない薬を大量に口と点滴から摂取させられる。外科的手術と内科的手法によって、私を人間ではない何かに改造する処置は着々と続いた。

目覚めて一週間。私の病室には朝、担当医の老人が検診に訪れるほかは誰一人として、見舞いに来ることはなかった。お父さんもお母さんも仕事が忙しいのかな。だから、見舞いに来てくれないのかな。でも、大丈夫だ。独りぼっちはなれている。私は聞き分けのいい子だ。大人を困らせるようなことはしない。してはいけないのだ。

私は数日前の出来事を思い出す。それは、空からたくさんの星が落ちてくる光景。街は破壊された。そして、私は飛んできた瓦礫《がれき》の下敷きとなった。窓の外には見知らぬ街並みが広がっていた。隕石《いんせき》の痕跡なんてどこにもない。あれは夢だったのかな。

ある日の朝、私は意を決し、老医に尋ねてみることにした。

「あの……私のお母さんとお父さん。どこにいるか知りませんか」

老医が露骨に顔を顰《しか》める。

「知らんよ。お前さんがどこの街から来た誰かなんて私は知らんよ。私は頼まれたから治療しただけだ。そのうち、担当者が来るはずだから。そいつに全部、聞いてくれ」

その担当者とやらが病室を訪れたのはさらに二週間後。私が目覚めて、一カ月が経《た》とうとしていた。現れたのは酒樽《さかだる》のような腹回りをしたおじさん。少し寂しくなった生《は》え際《ぎわ》に溜《た》まった汗を白いハンカチで拭った。

「どうも、初めましてお嬢さん。私はこういう者だ。君の名前を教えてくれるかな」

おじさんが両手で手渡したのは名刺だった。「火星郵政公社エリシウム本社総務部人事課ブラン・ハイオット」と記されていた。

「……エリスです」

「エリス君か。いい名前だ」

「あの……ブランさん。私に何の用ですか。何か、私について知っているんですか」

「そうだね。その前にお互いに情報交換といこう。まずは君についてだ。君の身体は右半分を義体に入れ替えた。そうでもしなければ、危険な状態だとお医者さんが判断した。君の身体は内臓も甚大《じんだい》な損傷を受け、手足も壊死《えし》が進んでいた。この大きな怪我《けが》について心当たりは」

「……わかりません。ただ空からいっぱい隕石《いんせき》が落ちてきて、街が滅茶苦茶《めちゃくちゃ》に壊されたのは覚えています。あの、ブランさん、ワタシのお父さんとお母さん、どこにいるか知りませんか」

「すまないね。君の御両親がどこにいるのか、それは我々にも分からないのだよ」

「そうですか……」。私は落胆した。でも、まだ私は楽観的だった。身体が治ったら、家に帰ればいいだけの話だ。きっとお父さんもお母さんも、私が病院にいるのを知らないだけだ。今頃、私のことを探しているかもしれない。だが、その希望はすぐさま絶望に塗り替えられた。

「非常に申しにくいことなんだが……恐らくもう、君は家に帰ることはできないと思うよ」

「……え？」

「空から無数の隕石《いんせき》が街に落ちてきたという話をしたね。それは現在では第三次隕石《いんせき》重爆撃とか、隕石嵐《メテオストーム》と呼ばれている未曾有の大災害だ。この星の環境と文明に甚大《じんだい》な被害を与えた歴史的な大事件の一つさ。もうかれこれ七十年前も前に起きた出来事だ」

「……は？」と、ブランが最後に口にした一言を聞き返した。さすがに冗談だろうと思った。

「私たちが君を見つけた時の状況について話すよ。隕石《いんせき》重爆撃の後、この星では長い内戦の時代があった。それも五年前に終結し平和宣言が締結された。軍は解体され、多くの施設が放棄された。君は我々が接収した軍の施設から発見されたのだよ」

内戦だの、軍だの、いっぺんに言われても理解できっこない。一カ月前まで私はお父さんとお母さんと普通に暮らしていただけなのだ。それがどうして、七十年前の昔話に結びつくというのか。怪我《けが》をして眠っていたとしても、七十年も経《た》てば、私はもうおばあちゃんだ。

「システム・クリプトビオシス。聞いたことはないかい。地球から火星へ移民船団が旅をするときに利用された生体保存技術だ。全身をトレハロースの膜で覆うことによって、無代謝の休眠状態を人工的に作り上げる技術。簡単に言えば、コールドスリープと言ったところかな。君はずっと眠っていたんだよ。この七十年間を」

そんなことを言われて、すぐさま信じられるわけがない。手が震えていた。

「施設には君と同様に十数人がクリプトビオシス装置を使い、休眠状態のまま、施設内に保管されていた。その大半が、身体に甚大《じんだい》な損傷を負っていたよ。あくまでも推測だけど、エリス君のように皆、隕石《いんせき》重爆撃や内戦で大きな怪我《けが》をした人たちなんだろう。彼らの命を一時的にでも繋《つな》ぎ止《と》めるため、人工的な仮死状態にすることで症状の進行を遅らせようとしたんだろうね。こんな措置が行われる想定としては例えば、医療施設が甚大《じんだい》な被害を受けて大がかりな医療行為が行えなくなった場合などが考えられるわけだが……分かるかい？」

ブランの説明は難しく、七歳の私には半分も理解できなかったが、自分の置かれた状況が、眩暈《めまい》がするほど絶望的であることは把握できた。

「入植時代の名残《なごり》で、クリプトビオシスの設備は多くの都市で地下シェルターの中に設けられていたからね。そのため、隕石嵐《メテオストーム》によって地上の病院は破壊されても、地下のクリプトビオシスの設備は無傷で残された状況だったはず。恐らく、エリス君は隕石嵐によって重傷を負ったところで、ご両親が命を助けるために、クリプトビオシスの設備に入れたのだと思うよ。恐らくは病院が復興し、手術が行える状況になるまでの一時的な対処と考えたんだろう。それがどうして、軍の施設に運ばれたのか、その経緯は分からない。しかし、大災害の後、内戦で病院が復興する余裕なんてなかったのも事実だ。まあ、詳しい記録を参照したくても、ほとんどの行政資料が戦火によって散逸してしまい、ほとんど残されていないので……」

「あの……それじゃあ、ここって私の街じゃないんですか」

「そうだよ。恐らく、どこか軍の占領下にあった街から運び込んだと思われるが――」

「じゃあ、お父さんもお母さんもどこにいるのか分からないんですか」

ブランは頷《うなず》いた。私の思考はそこで停止した。視界は急に白んだ。相変わらず、咽《むせ》かえるほど暑い室内に、窓の外から涼やかな風が吹き込む。私は人目もはばからず泣き散らした。何を叫んだのかは覚えていない。しかし、何かを叫ばなければ、心が壊れてしまいそうだった。

　七歳の子供にはあまりに過酷な現実だった。家も家族も全てを失い、いきなり知らない街の外へと放り投げ出されたのだ。しかも、身体の半分は自分のものですらない。重すぎる鋼鉄の右半身は子供の力では指一つさえまともに動かすこともできない。

　私は孤独だった。いっそのこと、このまま二度と目を開けない方がマシだったかもしれない。

「あの……こんな時に不謹慎な話かもしれないけど、今日、私がエリス君の所に来たのは実は、君をスカウトするためなんだよ」

　時宜を見計らって、おずおずとブランが口にした。私はテーブルに置かれた彼の名刺をもう一度、見直した。「火星郵政公社」とある。郵便屋。七歳でもそれくらいは分かった。

「勝手な言い方かもしれないけど、人手が足りないんだ。内戦で多くの人が死んだ。この星の人口はこの半世紀で半数以下になった。復興はまだ始まったばかり。やらないといけないことは山ほどある。なのに、人はいない。それこそ猫の手を借りたいほどに」

　要するに、働けという話だ。子供の私に。それほど切迫をしているのだろうか、この時代は。しかし、名刺の文字を見つめながら、私の中で一つの考えが浮かんだ。

「ブランさん。郵便のお仕事は世界中の色んなところを旅できますか」

「ええ、まあ。長距離郵便配達員《ポストマン》になれば」

その一言で私の中で決意は固まった。あまりの楽観ぶりに自分でも驚く。しかし、今の私には希望以外に縋《すが》り付《つ》くものがなかった。

「私、郵便配達員《ポストマン》になる。そして、世界を旅して、お母さんたちを探すんだ」

七十年。希望を捨てるには早い。私は信じた。いや、信じていると自分に言い聞かせなければいけなかった。お父さんも、お母さんもきっと生きていると。

「了解した。エリス君。我々、火星郵政公社は新たな郵便配達員《ポストマン》を歓迎するよ」

差し伸べられた手を握った。それが十年前。私の物語の始まりだった。

## 三十六日目

嵐はそれから丸二日、荒野の上に吹き荒れた。その間、私たちは窮屈な穴蔵の中に閉じ込められ、退屈な時間を過ごした。私たちは少しの言葉を交わし、タイヤの外れたローバーの修理をし、後はそれぞれ手紙を書くことに時間を費やした。私は両親に、クロは地球にいる姪《めい》っ子に。エアリーを発《た》ち一カ月余り。休みなく走り続けた私にとっては、貴重な休息の時間だった。

三日目の朝。ようやく、モグラ気分から解放されて、穴蔵の外へ出ることができた。前日までの嵐が嘘《うそ》のように、風は静かに凪《な》いでいた。

マリネリス渓谷――。噂《うわさ》に聞くその絶景を瞳に焼き付けておこうと思った。色彩も岩質も異なる分厚い岩の層が幾重にも交錯しあい、複雑な地形を生み出していた。数キロに及ぶ絶壁によって包囲された不可思議な空間。しかし、乾ききった赤い大地は崖の上の世界と同じ。それどころか、巨大な岩の塊が無造作に転がり、数百メートルに及ぶ山々が峰を並べる光景まで、どこかで見たことがある気がしてならず、私は正直、落胆した。

崖の上の世界と下の世界。驚くほど大差ない。ただ、日の光が遠くなった分、日中でも肌寒くなり、逆に空気は濃くなった気がする。修理を終えたローバーの車輪を転がし、跨《また》った。エンジンをかけて、また、いつものようにラジカセのスイッチを入れた。

「きっと、これから先の旅路は、さらに過酷なものとなるでしょう」とクロは言った。その意味をその時の私は理解できていなかった。

## 五十五日目

渓谷に入り、三週間が経《た》とうとしていた。確かにクロの言う通り、私たちの進む道は、平坦《へいたん》なものばかりではなくなった。蠢《しゅんどう》動する大蛇の腹の上を走るが如《ごと》く、大地は縦横に大きく歪《ゆが》み、旅人たちの行方を意地悪に阻《はば》んだ。巨大な谷の中に山々が連なり、その中にまた、小さな渓谷をつくる。峰に沿って走っていれば、道は途中で深い断崖によって寸断される。

薄暗い渓谷の底ではローバーを休め、ソーラーパネルのアンテナを張る時間も自然と長くなる。ここまで順調だった旅も、今では逆に何度も足踏みを強いられるようになった。

半世紀もの昔に記録された古い地図だけが頼りだった。クロが複雑に入り組む地形図を読み解き、針路を導いた。ささやかな発見もあった。巨岩を抉《えぐ》り、大地に深く刻まれた線上の痕跡。

「太古に、河川がこの場所に流れていた跡でしょう。これを辿《たど》って行けば、比較的安全に西へ抜けることができるかもしれません」

クロに言われた通り、太古の川底に沿ってローバーを走らせた。古い轍《わだち》も残っていた。クロに見せてもらった地図の中に私はあるものを見つけた。私の胸は弾んだ。

枯れた大河の底を上流に向かって進む。かつての郵便配達員たちもこの同じ道を辿《たど》っていたに違いない。

「ここです」と、クロの合図で私はローバーを停《と》めて降りた。しかし、そこには私が期待していたものはなかった。

「何もないけど……本当にここ？」

「ええ、間違いないみたいですが……」

もう一度、地図を広げて私に見せてみた。確かに、この場所で間違ってはいないようだ。だが、目の前にあるのは川岸に転がった石ばかり。私は小高くなった丘の上によじ登って、周囲を見渡した。それでようやく見つけた。

どうりで、ぱっと見て気が付かなかったわけだ。私の背丈より一回りほど小さな岩が転がる下に、ぺしゃんこに潰された郵便ポストが寝転んでいた。

「落石ですか」

溜息《ためいき》をつくようにクロが呟《つぶや》いた。根元から折れたポストの支柱はその断面まで真っ赤な錆《さび》に覆われていた。落石の下敷きとなったのはかなり以前の話だろう。私は両手で摑《つか》んで岩をどかそうとしたが、びくとも動かなかった。横からクロが片手を使って押すと、そのままゴロゴロと転がって、下流に向かって落ちていった。

長年、放置され続けていた郵便ポストはもはや原型もとどめていなかった。ぐにゃりと曲がった回収口の扉を無理矢理にこじ開けてはみたが、中には一通も手紙は残されていなかった。

収穫はなし。肩を落とす私にクロが尋ねた。

「二十年以上も昔に放棄されたポストです。どうして、そこまで気にされるのですか」

地図を見る限り、渓谷の中に数基の郵便ポストが設置されているようだった。そのポストを回収して回りたいと言ったのは私だ。

「手紙がそのまま残されたままだったら可哀想《かわいそう》でしょ」

随分と感情的な理由だったが、それ以上の理由は私にはなかった。人が誰かへの想《おも》いをしためた手紙。それが相手に届かずに宙ぶらりんのままなのは、郵便配達員としては看過できることではない。

「でも、昔はこんなところまで郵便の回収に来ていたんですね……」

エアリーからここまで一カ月。それでも、私たちの旅はまだ折り返し地点さえもまだ遠い。どうして、こんな辺境に郵便ポストがあるのだろう。

「それは恐らく、過去にはこの辺りにも人が住んでいたということでしょう」

「人が？　川の枯れたこんな渓谷の底に？」

「もう少し進んでみましょう。何か見つかるかもしれません」

クロがサイドカーに戻る。再び、土煙を巻き上げながらローバースクーターを走らせた。川の道は左右に並び立つ岩山の隙間を縫うように大きく蛇行した。切り立つ岩の尖塔《せんとう》が大地に影を落とす。ローバーが大地を蹴る。微妙な違和感を抱いたのはその時だ。

エンジンを切り、スクーターから下りる。靴底から感じた感触は今まであまり経験のないものだった。両手を使って、地面の上を擦るとひんやりと冷たい。地面が湿気を吸い込んで、ぬかるんでいるのだ。左右を岩山に挟まれて、ほとんど日中、日陰に隠れていることも関係あるのかもしれないが、それだけではない。

「エリスさん、見つけましたよ」

少し離れた場所からクロの声が聞こえた。横に並んだ岩の隙間から、ちょろちょろと流れて零《こぼ》れていたのは紛れもない湧き水だ。雨さえ滅多に降らず、海も川もないこの星で、地下十数メートルまで掘削した井戸のほかに、大地に流れる水を見つけることは極めて稀《まれ》だ。どこかの地下水脈から漏れ出したのだろう。その透き通った輝きはこの星では高価な宝石に匹敵する。

これなら、煮沸《しゃふつ》すれば飲料用にも使えるかもしれないと、空になった水筒で水を掬《すく》った。

流れ出した水はそのまま細い筋をつくって、渓谷の奥まで続いていた。私の中で好奇心が疼《うず》く。流れを伝って歩いていくと、岩の壁のあちこちから地下水が滲《し》み出していた。それらが細い溝を伝って大地に流れ出し、やがて一つの大きな水の流れへと集約されていく。河川と呼ぶには心許《こころもと》ない、か細いせせらぎだが、この赤枯れた大地に命を吹き込むには十分だった。

細流の流れに沿って、緑色に変色した岩がいくつも転がっていた。岩肌にこびり付いていたのは原始的な苔《こけ》の一種だ。ささやかながら、小さな命の息吹《いぶき》がそこにはあった。

かつて、人類はこの星を水と緑で覆う大計画を立てた。しかし現実は、外界から途絶されたこんな断崖の奥底でわずかな苔《こけ》が自生しているだけに過ぎない。

「そういえば、昔、遊んでいた裏山でこんな場所もあったのになぁ。手づかみで魚を捕まえて、よくお母さんに怒られたっけ」

独り呟《つぶや》いた。しみじみと思い出す幼い頃のセピア色の情景。豊かな水に囲われていた街。しかし、その私の記憶はこの世界からは分断されたものだ。八十年前に住んでいた街。それが今、どうなっているか、私には分からない。

「かつてはこうした風景も珍しくはなかったのですけどね……悲しいことです」

クロが心底、寂しそうに言う。私は緑色をした地面の上を辿《たど》るように、さらに奥地へと足を進めた。クロが広げる古地図の中に奇妙な記載が残っていた。

数百メートルを進んだところで見つけたのは明らかに人工的な構造物だった。曇硝子《ガラス》によって覆われた半円状のドーム型施設。これより小さい規模のものなら、エアリーの近郊にも数基が立っているのを知っている。

「植物用プラントのようですね」とクロが言った。ひょっとしたら、人がいるかもしれないという私の予想は少し甘かった。歩いて近寄ると、壁も天井も破れ、荒れ放題。随分、昔に放置された廃墟《はいきよ》だということに気付く。それでも私の中に芽生えた好奇心が消えることはなかった。

「こんな場所にプラントがあったなんて……でも、何で」

プラントで育てられるのは食料用の植物――つまり、野菜や果物の類。街も集落も見当たらないこんな辺境で、プラントを建てる意味なんか見当たらない。

「おそらくは実験用のプラントでしょう。一般的な火星の環境と比べ、ここは気圧も高いですし、地下水脈も豊富です」

クロの説明に私はなるほどと頷《うなず》いた。とはいっても、そんな理屈はあまり関係なくて、私は先ほどからこの未知の構造物の中を調べてみたくて仕方がなかった。ドームを取り囲むゲートはかつて鎖で厳重に封じられていたようだが、以前にも私たちと同じような旅人でもいたのだろうか、チェーンは途中で強引に寸断され、金網は強引にこじ開けられていた。

『バイオスフィア〇四七番実験棟』――。

入り口に掲げられた看板に擦《かす》れかけた文字が残されていた。それがこの施設の名前らしい。

ゲートをくぐり、ドームに向かう私の胸の鼓動は高まった。単純に好奇心だ。施設は相当な昔に廃棄されたようだが、外的な影響を受けない閉鎖環境で植物は人の手を借りずに繁茂を続けているだろう。それは、いわゆるビニールハウスとも揶揄《やゆ》される人工調整された植物用プラントなどとは違う。むしろ、地球の原生林に近い。剝《む》き出《だ》しの自然はどんな姿をしているのだろう。それに、あわよくば食料にもありつけるかもしれないという打算もあった。

しかし、待っていたのは失望だった。割れた窓ガラスからドームに忍び込み、すぐに厳重に閉じられた実験場への扉を見つけた。真っ先に私たちを出迎えたのは巨大なモミの木だった。しかし、葉の一枚もそこには生えていない。それがかなりの昔に立ち枯れした樹木の死骸であることはすぐに分かった。その一本だけではない。幹も枝も朽ち、葉や実を宿すことない木たちがまるで墓標のように、立ち尽くしたまま死に絶えていた。

木々の墓場とも言える光景だった。ひび割れた地面の上には落ちた木の枝葉と尽き果てた草木の残骸が残土のように無造作に積まれていた。

私の期待は見事に裏切られた。だが、意外なことに、ドームのあちこちに張り巡らされた細い水路には十分とも言える量の水に満たされていた。それにもかかわらず、少し進んだ先にあった農場はほとんど荒地のような状態。牧場のような場所もあったが、わずかに残った芝生の上に数体の牛の骨が無造作に転がっているだけだった。これでは外の世界と変わらない。でも、分からない。水も空気も太陽の光もある。植物が自生できる環境はそろっているはずなのに。

「一九九〇年代、アメリカで一つの大きな実験が行われました。バイオスフィア2と名付けられた巨大な閉鎖環境系でいわゆる『ミニ地球』を再現する実験です。そう、ちょうど、このようにガラス張りの壁に囲われた実験施設です」

そう言いながら、クロは天井に向かって指を向ける。

「例えるなら、地球の環境を小さな瓶の中に閉じ込めた時、果たして生命は生き続けられるのかという問題です。その答えを見出《みいだ》すための実験が行われました。熱帯雨林や海や砂漠まで再現した巨大施設で地球から独立した第二の生態系を創り上げる壮大な試みは当初、百年の規模で継続される予定でした。しかし、蓋を開けてみれば、実験はわずか二年で頓挫しました。もし、実験がそのまま続けられたら、きっと、今、私たちが目の前にしているような光景になったでしょう」

クロが大袈裟《おおげさ》に両手を広げる。この死にかけた——いや、すでに死に絶えたこの世界のことを指しているのだ。考えるまでもなく、簡単な話だったのだ。ビニールハウスで育てられている植物だって、人の手を加えられなければ、数日で枯れてしまうだろう。

「科学者の下した結論は、小さな瓶の中に閉じ込められた生命は生きていくことができないというものでした。地球の生態系は精密で、かつ、複雑なバランスの上に成り立っているのです。それは人類が簡単に再現できるものではありません。そして、逆説的な理屈ではありますが、だからこそ、火星を惑星改造《テラフォーミング》することが求められたのだと私は思います。閉鎖ドーム都市などによる植民ではなく、星そのものの環境を変えてしまおうと。私たち生命は小さな瓶の中では生きられないからです」

蘊蓄《うんちく》を並べて満足したのか、ふらふらと彷徨《さまよ》うかのようにクロは勝手に一人で奥へと進んでいってしまった。私はその場にあった切り株の上に座り込んだ。そして考える。

世界から切り離された、もう一つの小さな世界。その成れの果てはあまりに残酷だった。

私たちは世界から孤立して、独りぼっちで生きることはできない。目の前の光景は私にそう教えてくれているようにも思えた。

この世界は、私のあるべき場所ではない。世界が私を異物として取り扱う。だから。私は帰るんだ。あの日、飛び出した家のドア。両親が待っている家に。ぐるぐると無意味に私の思考は廻《まわ》る。意味がないことは分かっている。今、私の前にあるのは冷たい現実の光景でしかない。

休息も入れて一時間ほど待った。しかし、クロは一向に戻ってこない。

「あー。クロったら、どこをほっつき歩いているんだか」

クロの後を追って、牧場を出た。水路に沿って伸びた畦道《あぜみち》を進んで奥へと進む。再び、立ち枯れした木々が私を包囲した。元々は生い茂る熱帯雨林だったのだろうが、今は見る影もない。

「クロ！　クロ！」

まるで、散歩の途中で迷子になった仔犬《こいぬ》を探しているみたいな自分がおかしかった。これが仔犬《こいぬ》なら、呼ばれれば、岩の陰からひょっこり顔も出すものなのだが、あの図体《ずうたい》でどうして姿が見当たらないのか。私は少し苛立《いらだ》ちながら、枯れた森の奥へと進んでいく。

箱庭の自然はやはり違和感があった。その一番は、閉じられた瓶の中では風は吹かないということ。風が吹かなければ、植物は受粉もできないし、種を飛ばすこともできない。火照《ほて》った身体を微風《そよかぜ》が冷ましてくれることもない。私は汗の溜《た》まった額を手の甲で拭った。そして、もう一つ気になったことは奇妙な姿で朽ちた木々の存在だ。皮が剝ぎ取られ、幹にまるで何かに齧《かじ》られた跡もある。そして、所々に散らばる小動物の死骸。

本能が警告を発していた。クロを見つけたら、さっさとこの場を立ち去った方がいい。

「クロ！　クロー！　どこ？　早く出てこないと、置いていくよ」

小鳥の囀《さえず》りも、風の音さえもない静寂で私の声だけがガラス張りの天井に響いて木霊《こだま》した。

その時。かさかさと、岩場の向こうで、落ち葉を踏む音がした。

「クロ。そこにいるならちゃんと返事をしてよね」

そこまで言っても、返事はない。レイバーのくせに居眠りでもしているのか。私は近づいた。

再び、かさかさ、と足音が聞こえる。二つ以上の音が交互に重なり合う。その拍子が不意に早まる。私がその異状に気付いたのは完全に遅かった。無言のまま、岩陰から飛び出した大きな影が私の髪を摑《つか》んで、地面に押し倒した。

「ひぇ！」

コンクリートの壁のように硬くなった土の上に背中を叩《たた》き付けられ、一瞬、意識が弾き跳ばされる。すぐに、耳元で囁《ささや》くように聞こえる不快な音に意識は強制的に引き戻される。かさかさ、と蟲が這《は》うような足音。それだけではない。何者かが私の髪を後ろから引っ張る。

　かさかさ、と。それは蟲が獲物を食す咀嚼《そしゃく》音。食べているのは私の髪の先だ。髪を引っ張られ、ずるずると私の身体は背後にいる何者かの口元へと引き寄せられる。このまま頭まで齧《かじ》られかねない。しかし、後ろ髪は強い力で摑《つか》まれたまま、引き離すことはできなかった。その間にも、蟲が這《は》うような咀嚼《そしゃく》音はさらに大きくなっていく。

　一瞬の躊躇《ためら》いはあった。いざという奥の手。それはなるべくなら使わないと、自分の中で決めていたことだ。人間のものではない自分の身体を積極的に肯定するような——そんなちっぽけな葛藤が私の中に渦巻いていた。でも、今は背に腹は代えられない状況だ。私は手袋を外して右腕の袖を捲《めく》った。そして叫んだ。

「武装解除《パージ》！」

　神経端子を通じ、私の意識は私の物ではない鋼鉄の半身へと没入《ダイブ》する。それは私にとって異物であると同時に、身体の一部でもある。私が命じれば、それは武器にも姿を変える。

　鋼鉄の手甲から太身の刀身が飛び出した。西洋刀を模した大振りの刀身。護身用と言うには随分と大仰な超振動ナイフの刃だ。骨董《こっとう》品には違いないが腐っても地球製。岩も鉄も、切り裂けぬ物はない。まして髪の毛など造作もない。齧《かじ》り付かれた髪の毛の先を躊躇《ためら》いなく、切り落とした。

束縛から逃れると、鋼鉄の脚で地面を蹴り上げた。空中で輪をつくって跳躍を繰り返し、敵との間合いを取る。そして私は初めて、自分を襲った敵の正体を見た。

おぞましい姿に戦慄が走る。切り落とされた私の髪の毛をそいつはなおも貪《むさぼ》り食っていた。

得体の知れない節足動物だった。ずんぐりと太った胴体を四対の短い脚が支える。甲羅のような鎧《よろい》を全身に纏《まと》い、その環節の隙間から伸びた細長い管がゆらゆらと揺れていた。見てくれだけはダンゴムシにも似ている。しかし、その巨大な図体《ずうたい》は優に私の倍はある。

あんな巨体では、髪の毛の先っちょなど、間食のうちにも入らないだろう。まだ、食い足りないと言わんばかり、のそのそと私に向かってきた。

「な、何なのこいつ!」

ふと、思い出す。無様に喰《く》い散らかされた木の幹や、小動物の骨。なるほど、森を枯らした犯人はこいつに違いない。

突き出した頭部に点《とも》る小さな目が獲物の姿を捉えていた。蛋白質《たんぱくしつ》の塊でしかない髪の毛なんかを食べてしまうくらいだ。口に入るものなら何でも食べてしまう悪食家に決まっている。枯れ果てた森の中で、私のことが十数年ぶりのご馳走《ちそう》にでも見えるのだろう。

だが、幸いなことに、その動きは緩慢だ。これなら走れば十分、逃げ切れるだろう——。

そう思った矢先だ。短い八本の脚が軽快に大地を蹴って駆けた。巨体がまるで砲弾のようにこちらに向かって飛び込んだ。不意のことに反応が遅れる。私の小さな体はいとも容易《たやす》く弾《はじ》き飛ばされる。

地面に叩《たた》きつけられた衝撃を借りて、すぐに立ち上がり体勢を整え直す。蟲はその巨体に似合わぬスピードで、まるで社交ダンスでも嗜《たしな》むかのように軽くステップを踏んで跳ねた。

咄嗟《とっさ》にブレードを構える。切り返し、再び、巨体が飛び込んでくる。衝突の瞬間を狙い、振り下ろしたブレードはしかし、巨軀《きょく》が纏《まと》う装甲板によって弾《はじ》かれた。

単純な力勝負ともなれば、分が悪い。突進してくる装甲車を相手に真正面から刀一本で立ち向かうほど愚かでもない。巨大蟲が向きを変えるために、地面の上で半身を横に捩《よじ》らせる。その隙に、私は木々の隙間を走り抜けた。逃げる獲物を逃すまいと、敵は四対の脚をキャタピラのように駆動させる。

「そうはさせるか！」

一歩踏み込んだ右脚を軸にして、手甲から伸びる太刀を水平に振りかざした。猛牛の纏《まと》う鎧《よろい》は貫くことはできなくとも、朽ちた大木の幹であれば一太刀で両断できる。片側の足を地面に着けると、再び身体を浮かせて、隣の大木に向けて太刀を躍らせた。間髪を入れず、根元から斬られた二本の大木が交互に倒れ、襲い掛かる巨大蟲の上に倒れて下敷きにした。

さすがに大木二本に上から圧《お》し掛かられてしまえば、身動きも取れまい。だが、それでも、蟲はまだ生きていた。鎧《よろい》はひしゃげ、身体の半分は潰れていた。それでも、残った脚をじたばたと動かし、必死にもがいていた。驚くほどの生命力。その姿に私は同情さえおぼえた。恐る恐る近寄る。それが私にとって大きな油断だった。

蟲の全身から生えた無数の触手が私の足首を摑《つか》んだ。咄嗟《とっさ》に逃げようとしたが、獲物を引き寄せようとするその力は想像以上に強かった。蟲がその不気味な口を開かせる。獰猛《どうもう》な肉食獣を思わせる鋭い歯をがちがちと震わせる。なんていう執念だろう。自らが命の危機に晒《さら》されているこの状況でまだ、餌を食べる気でいるのだ。

私は止《とど》めを刺すのを一瞬だけ躊躇《ちゅうちょ》した。ブレードが鎧《よろい》によって囲われた蟲の頭部を貫いて潰した。感触は最悪だった。眉間から狙って、恐らく脳を潰した。ぐちゃ、という感触が刃の先から伝わった。金切り声の断末魔とともに、その巨体の動きが停止した。今度こそ絶命したに違いない。気が付けば、冷たい汗で私の全身はぐっしょりと濡《ぬ》れていた。

「それにしても、いったい、なんだったんだろう……」

息絶えた謎の生命体を前にしても、その答えは出てこない。唯一、分かることは、思った以上にこの場所は危険だということだ。獰猛《どうもう》な肉食蟲がこれ一匹だけだと考えるのはあまりに楽観すぎるだろう。もしかしたら、クロも今頃、こいつらに襲われて——。

嫌な予感ほど、ぴったりと的中する。しかも、最悪なタイミングを見計らったように。

かさかさ、かさかさ、かさかさ、かさかさ。

何者かが再びこちらに這《は》い寄《よ》って来る。しかも、かなりの数でだ。

「エリスさーん！」

私の名前を呼ぶクロの声。良かった、無事だったんだ――とは微塵《みじん》も思わない。むしろ殺意さえ湧いた。彼を後ろから追いかけてくる巨大蟲たちの大軍勢を見た後では特に。

「クロぉぉぉぉ！　あなた、何てものを連れてきたのよ！」

「す、すいません！」

二人で並んで全力疾走で逃げた。後ろから追いかけてくる蟲はざっと数えて十数匹はいる。

「何なのよ、こいつら！」

「クマムシです。元々は地球に住む微生物レベルの緩歩動物だったものを、遺伝子改良を施して巨大化させたのです。一時期は、食料用の家畜として真剣に検討されていました」

走りながらも、しっかり蘊蓄《うんちく》を解説してくるあたり、実にクロらしい。

「食料用？　勘弁してよ！　こいつらちっとも美味《おい》しそうには見えないよ！」

むしろ、こっちが彼らの餌にされてしまいそうだ。

「クマムシは別名、長命虫とも言われ、絶対零度の極寒でも、極度の乾燥状態でも高線量の放射線環境にも耐えることができます。食糧が枯渇《こかつ》しても、自らを休眠状態において長期間を生きながらえることができます。クリプトビオシスとも呼ばれます。そのため、開拓初期には大々的に養殖され、貴重な蛋白源《たんぱくげん》として活用されていました」

「クリプトビオシス……」

初めて聞いた言葉ではない。七十年ぶりに私が目を覚ました時、ブラン局長が説明してくれた。意味は確か——。

「代謝機能が停止し、自らを仮死状態に置くことで、過酷な環境への耐性を得ることができるのです。分かりやすく言えば、冬眠とか、コールドスリープと言ったところでしょうか」

道理で合点がいった。どうして、こんな餌が食い散らかされた死の森に、あれだけの数の蟲の群れが餓死もせずに長期間、潜んでいられたのか。彼らも私と同じ、そう考えると結構、気が滅入《めい》りそうになる。

「でも、どうして！　あいつら、冬眠してずっと寝ていたんじゃないの！」

「それはたぶん、餌が森にやってきたことに気付いて起きたんではないでしょうか」

思わず、私はクロに飛び蹴りを食らわしていた。

「な、何をするんです！　エリスさん！」

「クロぉぉぉぉぉぉ！　全部、あなたの仕業か！」

「いえいえ、私だけのせいではありません。エリスさんだって、森の中、大声出して歩いて回っていたでしょう。寝起きで皆さん、機嫌が悪いみたいです」

「それはクロが勝手にいなくなるからでしょう！」

とはいえ、ここで責任を擦《なす》り付《つ》け合ったところで何にもならない。しかも、押し寄せてくるのは後ろから追いかけてくる連中だけではない。丘の斜面を下る私たちの前にも二匹のクマムシが立ち塞がった。ゆらゆらと伸ばした触手を互いに絡《から》め合う。まるで、蟻《あり》が触角を重ね合わ

せて意思伝達《コミュニケーション》をとるみたいに。話し合っているのは狩りの作戦か、餌の取り分か。

そのうち、一匹の蟲がのそのそと前に進み出た。挟み撃ち。背後には十数匹からなる大軍が押し寄せる。となると、この目の前の二匹を倒すか撒《ま》くかしなければ私たちに未来はない。ブレードを構え、戦闘態勢に入る私とは対照的に、丸腰のクロはあたふたと慌てていた。

一匹が伸ばした触手がクロの首に巻き付いた。「ひぇぇぇ」と情けない悲鳴を上げて、無駄に大きいだけの図体《ずうたい》が引きずられる。

「クロ!」

助けようと前に出た私の両方の腕をさらにもう一匹の触手が捉えた。ブレードを持つ手を掴《つか》まれては、どうしようもない。大した連携だと感心している場合ではない。

「た、助けてくださぁあい! エリスさん!」

「助けてもらいたいのはこっちの方よ!」

パニックになったクロは戦力として当てにならなさそうだ。しかし、こんな鉄の人形を食べようだなんて、彼らも相当、腹が減っているのか。どちらにせよ、大軍に飲み込まれるまでもう、いくらの猶予もない。それでも、私は自分でも驚くほど冷静でいられた。奥の手にさらに奥の手があることを自分で知っていたからだ。

「リミッター解除!」

叫ぶ。それが私にとって、切り札を出す合図だった。鋼鉄の四肢を統括する運動制御系がシフトチェンジする。圧力パイプと電圧系によって活性化した人工筋肉が激しく収縮を繰り返す。

地面を蹴り飛ばした右脚が独楽《こま》のように踊り、空気を切り裂いた。至近距離で撃ち放たれた砲丸の如《ごと》く、超重量の蹴撃は敵の鎧《よろい》を容易《たやす》く打ち砕いた。その衝撃は巨大蟲の半身を押し潰し、大地を穿《うが》った。間髪を入れず、もう一方の敵の懐《ふところ》へと飛び込む。反撃の隙を与えない。手甲をそのグロテスクな頭部へと叩《たた》き込《こ》んだ。

緑色をした体液が飛び散り、二つの巨体は沈黙した。その間、わずか数秒。最初からこうしておけばよかったとも思う。

「ほへぇ」と、間抜けに息をついて、クロが感心した目で私を見上げていた。馬鹿力ですね、とも言いたげに。

元々、この鋼鉄の体軀《たいく》は、レイバーたちのために造られたもの。と、いうより、レイバーの身体パーツを流用して、義体として取り付けたものだ。だから、一般的な義体よりも重量が重い分、耐久性もパワーも桁違いだ。何しろ、戦時下に於《お》いて、常に最前線に立たされ、無敵の兵卒と恐れられたサイボーグたちの体軀《たいく》なのだから当然だ。勿論《もちろん》、物騒な武器もこの中にはしっかり仕込まれている。このブレードもその一つだ。

別に戦場に赴《おもむ》くわけではないのだが、治安が物騒な地域に赴《おもむ》く可能性がある長距離郵便配達員は多くが、自衛用に武装することを許可されている。それでも、こんな危険極まりない機能は外したいと思っていたのが本音。自分の身体に武器が仕込まれているなんて。普通の感覚なら御免こうむりたいと思うはずだ。私は人間だ。兵器じゃない。

それでも、この身体をおかげで何度も生き延びてこられたのも事実だ。これまでも、山賊に襲われたこともあったし、この前、砂トカゲに襲われた時も、噛《か》まれたのがこちら側の義手で助かった。そうでなければ、大けがなどでは済まなかった。この鋼鉄の体躯《たいく》こそが、経験も浅い私が過酷な長距離郵便配達員の仕事を続けてこられた理由なのだ。

目の前の敵を排しても、背後から押し寄せる軍勢が動きを緩めてくれるわけではない。

「早く！　逃げるよ！」

私はクロの腕を掴《つか》んで走った。これだけの数を相手に真正面から戦いを挑むのはあまりに無謀すぎる。

だが、別の群れが私たちの行先《いきさき》を塞ぐ。それが右にも左にも、散開したクマムシたちが回り込む。私たちは鈍足のハンターたちによって包囲されつつあった。すでに唯一の出口へと繋《つな》がるがる道は蟲たちによって塞がれている。ならば、一か八か、強行突破するしかないのか。拳を握り、腰を落とし、群れと対峙《たいじ》する。しかし、それを後ろからクロが止めた。

「あちらに管理棟があります。そちらに逃げましょう」

クロが指差す方角は出口とは真逆だった。

「何を言っているの、そんな所に逃げたって、あいつらに取り囲まれてお仕舞いよ！」

「いいえ、大丈夫です。あちらに逃げる方が確実です。行けば分かります」

「な、何を根拠に……！　そんなこと言われたって、信じられるわけないでしょ！　今ならまだ群れが集まりきれてない。強行突破して助かるチャンスは今しかないんだよ！」

「では、エリスさん。いざとなったら、私が囮《おとり》になります。その間にエリスさんは逃げてください。なに、私は硬いですから、彼らも私を食べるのには時間が掛かるはずです」

「そんなこと！　できるわけが……！」

「なら、私の言うことを信じてください」

そう言って、今度はクロが私の手を強引に摑《つか》んで引っ張った。さっきまでは腰を抜かして動けなかったくせに。

水路を上流に辿《たど》って、古い獣道の跡を駆け巡った。ほどなくして、高々と聳《そび》え立《た》つ煉瓦《れんが》造りの円塔が姿を現した。そのすぐ奥が終着点。バイオスフィアを外界と隔てるコンクリートの壁に、ガラス張りの天井が頭上を覆う。円塔の外周から突き出した作業用の足場が壁を伝って上まで伸びていた。

塔の出入り口はやはり、鉄鎖を巻かれ、厳重に封鎖されていた。それでも二人掛かりの体当たりで、腐りかけていた蝶番《ちょうつがい》は簡単に弾《はじ》け飛んだ。埃《ほこり》の濁った室内には二人分の事務机と簡素な計測器がそのまま放置されている以外は他に何もなかった。事務室を出ると、短い通路の先に螺旋《らせん》階段が上の階に向かって伸びていた。三階から外階段へと繫《つな》がり、さらに細く伸びた連絡路を辿《たど》ってドームの外壁へとたどり着く。

かさかさ、とクマムシたちの大軍勢は塔の外縁に堅固な包囲網をすでにつくりあげていた。互いに触手を絡《から》め合い、突撃の合図を取った。総勢で五十匹は下らないはずだ。地鳴りが響き、蟲たちが塔を強引によじ登ろうとする。赤煉瓦《れんが》の壁が瓦解《がかい》していく。それでも、蟲たちは個体の上に個体が重なり、ほんのわずかの間に塔の上の連絡路までたどり着いた。

私たちが辿《たど》るのは櫓《やぐら》のように組まれた整備員用の足場。人が一人、通るのもやっとというような場所で、さらにあちこちで床が抜けていたりする。

「どうするのよ、クロ！　もう逃げる場所なんてないよ！」

「まだです！　とにかく上を目指せるだけ目指してください！」

下を見れば、地面が遠い。見るだけで足が竦《すく》みそうになる。クマムシたちは塔を破壊しながら進み、足の先に伸びる無数の触手を壁に張り付かせ、事もなげに壁をよじ登る。

しかし、道は途中で途絶えていた。足場は崩れ落ち、これより先は進むことはできない。硝子《ガラス》の張られたドームの天井へは到底、手が届かない。

「詰んだ……もう駄目」

へたりこむ私をクロが片手で担《かつ》ぐように抱きかかえた。

「な、何をするのよ！　い、いきなり！」

咄嗟《とつさ》に私は両脚で暴れて、クロの横っ腹を蹴り上げた。かん、とドラム缶を蹴るような、小気味のいい音が響いた。

それでも、クロは「大丈夫です。ここまで来れば十分です」と平然としていた。

左腕を空高く掲げた。同時にぽん、とクラッカーを鳴らすように何かがクロの左手の掌《てのひら》から射出された。ワイヤーロープでつながれたアンカーだ。頭上で硝子《ガラス》が割れる音がした。アンカーの鉤爪《かぎづめ》が天井に張り巡らされた鉄格子《てつごうし》をがっちりと摑《つか》んだ。

ぶーん、とギアの回転する間抜けな駆動音が片腕から鳴る。内蔵されたウインチがワイヤーロープを巻き上げると、私たちの足は足場から離れて宙に浮いた。天井まで十数メートル。ロープが風に空中で揺れると、私はクロに胸にしがみついた。

それから数秒後、私たちのいた足場はクマムシの群れの中にあっさりと飲み込まれた。だが、それ以上は鈍重な蟲たちには、空の上へと逃げる私たちを追う術はなかった。

割れたガラスの窓からドームの外に脱出すると、鉄錆《てつさび》の混じったような懐《なつ》かしい荒野《こうや》の風の匂いがした。すでに大地には薄暗い夕闇の景色が覗《のぞ》き込《こ》もうとしていた。

ガラス越しに私の足元では、餌がいなくなったことに気付いたクマムシたちが今度は互いに互いを襲い、共喰《ともぐ》いを始めるのが見えた。何ともおぞましい光景だった。

全身から流れた汗が夕暮れの風に当てられ、私の身体を冷やす。私は硝子張《ガラスば》りの屋根の上に腰を落とし、考えに浸る。散々な一日に私の気持ちは沈みに沈みきっていた。

「ねぇ、クロ。私たちはここに来るべきではなかったのかな」

「……そうかもしれませんね」

それだけ答えて、クロも私の横に座る。二人で同じように黄昏《たそが》れ、西に沈む夕日を見守った。

「やっぱり、楽園なんてないんだね……」

沈黙の中でぽつりと呟《つぶや》いた言葉が夕闇の中に溶けて消えた。

バイオスフィアの蟲たちは最後の一匹になるまで共喰《ともぐ》いを続けるのか、それとも腹いっぱいになったらまた、休眠状態に入って次の獲物が訪ねてくるまで十年でも二十年でも待つのかは分からないけど。小さなコップの中の世界で私たちが及ぼした影響は決して少なくはない。

世界から断絶された小さな世界。そもそも外の世界から来た人間が小さなコップに干渉すべきではなかった。小さな世界に閉じこもっている限り、幸せは永久に続くのだろう。でも、もし、そうならば私はどうなるのだろう。あの夜から世界で独りぼっちになった私は。

日が沈んでから私たちは天井から下りて、再び出立の準備をする。私たちはこの場所にいるべきではない。スクーターに電灯を灯《とも》し、久しぶりの夜間走行に入る。

去り際に、二つの月の光に照らされ、夜の闇の中に沈むドームを見た。それはさながら巨大な棺桶《かんおけ》のようにも見えた。

# 4　夜の迷宮

# 九十五日目

クノッソスの宮殿の地下には巨大な迷宮があった。深い闇に閉ざされた、夜の迷宮《ノクティス・ラビリントス》の奥に牛頭人身の怪物《ミノタウロス》はいた。

クレタ王ミノスの王妃パシパエと牡牛《おうし》との間に生まれた呪いの児。その気性は荒く、人の肉を好んで食らった。人外の児に手を焼いたクレタ王はミノタウロスをラビリントスに幽閉する代わり、属国から連れてきた少年少女を定期的に供物《くもつ》として捧《ささ》げた。深い迷宮に閉じ込められ、彼らは次々とミノタウロスの餌食《えじき》となった。

しかし、二十年余りの月日が経《た》ち、ミノタウロス討滅に立ち上がった青年がいた。アテナイの英雄テセウス。彼はクレタ王女アリアドネの助力を得て、ついには悪虐の限りを尽くした牛頭の怪物を滅ぼした。めでたし、めでたし。

——というギリシャ神話の蘊蓄《うんちく》話をクロに聞かされながら、私は陰鬱な面持ちでスクーターを走らせていた。足場の悪い砂地に四輪のタイヤが深い轍《わだち》をつくりながら進む。時折、タイヤが砂の中に沈んで動かなくなるたび、手で掘って掻《か》き出《だ》した。だが、私たちを苦しめているのは別に砂漠の砂だけではない。

その名の通り、夜の迷宮《ノクティス・ラビリントス》が、旅路を急ぐ私たちの行く手を幾度となく阻《はば》んだ。ノクティス・ラビリントスはマリネリス渓谷の西端、そしてタルシス台地の東端に差し掛かる断層帯だ。大地に切り込まれた地溝《グラーベン》が縦横無尽に走り、まるで絡《から》まった電気コードのように雁字搦《がんじがら》めに入り組んで、その名の通り、《迷宮》を形成していた。

「えー、また行き止まり」

スクーターを停《と》め、私は上下をひっくり返した地図と睨《にら》めっこをした。先ほどから、地図に書かれている地形図と目の前の地形とが全く一致していない。迷宮の入り口に踏み込んでからはや三週間。私は完全に自分のいる場所を見失っていた。こうなっては地図も用をなさない。

「あーもう、やめ、やめ！」

私は赤い砂を蹴って、砂丘の上に腰を下ろした。エアリーを出発してからすでに三カ月が経《た》ち、鬱積した疲労はピークに達しようとしていた。目指すタルシス台地はすでに目と鼻の先にありながら、こんなところで足止めを食らっている。

「エリスさん、そんな自暴自棄にならないでください。何とか、打開策を考えましょう」

いつだってクロは冷静だ。それがかえって私には腹立たしくさえ思えた。

「何とかって何よ！　あーやだやだ。ケーキが食べたい、ご馳走《ちそう》が食べたい」

貯水タンクの残量も心許《こころもと》ないし、食料だっていつまで持つか。旅路の途中で街があるわけでも、どこかに井戸が掘ってあるわけでもない。果てしなく続く道に絶望的な気持ちに浸る。

「どこか高い場所に上れば、位置も分かるかもしれません」

「高い場所、ね？」　鋭く切り立った崖が四方に私たちを取り囲んでいた。で、どこから登るつもり？　もう、私には溜息《ためいき》をつく気力も残ってはいないのに。

「やっぱり、無謀な旅だったのかも……」

郵便配達員がこの道を通っていたのも内戦の始まる一世紀も昔の話だ。かつては渓谷にも小さいながら集落や施設も存在し、行き交う行商隊《キャラバン》も少なくはなかったはず。だが、そのどれもが今は存在しない。孤独な旅路が長引けば長引くほど、私の心を蝕《むしば》んでいくような気さえした。

「申し訳ございません。私が無理なことをお願いしなければ良かったのですね」

どうやら、またいつものように私の口から失言が零《こぼ》れ出ていたらしい。クロが生真面目に、お詫《わ》びの言葉を並べてきた。確かに、クロが郵便局にこんな変な依頼を持ってこなければ、そもそもこの三か月間は存在さえしなかった。だが、依頼主が手紙なんか持ってこなければよかった、などとは口が裂けても、郵便配達員が言っていいことではない。

「別に、私が言いたいのは、そういうことじゃないってば」

「ですが……エリスさん。最近、ずっと、怒ってばかりですから……」

またしても、クロの少しずれた発言が私の苛立《いらだ》ちを加速させた。

「だからぁ！　そういうことじゃないって！」

私は水筒を地面に叩《たた》き付《つ》け、地面の上に寝転んだ。

「……あの……エリスさん？」

「今日は体調が悪いの。だから今日はここでキャンプ」

とはいえ、日はまだ高い場所にある。不貞寝《ふてね》する私を後ろからクロが担《かつ》ぎ上《あ》げた。

「いいえ、日没までにはまだ時間がありますから、もう少し行けるところまで行きましょう。私が運転しますから、エリスさんは休んでいてください」

と、言って無理矢理、私をサイドカーに乗せた。時折、見せるこの強引さはいったい何だろう。

クロがエンジンを掛け、ハンドルを握る。変な気持ちだったが、クロが自分で運転すると言う以上、私が止めるのも何かおかしい。私はサイドカーのシートを傾けて横になった。

砂地の上を走るローバーは何度も縦に揺れ、居眠りだってできない。私は狸寝入《たぬきねい》りを決め込み、目を瞑《つぶ》った。でも、私の頭の中は今まさに罪悪感と自己嫌悪《けんお》でいっぱいだった。

クロの運転するローバーは一度通った道を何度も往復し、一向に前へ進む気配もない。探しても、探しても、高台の上へ抜ける道は見つからない。ひょっとしたら、私たちは一生、この《夜の迷宮》から出られないのかもしれない。

ミノタウロスの迷宮に送り込まれた少年少女もきっと、同じ気持ちだったに違いない。

――ミノタウロスはラビリントスの中にいる。

先を急ごうとするクロの考えも私には分かる。この《夜の迷宮》は曰《いわ》くつきの土地だからだ。

半世紀に続く内戦。その戦端を開いたのは《紅き蠍《スコーピオン》》と呼ばれる武装集団だった。鋭い毒針と大きな鋏《はさみ》――血のように赤い団旗は恐怖の象徴だった。真っ当な主義主張があるわけではない。何しろ、元々は隕石嵐《メテオストーム》の大災厄で困窮した人々と仕事を無くしたレイバーたちが集まったただけの野盗の集団だったからだ。それが各地の小さな集落で略奪行為を繰り返し、勢力を広げ、ついには西方最大都市だったタルシシュを襲撃し、その市街をほぼ占拠下に置いた。《紅き蠍《スコーピオン》》の蛮行を食い止めようと、各地の都市がタルシシュ解放のための義勇軍《市民連合》を結成したところまでは良かった。

しかし、結局はそれも烏合《うごう》の衆だった。世界的大災厄の中で不足する物資を奪い合って、市民連合は勝手に分裂し瓦解《がかい》。あまつさえ、《紅き蠍《スコーピオン》》側に合流する一派さえいた。

火星全土はモザイク状の勢力図に塗られ、いったい、誰が誰の味方で、誰が誰と敵なのかお互いに分かっていない状態で半世紀あまり、ずるずると惰性で銃弾と砲弾が飛び交った。いつしか、お互いに戦争に嫌気がさし、各勢力の間で和平が進んだ。それでも、最後の最後までタルシス地方で暴れまわっていたのが《紅き蠍《スコーピオン》》。だが、彼らも再結成された《市民連合》の軍隊によって討伐され、戦争はようやく終結した。

だが、戦争の傷跡は深かった。廃墟《はいきょ》と化したタルシシュは戦後復興も行われることなく、その周辺の《紅き蠍《スコーピオン》》によって蹂躙《じゅうりん》された町々も廃棄され、うち捨てられた。結果、エアリーから西はほとんど人の住まない無人地域となった。

そして、市民連合によって壊滅させられた《紅き蠍《スコーピオン》》の残党が逃げ込んだのが、このノクティス・ラビリントス。戦後数年は市民連合による残党狩りも行われ、突発的な武力衝突も起きた。いわばこの地は古戦場。とは言っても、二十年近くも昔の話だ。《紅き蠍《スコーピオン》》の残党がいるかもしれない――という非現実的な心配よりも、落ち武者の幽霊に出くわす心配をした方がいい。

クロがぎこちない手捌《さば》きで運転するローバーは丘陵の隙間を縫うように走っていた。

私はふと、目を覚まし、自分があの状態で眠っていたことに気が付いた。太陽は西にやや傾きつつあった。坂道を上り、ローバーは三方を卓上丘《メサ》によって囲われた吹き溜《ふだ》まりに迷い込んだところだった。メサの天辺《てっぺん》から吹き込む風が溝の底で渦をつくって流れた。

ひゅう、ひゅう、と大地が口笛を吹いているようだった。気付きようもなかった。風に紛れて忍び寄る狩人《かりゅうど》たちの存在を。私たちは今の今まで察知することができなかったのだ。

透き通る青い空に一筋の線が引かれる。メサの上から伸びた軌跡は高々と放物線を描き、私の頬の先をかすめていった。浅く切り裂かれた右の頬から薄色の血がやや大袈裟《おおげさ》に流れ落ちた。擦った掌《てのひら》が真紅に濡《ぬ》れた。べったりとくっついた鮮血を見て、私は全身から血の気が退いた。

襲ったのは鉄鏃《てつやじり》の弓矢だった。それも、野山でウサギやキツネを狩る類の代物。そこから間髪を入れずに、第二、第三の矢が次々と空を裂いて、鋭く尖《とが》った鏃《やじり》が地面に突き刺さった。

「敵の襲撃です！」

クロが叫んだが、私には全く現実感がなかった。……は？　敵って……誰？

敵と言われても、そんなものに襲われる心当たりはない。だが、こちらに心当たりはなくとも、相手の方は遠慮してくれるわけがない。古めかしい戦笛の音が風を押しのけるように渓谷に響いた。そして、地響きが襲う。それは無数の砂駱駝《らくだ》の群れだった。前から、横から。四十度近い傾斜を飛び跳ねるように駱駝《らくだ》がメサから駆け下りる。ふたコブの背中に跨《また が》り、手綱を握る男たちは全身に黒装束を纏《まと》っていた。手にした武器は弓矢だけではない。腰から提げたのは半月刀《シャムシール》、そして古典的な形状をしたアサルトライフル。威嚇の銃声が火を放った。

風に真っ赤な旗がはためく。おどろおどろしい蠍《さそり》の絵が、毒針をこちらに向けていた。

「強行突破します！」

引き返し、クロがローバーを加速させる。しかし、エンジンを全開に駆動させたところで、砂の上では加速の程度もたかが知れている。一方で、砂駱駝《らくだ》の蹄《ひづめ》は表面積が小さく、足の裏の弾力性も高い。時代遅れだと侮《あなど》ってはいけない。砂の大地では砂駱駝《らくだ》は自動四駆にも勝る機動力を発揮する。黒ずくめの集団は瞬《また》く間《ま》に私たちを取り囲む。弓兵たちが四方から矢を放つ。

「ひぇえ！」

サイドカーの中に蹲《うずくま》って隠れた。放たれた矢は次々と私の頭上を越え、スクーターの車体やクロの胴体に次々と弾《はじ》かれた。だが、その一本が運悪く、前輪のゴムタイヤに突き刺さった。空気が抜け落ち、車体が歪《いびつ》に傾いた。傷ついた脚を引きずりながら、それでも、ローバーは走り続けた。ハンターたちは一定の距離まで詰めると、それ以上は包囲網を狭めようとはしなかった。ただ、獲物の横に伴走するだけ。狼《おおかみ》の群れがたった一匹の手負いの野兎《のうさぎ》を追い回すように。それは久々のハンティングをただ楽しんでいるだけのようにも思えた。

クロはローバーを走らせることに必死で気付きもしなかっただろう。狩人《かりゅうど》たちの狙いに。

どん、と底から突き上げられ、次の瞬間には車体が横に倒れるようにして大きく傾いた。巻き上がった砂がうねりをつくり、ローバーを上から飲み込んだ。

超重量の車体を支える大地が消えていた。まさか、落とし穴を仕掛けていたとは、これまた、何という古典的な手法。だが、それだけに、私たちはまんまと誘い込まれ、嵌《は》められたのだ。

サイドカーを支える固定金具が弾《はじ》け飛ぶ。スクーターの車体が悲鳴を上げて断裂する。私は投げ出されるように、深い穴の底へと転げ落ちていった。

それからどれだけ時間が経《た》ったのだろう。目が覚めたとき、私を取り囲むのは深い闇と、そして全身を縛り付けるような鈍い痛みだった。横たえた身体の上に、何かとてつもない重い物体が覆いかぶさっていた。

随分長いこと、気を失っていたようだ。井戸の深さまで掘られたその穴の底で、私は首を持ち上げた。覗《のぞ》き窓のように小さな穴の入り口の向こうに煌《きら》めく星空が見えた。

起き上がろうにも、横倒しになったローバーが私の半身にのし掛っていた。不幸中の幸いだったのは、ローバーが乗っ掛ったのは鋼鉄製の右半身の側だったということだ。もし、これが生身なら手足も内臓も全て押し潰されて、私は目を覚ますこともなかっただろう。

とはいえ、ローバーの総重量は数百キロにも及ぶ。いくら、レイバーの腕でも、身体を横にしながら、片手で持ち上げるには無理がありすぎる。

「クロ！　クロ！　いる？　お願い、助けて！」

助けを求めたが、穴の入り口からひょっこり、あの間抜け面が顔を出すなんて、都合のいいことは起きなかった。どこにいったのだろう。クロも、あの黒装束の軍団も。

わずかの躊躇《ためら》いはあったが、背に腹は代えられない。いつ連中が戻ってくるかもわからないのだ。私は腹をくくるしかなかった。右手の甲からブレードが伸びる。パンクして破れた車輪と折れかけたシャフト。刃先を向けて、腕を持ち上げると、面白いほど簡単に切れた。ぼろぼろになった装甲を両手で掴《つか》んで剥ぎ取る。車体を少しずつ解体して、軽量化していく。何とか車体の底から脱け出した時には、ローバーは見るも無残な姿へと変わり果てていた。エンジンも大半をバラバラに解体した。これを元に戻して再び走らせるのは神様でも無理だろう。

それでもあのまま、ローバーの下敷きになって、身動きがとれない状況よりははるかにマシだ。私は残りの水と最低限の装備だけをバックパックに詰め込んだ。ほかに手にしたのは郵便鞄《かばん》だけ。ローバーの残骸を上に積み上げ、踏み台にして、何とか、落とし穴から自力で這《は》い出すことに成功した。冷たい夜風が頬を擦る以外には何もない。クロの姿も、駱駝《らくだ》に乗った黒装束の集団も。皆、どこに行ってしまったのか。

「クロー！　クロー！」

叫んだが、応えるのは渓谷の隙間に吹き込む寒々しい夜の風ばかり。静寂があまりに怖かった。私は砂の上にへたり込んで、しばらく呆然《ぼうぜん》としていた。

気付けば、頬《ほ》っぺたに熱い雫《しずく》が滴《したた》って落ちた。

私はまた独りぼっちになってしまったんだ。全てを失ったあの八十年前の夜のように。真っ赤に燃える空と大地を薙《な》ぎ払《はら》う烈風。悪夢と絶望が再び私の前に姿を現す。

こんな砂漠のど真ん中で、独りぼっちになって、いったい、何をどうすればいいというのか。

肩に提げた郵便鞄《かばん》が夜の風に揺られた。中には、数十通もの手紙が詰め込まれていた。ユウとセリの書いた手紙もこの中に入っている。私の書きかけの手紙も。

行かなきゃ――。小さな使命感が私に立ち上がる力を与えた。このまま、郵便配達員が手紙を放っておいていいわけがない。届けなきゃいけないのだ。手紙も、クロも。

砂漠の上に大きさの異なる足跡が無数に重なり合う。この場所で一戦、やりあったのだろうか。そして、何かを引きずったような痕跡と車輪の跡とが残っていた。砂駱駝《らくだ》の蹄《ひづめ》は西に向かって伸びていた。連れ去られた？　それ以外には考えられない。

足跡がどこまで伸びているかなんて分からない。連れていかれたのは連中の拠点か。でも、それがどんなに遠くにあるのかも分からない。それでも、進んでみなければ何も始まらない。

いつしか、風は止《や》み、立ち上る砂煙も消えていた。これまでの旅で一番、空気が澄んでいた夜かもしれない。瞬《また》く星が柔らかな光で大地を満たす。

遥《はる》か西に、空を真っ二つに割る細い糸が大地から天蓋に向かって伸びているのが見えた。

あれが《豆の木》ですよ、とクロがいたら、また蘊蓄《うんちく》を披露したに違いない。

お伽噺《とぎばなし》ではあの巨大な塔の天辺《てっぺん》には巨人とその城があるというが、一世紀も昔にはあの豆の木が地球とこの星を結ぶ唯一の玄関口だった。タルシシュの郊外、オリンポス山の麓近くに建造された軌道エレベーターは愛称を豆の木《ビーン・ストーク》と呼ばれた。

戦火の中でタルシシュが壊滅し、甚大《じんだい》なダメージを受けた豆の木も物資の昇降能力を失い、廃墟《はいきょ》と化した。ただ、それでも、上空一万七〇〇〇キロまで聳《そび》える尖塔《せんとう》は今でも、旅人にとっては大きな道標《みちしるべ》となっている。

乱雑に砂の上を踏みしめる駱駝《らくだ》の蹄《ひづめ》の跡は豆の木の方角へと伸びていた。

お父さん、お母さん。

私は今、夜の砂漠を歩いています。寝袋も防寒具も、全部、ローバースクーターに置いてきました。砂漠の夜は予想以上に体に堪えます。

いいえ、それはいいんです。私は今、自己嫌悪《けんお》の泥沼に嵌《はま》った真っ最中です。私は今日、クロと喧嘩《けんか》しました。向こうはひょっとしたら、喧嘩《けんか》とは思ってはいないかもしれませんが。とにかく、私はクロに八つ当たりして、彼に辛く当たりました。そのせいで少し、空気がギスギスとしてしまいました。

今、クロはいません。どこに行ったかもわかりません。私は砂漠で独りぼっちです。思い出します。ずっと、ずっと、昔。私が家を飛び出して、お父さんたちと別れたあの日。クロに謝りたい。謝らなければ、きっと、ずっと後悔するような気がします。あの日のように。知らない土地で、私は独りぼっちはもう嫌なのです。

会いたい。会いたいです。お父さん、お母さん。クロ。

みんな、わたしを置いてどこに行ったの。


東の空はすでに艶《あで》やかな赤色に照らし出されていた。私は一晩を駱駝《らくだ》の足跡を追って過ごしたことになる。左脚の筋肉は張り詰めて悲鳴を上げていた。しかし、休むわけにはいかない。砂の上に残された足跡が風に消されてしまえば、永久にクロの行方は分からなくなるだろう。丘陵を三つ越えたところで、私は信じがたいものを目にした。

そこには小さな集落があった。お盆のように四方を岩山に囲われた平地に猫の額ほどの田畑が広がり、駱駝《らくだ》と牛が放し飼いにされていた。当然、そこには人間もいた。砂の煉瓦《れんが》で組まれた平屋から腰の曲がった老人が出てきて、畑に向かうのが見えた。地下水脈を汲《く》み上《あ》げたと思われる用水路が集落を囲うように流れていた。

私はバックパックから地図を摑《つか》みだして、端から端まで注意深く凝視した。だが、該当するような集落の存在はどこにも記されてはいなかった。地図にも載っていない集落とは、如何《いか》にも曰《いわ》くつきだ。地図がつくられたのは半世紀以上も前の話だ。もし、集落がつくられたのが、その後ならば、辻褄《つじつま》が合う。しかし、火星郵便公社のネットワークが存在を認識していない村が存在しているという事実には変わらない。

心当たりがないわけではない。黒装束の集団に襲われた時、彼らが掲げた真っ赤な旗にはおどろおどろしい蠍《さそり》の姿が描かれていた。それは紛れもなく、かつてこの地に存在していた《紅き蠍《スコーピオン》》の団旗だ。内戦時代には街一つを焼き払い、女子供に至るまで住民を皆殺しにしたと伝えられる悪魔の集団。二十年も前に市民連合の掃討作戦で壊滅したものばかりと思っていた。

もし、これが本当に《紅き蠍《スコーピオン》》残党の隠れ家ならば、クロはそんな危険な連中に攫《さら》われたということになる。駱駝《らくだ》の足跡は集落に向かって消えていた。足が竦《すく》んだ。

バックパックを下ろし、もう一度、中身を確認する。手にしたのはケースの中に厳重に封じられた一世代前の単発式ニードル銃だ。薬莢《やっきょう》とともに撃ちだすのは長さ数ミリの芯針《ニードル》の散弾だ。無数の棘《とげ》が突き刺さり、相手に致命傷を与えることだってできる。

こんな物騒な武器の携行を義務付けられているのも長距離郵便配達員だけだ。実際に撃たずとも威嚇用になる。鋼鉄の義手はいざという時のために切り札として隠しておきたい。

私は銃を両手で構え、丘を下る。岩陰に隠れながら、集落の様子を細かく観察する。一見したところ、私たちを襲ったような黒装束の男たちの姿はない。駱駝《らくだ》はそこかしこに歩いてはいるが、男たちが手にするのは武器ではなく、鍬《くわ》や鋤《すき》の農作業道具だ。テロリストたちの隠れ家とは思えない、むしろ郷愁さえ誘う牧歌的な農村の風景に私は戸惑った。

だが、同時に違和感もあった。隠れて村のあちこちを探るにつれ、その違和感の正体に気付いた。どうしてかは分からないが、この村には女性と子供がいないのだ。私の中で確信が強まる。私が目にしたのはいずれも還暦を過ぎたくらいの老人ばかりだったが、間違いない。黒装束の一団の正体は彼ら——半農半兵の村人だ。

大豆畑に隣接した古びた民家の陰に身を隠した。家の中に人がいる気配はない。住民は畑に鍬《くわ》を下ろし、農作業に汗を流していた。銃を構える手が震えて止まらなかった。

深呼吸をして、必死に胸の鼓動を抑えようとした。とにかく、今は情報が不足している。彼らの正体も、軍勢の規模も、そして、クロがどこに攫《さら》われたのかも。情報を知りたいのならば、これ以上は誰かから聞き出すしかない。

一時間ほど、住民が戻るのを物置小屋の陰から待ち構えた。清々《すがすが》しい汗を流し、こちらに老齢の男が一人、戻って来る。腰は曲がりかけ、年齢も六十を超えているようには見えたが、その割には全身に引っ付いた筋肉の装甲は朴訥《ぼくとつ》とした農夫のイメージからはかけ離れたものだ。老人だからと言ってか弱いとは限らない。反撃を食らえば、手加減している余裕はないだろう。

最後に私は息を飲んだ。そして、老人が家の玄関戸に手を掛けた瞬間を狙って、白髪混じりの後頭部に銃口を突き付けた。

「大人しく両手を上げてください。抵抗しなければ、危害を加えるつもりはありません」

言われた通り、老人は片手に持った鍬《くわ》を離し、両腕を上げた。

「ドアを開けて中に入ってください」

外では誰に見られているかも分からない。でも、家の中に入ってしまえば安全だ。鍵を外し、老人が扉を開けるのに続き、私も家の中に入った。薄汚れた寝台と、小さなテーブルに椅子が一つだけ。贅沢《ぜいたく》な調度品など一切ない、慎《つつ》ましやかな生活ぶりが垣間見《かいまみ》られる。

「で、おたくはどこから来たんじゃ」

私が扉を閉めるのを待って、老人は身体を重たそうに椅子の上に落とした。

「質問するのはこちらが先です。黒装束の……あなたたちの仲間がレイバーを一人攫《さら》ったでしょ。彼をどこにやったの」

「レイバー……？　はて、ジャックの仲間たちが確かにそんな話をしておったな」

「彼はいま、どこに」

「さてね。お嬢さん、喉は乾いておらんのかね。お茶くらいは用意するぞ」

「……は？」と、聞き返すよりさきに、老人は立ち上がり、台所に足を運んで、何やらお湯を沸かし始めた。当然、私は彼に銃口を向けたままで、銃を下ろしたりはしていない。しばらくして、ヤカンが笛を吹き始める。粗末なカップに注がれたのはいい匂いのする紅茶だった。

馬鹿にされている気がした。これなら少しぐらい抵抗してもらった方がよかった。

「どうした。飲まんのか。どうせ、水もろくすっぽ飲まず、歩き通しだったんだろう」

老人は泥だらけの私の靴を指差した。言われて初めて、私は自分の喉の渇きに気が付いた。毒を入れた形跡もない。私は誘惑に簡単に負け、出された紅茶を一気に飲み干した。

「……いったい、どういうつもり」

私はもう一度、老人にちゃんと見えるように銃口を目の前に突き付けた。

「どうも何も。おぬし、さっきから腕も足も震えておるぞ。それじゃあ、銃を撃ったところで弾は的には当たらんよ。サイレンサーをつける知恵はあったようだがの、肝心のセーフティーのロックが掛かったままじゃぞ」

全てが見透かされていた。人質にまさかの駄目だしを食らって、私は顔を真っ赤にした。銃口を向けられても、老人は優雅に紅茶をすすっている。

「そもそも、おぬしは素人《しろうと》丸出しなのだ。いいか、人質を取りたいのなら、先に足を撃っておくべきじゃ。相手に抵抗するなとお願いするのではなく、こちらから相手の抵抗する能力を奪わなければならん。そうでなければ、戦場ではいつ、寝首を掛かれるかわからんのだぞ」

「……すいません、勉強になりました」

私は観念して頭を下げた。きっと、ここでこの老人と戦闘になっても、恐らく私に勝ち目など一分もないだろう。素直に謝罪すると、今度は「かっかっか」と笑いだした。

「随分と殊勝な心掛けだ。俺はデリー。あんた、名前は」

「エリスです。郵便配達員をしています」

「郵便配達？　今時、こんなところまで来るなんて珍しいのう。なるほど、その古ぼけた地図のせいで迷子になったところを連中に襲われたと。それで拉致《らち》された仲間を助けるために、その震える足で勇気を振り絞ってここまで来た。粗方《あらかた》、そんなところだろう」

随分と察しがいい。おかげで説明する手間も省けた。

「お願いします！　クロを返してください！」

銃を腰のベルトに仕舞い、私はデリーに再び、深々と頭を下げた。

「お願いされたところで、べつに儂《わし》があんたの仲間を攫《さら》ったわけではないからな。お前さんの相棒を攫《さら》ったのはミノタウロスの連中じゃ」

「あの……ミノタウロスって？」

「儂《わし》らが勝手にそう呼んでいる。この《夜の迷宮《ノクティス・ラビリントス》》に潜む……まあ、単なるゴロツキさ」

「あの……《紅き蠍《スコーピオン》》ではなくて？」

「ああ、連中が団旗を振りかざしているところでも見たのか。察しの通りじゃ。ここは市民連合との戦闘に破れ、落ち延びた《紅き蠍《スコーピオン》》の生き残りたちの隠れ里じゃ」

「では、あなたも」

デリーはまるで誇らしいことのように頷《うなず》いた。

「当然じゃ。昔はこの手で何十人も何百人も殺した。だが、それも昔の話。今は引退して二十年、畑で芋と大豆ばかりを育てておる。今更、戦争を起こす気もないし、あんたを襲って、捕って食うつもりもない。だが、ミノタウロスの連中は違う」

「ち、違うって……」

「二十年前から時計の針が止まった連中だ。あいつらの中では戦争はまだ終わっていない。今でも自分たちを追いやった市民連合に本気で復讐《ふくしゅう》する気でいる。そのためにこの二十年、ひっそりと爪を研ぎ続けてきた。馬鹿みたいに今更、豆の木《ビーン・ストーク》を奪還するとか真顔で吹いておる」

「奪還するって……ビーン・ストークは今はもう、誰もいない廃墟《はいきょ》ですよ」

「じゃろうな。だが、そんなこと、連中には関係ない。ジャックは……ああ、ミノタウロスのボスなんだが、あいつの頭は今でも戦争ごっこの真っ最中だ。あいつにとっては、ビーン・ストークは変わらず戦略上の要衝で、市民連合の精鋭たちが駐屯していると。そう信じきっておる。だから、戦力を整えるためにあちこち遠出しては各地でキャラバン隊を襲ったりして、ここつとこの二十年、資材を集めてきたのだ。お嬢ちゃんたちは運がなかったということじゃ」

「じゃあ……クロは」

「さあな。相棒はレイバーなのだろう。鋼鉄の塊なのだから、鋳つぶして大砲でも造るつもりなのかもしれん」

「そ、そんな！　そんなことさせない！」と息巻いて、立ち上がったところで、コンコンと家のドアをノックする音が聞こえた。誰かが来た。私の心臓がきゅうと縮こまった。

「ベッドの下にでも隠れておけ」

デリーは私が隠れるのを確認してからドアを開けた。戸口の前に立っていたのは腰が完全に曲がった老人だ。「何だ、爺《じい》さんか。何の用じゃ」と、爺《じい》さんが爺《じい》さん呼ばわりする。

「デリー、聞いたか。昨日、ジャックたちが襲った連中のこと」

「いいや、よくは聞いてはおらんが、どうかしたのか」

「二人組だったらしいが、一人は横倒しになったローバーの下敷きになって死んだ。だが、今朝、スクラップの回収に戻ったら、その死体がなくなっていたらしい」

「死体が夜中に動きだしたと。馬鹿らしい。どうせ、ミノタウロスの連中、ろくに獲物の生死の確認もしていなかったんだろう。口先だけで相変わらず詰めの甘い連中じゃ」

「もう一人のレイバーが相当、抵抗したって聞いているからな。そのせいでちゃんと確認する余裕もなかったんだろう」

「しかし、レイバーなんて攫《さら》って、ジャックの奴《やつ》、何を企《たくら》んでいるんじゃ」

「さあな、とにかく、ミノタウロスの連中がこれから捜索に出かけるそうだ。それで、俺たちにも怪しい人影を見たら知らせろだとよ」

「ふん、相変わらず、勝手なことばかり言いよって」

それから二人の老人は世間話を少し交わし、デリーは訪問者を帰した。「……と、いうことらしいぞ」。訪問者が窓の向こうに消えていくのを確認し、デリーは言った。

襲撃者が私を置いて、クロだけを攫《さら》った理由はこれで理解した。あの高さから落ちて、大重量のローバーの下敷きになれば、誰だって死んだと思う。たとえ、生きていたとしても自力で抜け出せるわけがない。普通は。ということは私の義体のことは彼らにはバレていない。

しかし、困った。こんなにも早く気付かれるとは。

「いや、むしろ、チャンスかもしれんぞ。ミノタウロスの連中はこれから人を掻《か》き集《あつ》めて山狩りだと言っていたからな。それはつまり、連中の拠点は今、がら空きだということだ」

確かに老人の言う通りだ。気が抜けた少数の見張りなら、私の力でも何とかなりそうだ。

「おじいさん、そのミノタウロスの拠点というのはどこに」

「あそこじゃ」と、窓の外を指差した。畑の向こうに大きな岩山が聳《そび》えていた。その周囲を取り囲むのは木を組んだバリケードだ。幾重にも張られた有刺鉄線、ライフルを担《かつ》いだ見張り番。確かに物々しい。彼らがいまだ戦時下の真っただ中にいるというのは本当のようだ。

強行突破するしかないか。夜の闇に紛れて侵入するのも一つの手だが、人が出払っている今のチャンスを見逃すわけにはいかない。

「いや、途中までは儂《わし》が中に案内してやろう」

思わぬ申し出に、私はデリーに聞き返した。

「構わんよ。どうせ、昼前に物資を徴納しろと言われているからな。おぬしは樽《たる》の中にでも忍び込んでおればいい。連中のアジトは馬鹿みたいに深い地下壕《ごう》だ。道が複雑に入り組んで、それこそ《迷宮》のようになっておる。気をつけねば、迷って二度と出てこられなくなるぞ」

そう言って、老人はすぐに準備を始めた。台車に大きな樽《たる》を二つ載せ、薄汚れた布を上からかぶせた。樽《たる》の一つには収穫したばかりの土のついたお芋が詰め込まれ、もう一方の樽《たる》に私に入るよう命じた。私は手足を器用に折り曲げて、窮屈な樽《たる》の中に自らを押し込んだ。

随分と古典的な手法だ。不安でないわけがない。しかし、私を載せた台車を引っ張り、デリーはいとも簡単に検問を通過した。樽《たる》の中から声を聞く限り、検問は二カ所にあって数人の見張りが構えていたが、デリーとは軽く挨拶を交わしたくらいで、荷物の中を検《あらた》めようとはしなかった。何だかんだでこの十数年、戦争はおろか、小さないざこざすらなかった平和な村なのだ。末端の兵士の緊張感なんてそんなものなのかもしれない。

「ほれ、もういいぞ」。樽《たる》の蓋が開け放たれ、光が差し込んだ。一時間ちょっと、狭苦しい中に押し込まれれば、壁に点《とも》る薄暗いガス灯の明かりさえ眩《まぶ》しく感じた。老人が私を導いたのはミノタウロスの迷宮の中でも比較的浅い場所に位置する食料庫だった。芋やトウモロコシ、雑穀の類が詰まった木箱が乱雑に積み重ねられていた。

デリーが言っていた通り、迷宮は岩山を刳《く》り貫《ぬ》いて掘られた巨大な地下壕《ごう》だった。地表から近い場所には小さな小窓も開き、わずかばかりの陽の光も差し込んでいたが、細い通路の奥に進めば進むほど、視界は暗がりの中に沈んでいった。デリーに導かれるまま、私は幾重にも入り組んだ迷宮の路地を進んだ。すれ違う人はおろか、見張り番さえいない。私たちを襲った時には数十人ほどの黒装束の男たちがいたはずだが。全員、山狩りに駆り出されたのだろうか。

「こんな穴蔵に日中から好んで籠る奴《やつ》なんて、せいぜいモグラぐらいじゃ。大半の連中はこの時間はほとんど、畑で芋をつくっているんじゃ」

《紅き蠍《スコーピオン》》と言うには、意外と慎《つつ》ましやかな生活ぶりのようだ。いずれにしても、常駐の兵士がいないことは私にとっては朗報だ。これなら、案外簡単にクロを助け出せるかもしれない。

さらに奥に進んで、通路の幅が急に広がる。毒々しい真紅の旗が片側の壁に吊《つ》り下《さ》げられていた。歪《いびつ》に形の歪《ゆが》んだ毒針を向け、蠍《さそり》がこちらを睨《にら》みつける。

いや、紅《あか》い蠍《さそり》が睨《にら》んでいるのは私ではない。反対側の壁に貼られたのは大きな絵と地図だった。どちらも古いものだったが、絵の方は豆の木《ビーン・ストーク》だと一目で分かった。二枚の位置関係が意味するところは一目瞭然だ。もう一度、蠍《さそり》の毒針でビーン・ストークを仕留めてやろうというのだ。地図もビーン・ストーク周辺の地形図だ。赤鉛筆でごちゃごちゃとメモのようなものが書き加えられている。目標を包囲するときの陣形と、駐留部隊にどう攻撃を加えて殲滅《せんめつ》していくかの詳細な計画を何度も何度も書き直している跡が見て取れる。

「愚かだとは思わんかね。連中はこの十数年、来る日も来る日も、ビーン・ストークの攻略作戦を練っては夢想しておるのだ」。デリーは溜息《ためいき》をついた。確かに馬鹿げている。今更、動かなくなった軌道エレベーターを占拠して何になるのか。そもそも、戦う駐留部隊も存在しない。

「あの、おじいさん。どうして、私に協力してくれるんですか」

「質問に質問で返すが、おぬしはこの村を見て、何か気が付かなかったか」

「女の人と子供がいない。それに老人が多いかな。若い人なんてほとんどいませんよね」

私の答えにデリーは頷《うなず》いた。それがこの小さな集落を覆う閉塞感の正体だ。

「この村の者は全員が落ち延びた兵士たちじゃ。戦争が終わった時には十代だった者ももうじき四十歳を超える。すでに村のほとんどが老人じゃ。子を育むこともない。時が経《た》てば、人は減り、そして、滅んでいくだろう。あと十年、早ければ他の選択肢もあっただろうが、もう何もかも遅い。こんなところで、過去に縛り付けられ、戦争ごっこの続きをしている間に儂《わし》らは取り返しもつかなく、年老いてしまった」

古傷なのだろう。デリーはいつも歩くとき、左膝を庇《かば》うように片脚を引きずる。

「儂《わし》らはそろそろ、けじめをつけなければいかんと思っている」

それが私の問いに対する答えなのだろうが、私には老人の哀愁など理解できなかった。ただ、もやもやとしたものが胸に残った。さらに歩くと、小さな部屋から明かりが零《こぼ》れるのが見えた。テーブルを囲み、中年の男が四人、昼間から顔を赤らめて大騒ぎをしていた。

「ミノタウロスの誇る精鋭の親衛隊じゃ」。皮肉交じりに言う。テーブルの上に溢《あふ》れんばかりに載った麦酒《ビール》も、ご馳走《ちそう》も、デリーたちが汗水流して収穫してきたものだろう。ただの酔っ払いだが、困ったことに彼らは通路を塞ぐように陣取っていた。

「さて、それではここでお別れかの。儂《わし》が連中の注意を引きつける。その間におぬしはそこの道を抜けて奥を目指すんじゃ」

「……わかった。ありがとう」

「奥には恐らく、ジャックと……弟のジャンがいる。いいか。ほかの連中とは違って、あの兄弟は危険だ。あの二人だけには会わないように気を付けるんじゃぞ。それではな。相棒と会えるといいな」

最後にデリーは私の背中をぽんと叩《たた》き、兵士たちの下《もと》へ向かう。すっかり出来上がった虎たちを相手に声を掛けて、雑談を交わす。時折、兵士たちのたかが外れたような笑い声が響いた。

私はデリーに教えられた通り、彼らの目の前を横切る細い通路を忍び足で駆け抜けた。

先には階段が地下に向かって伸びていた。その向こうは暗闇に覆われ、まるで地獄まで続いているようにも見えた。


レイバーには人間と違って、意識を喪失した状態——つまり、気絶という概念が存在しない。

しかし、思考不能状態《フリーズ》というものは存在する。例えば、人間であれば、頭部を強く打てば、脳《のう》震盪《しんとう》で全身が脳による制御を失うもの。一方でレイバーの場合、頭部に衝撃を受けたところで内部の半導体に損傷がなければ、思考回路や動作性に支障はない。ただ、これが例えば、外部から高電圧をかけられた場合はそうもいかない。伝導性の高い鋼鉄によって全身が覆われている分、制御系回路にも大きな負荷がかかり、処理能力が著しく低下する。つまり、《フリーズ》するのだ。視覚回路は機能しているが、動作制御回路は応答しない。

自分たちを襲った黒装束の集団はまず予《あらかじ》め用意していた罠《わな》にローバーを追い込むと、包囲して今度は高電圧スタンパイルを撃ち込んだ。食らえば一撃でレイバーは最低でも数時間は完全な行動不能に陥るという代物だ。彼らは自分を台車に乗せ、砂漠の山稜《さんりょう》を超え、自らのアジトへと運び込んだ。レイバーを拘束するのにはやはり、強力な電磁石を用いた戒具で手足を縛った。これもまた、鋼鉄の身体を持つがゆえのレイバーの弱点で、内戦時代では敵味方関係なく多用された対レイバーの常套《じょうとう》手段でもあった。しかし、レイバーという存在が珍しくなった現在では、砂漠の遊牧民や野盗の類が持っている装備ではない。むしろ、彼らのよく連携され、訓練された動きにはレイバーと戦うことに慣れている印象さえあった。

勿論《もちろん》、途中で抵抗し逃げることも可能だったかもしれない。しかし、彼らの正体を摑《つか》むためにはこのまま大人しく捕まって、アジトへ連れて行ってもらう方が得策だ。それともう一つ。

「エリスさん、大丈夫でしょうか……」。それだけが気掛かりだった。少なくとも自分が大立ち回りをして敵に捕まれば、その隙に彼女だけでも逃げることができるはずだ。

きっと、もう会うことはないだろうが、彼女と旅を続けたこの三ヶ月間は、自らの死に場所を探す老齢のレイバーにとっては眩《まぶ》しく輝く時間だった。地球に置いてきた姪《めい》っ子が大きくなったら、彼女のように真《ま》っ直《す》ぐに育っていたかもしれない。

「まあ、時々、失言もしますがね」。鋼鉄の仮面の底でくすりと、クロは笑った。

黒装束の男たちは自分を拘束したまま、巨大な迷宮のように入り組んだアジトの奥へと運んだ。地下に向かって底無しに伸びる階段は、地獄まで続いているように思えた。迷宮の奥にはミノタウロスがいるのが定番だ。しかし、恐怖心はなかった。

黒装束の男たちが何故《なぜ》、自分を生け捕りにして運ぶのか、理解できなかった。略奪が目的ならば、その場で自分を解体して、部品をスクラップ屋に持ち込んだ方が金になる。

その答えは、地獄の底まで続く迷宮の終着点ではっきりとした。そこは広々とした大広間。地下水が染《し》み出し、床と壁は冷たく湿っていた。ガス灯の明かりが微《かす》かに闇を照らす。まるで巨大な地下牢《ろう》のような空間の奥に、場違いに豪華な玉座がしつらえてあった。壁に掛かるのは蠍《さそり》の描かれた赤い団旗。

そして、玉座に腰かける地下の王。それはまた歪《いびつ》な出《い》で立《た》ちをしていた。クロは両腕を後ろ手に拘束されたまま、王の前に傅《かしず》いた。黒装束の者たちは引き下がり、玉座の間の床に、ガス灯に照らし出された二つの影が対峙《たいじ》した。

「よう、同志」。玉座から王が立ち上がる。その姿はクロと同じように、鋼鉄を身に纏《まと》っていた。彼の言う「同志」とはつまり、レイバーのこと。しかし、その姿形は対照的だ。クロが身に纏《まと》うのはくすんだ鉄屑《てつくず》の色。対して、王は闇の中に溶けて消えてしまいそうな漆黒をその身体に宿す。そして、牛頭人身《ぎゅうとうじんしん》の獣ミノタウロスを思わせる牡牛《おうし》の角が二本、頭部から突き出る。王は自らを「ジャック」と名乗った。

「嬉《うれ》しいねぇ、同志と会うのは十数年ぶりだ」

同胞意識から口にした言葉ではない。上から押しつけるような言い方から、何か腹黒い狙いを企てているのは直感で理解した。

「私もです。レイバーはもう、自分以外は皆、死んでしまったとばかり思っていました」

「はっはっは！　違いねぇ！　何しろ、戦場じゃあ、敵も味方もまず真っ先に狙われるのが俺たちレイバーだからな。みんな戦場で死んじまったと思っていたさ。まあ、それだけ、人間の連中は俺たちのことが怖かったんだろうな」

「……そうかもしれませんね」

まるで、自分たちが化け物であることを認めているようで、内心、嫌悪《けんお》する。

「人間なんざ、小さくて弱くて、すぐに死んじまう。か弱い、つまんねぇ連中さ。それがさ、蓋を開けてみれば、絶滅寸前になっているのは俺たちレイバーの方だとはな！」

「あの、私に話があるのではないのですか」

「まあ、待てよ、同志。そんなに慌てるな。いいか、思い出せ。俺たち、レイバーがどんな思いをして、この糞《くそ》みたいな死の星を人間が生きていける星にしたのかを！　水も食料もろくす

っぽねぇ、身体は毎日、大量の放射線を浴びてボロボロにされてよ。同行した医者はみんな藪《やぶ》医者《いしゃ》ばかりだったな。薬を飲むより身体をロボットに改造しちまった方が手っ取り早いってな！　はっはっは！　違わねぇな！　おい、同志！　こんな糞《くそ》みたいな話があるか！」

「もう全て昔の話です」

「おいおい、何を呆《ほ》けてやがる。いいか、思い出せよ。俺たちが地球の奴《やつ》らに受けた仕打ちを！　ああ、俺はな、女を犯して子供を殺した。たったそれだけのことで糞《くそ》ったれの陪審員どもは俺に終身刑を下しやがった。送られたのは刑務所なんかよりも、よっぽど地獄みたいな場所だった。毎日毎日、土を掘って、岩を溶かして。ははは、まるで昔の鉱山送りさ。いや、それよりも最悪だったな。これなら絞首台《こうしゅだい》に送られた方がまだマシだった」

「もう止めてください。そんな昔のことを蒸し返しても何の意味もありません」

「いいや。わからねぇのか！　俺たちは地球の連中に使い捨てられたんだぜ。この糞《くそ》みたいな星を第二の地球にするとかいう大義名分のために！　それでいて、俺たちが命懸けで改造したこの星で、後から来た連中の方がデカい面して、俺たちは用が済んだらお払い箱だ！　仕事なんざねぇし、毎日、綺麗《きれい》になった街をふら付いて、後から来た連中に白い目で見られて。まあ、水も食料もいらないってのはなかなか便利だと、最初のうちは思っていたけどな、飯をたらふく食う満足感もなぇ、女を抱く快楽もねぇ、ベッドで寝られる安堵《あんど》すらない。それなのに、永久とも思える時間だけが用意されている。ならさ、生きがいの一つとして仕事が欲しいと考えるわけさ。それで俺は気付いちまった。これじゃあ、もう労働者《レイバー》ではなく奴隷《スレイブ》だとな。糞《くそ》ったれが！　こんな理不尽な話があるかぁぁぁ！」

怒りに任せ、ジャックは玉座の背もたれに拳をめり込ませた。一度、火がついた怒りは簡単には治まらない。全身は機械に改造され、脳さえ半導体の回路に置き換えられたというのに。怒りも憎悪《ぞうお》も、人間らしい感情は二百年経《た》った今も、この身体に呪いのように宿り続けている。

「復讐《ふくしゅう》だ。俺は復讐《ふくしゅう》を誓った。だから俺はこの《紅き蠍《スコーピオン》》をつくった。この星の主人のように振る舞い、俺たちを追いやった連中。奴《やつ》らから、この星を奪い返すためにな」

「しかし、その試みは失敗しました」

「そうだ。人間でも同じように、この星の現状に不満を持つ連中はこちら側についた。しかし、同じレイバーでも、市民連合についた奴《やつ》もいた。結局、最後は物量の前に負けた」

「無意味な戦いでした」

「いや、違う。もう一度だ。もう一度、俺はこの星に復讐《ふくしゅう》する。平和の中で安穏《あんのん》と暮らす連中に再び、この星が誰の物であるのか、誰が支配者として相応《ふさわ》しいのか分からせてやる！」

どうにも話が嚙《か》み合《あ》わない。だが、この妄執に憑《つ》かれた男が何を求めているかは理解できた。

「つまり、そのためにあなたの仲間になれ、と？」

「はっはっは！　察しはいいみたいだな。そうさ、今ならやれる！　恐らく、もうこの星に俺たち以外のレイバーなんざ残ってはいないだろう。人間なんざ、俺たちの前では無力だ。無抵抗に殺されるだけの虫けらだ。はっはっは！　いいだろう、俺たちの手の中で無残に殺される人間共！　助けを求めようが、命乞いをしようが、必ず一人残らず息の根を止めてやる！　だからさ、貴様は俺と組め。俺たちならば、この星の支配者になれる」

ジャックは自信満々に世界征服を宣言したが、それはあまりにも現実を知らない子供の夢想だ。確かに戦後の世界でほとんどの軍事力は消滅したが、それでも人類は自らに牙を剝《む》く存在が現れれば再び団結するだろう。世界を相手に、百人にも満たぬ軍勢で何を為《な》そうというのか。

「申し訳ございませんが、答えはノーです」

「勘違いしていないか。これはお願いではない。命令だ」

「従うことはできません。私はこの世界に不満はありません」

「後悔することになるぞ」。脅しつけるように声を低くした。ジャックは玉座の後ろから武器を取り出した。それは大振りの斧《おの》だった。両手に構えて、刃をクロの首に突き立てた。

「もう一度、聞こう。その首と頭、離れ離れにしてもらいたいか」

恐らく、この集落に残る者たちもこのように脅して、仲間に引き入れたのだろう。だが、その程度の脅迫に屈する気はなかった。臆病者を自認している。だが、力で他人を屈服させようという傲慢さに対する怒りが何よりも先行した。

「まず、その不格好な右腕を切り離してやろうか」。決して、冗談で言っているわけではない。首筋に突き立てられたその刃は超硬度の合金によって叩《たた》き上《あ》げられた特別なものだ。一振りで鋼鉄を両断することもわけはないだろう。ジャックが凶器を振り上げようとした瞬間。炸裂音《さくれつ》とともに、右手の掌《てのひら》を無数のニードルが突き刺さった。斧《おの》の柄が両手からすり抜けた。

後先を考えず、咄嗟《とっさ》に引き金を引いてしまったことを私は少しだけ後悔した。

薄暗い迷宮の奥底にいたのは冥府の王を思わせる鋼鉄の巨人だった。クロもその場に囚《とら》われていた。階段から下りて、その玉座の間にたどり着いた時、二人は何か言い争っているようだった。忍び込む私の存在には両者とも気付いていなかった。これはチャンスかもしれない、うまく立ち回れば、クロを救出することもできるかもしれないと作戦を思案し始めた矢先だ。激《げき》昂《こう》した黒のレイバーが両手に構えた斧《おの》を振り上げた。私は反射的に、片手に握ったニードル銃の引き金を引いた。暗闇に反響する銃声とともに、無数のクラスター・ニードルがレイバーの手の甲に突き刺さった。

「なんだ、貴様！　どこから入り込んできやがった！」

「クロから離れなさい！」

「エリスさん！」

怒号と叫びが暗がりの中で交錯した。怒りの声を上げた漆黒のレイバーがこちらを振り向く。

頭部には牡牛《おうし》の角が生え、片手に持った斧《おの》を地面に引きずった。やはり、迷宮の奥底にいるのは半人半牛の化け物と相場が決まっているのか。ずしん、ずしんと、二メートル近い巨体がにじり寄るたび、地面が波打つように揺れた。途中で足を止める。中空に弧を描くように地面に引きずった斧《おの》を片手で振り上げた。

後ろに飛び跳ねて咄嗟《とっさ》にかわす。頭を庇《かば》って、反射的に突き出したのが右腕でよかった。刃の先に起こる烈風が鋼鉄製の前腕部に小さな傷をつけた。これが逆の腕だったなら、骨ごと断ち切られていたかもしれない。今、私の目の前にいるのはとんでもない化け物だと思い知る。

「エリスさん、逃げてください！　敵《かな》うような相手ではありません！」

せっかくの忠告だが、今更逃げるわけにもいかない。第一、逃げられっこない。

「けっ！　見張りの連中は何をしていたんだ。まあ、ちょうどいい退屈しのぎだ」

予期せぬ闖入《ちんにゅう》者の登場にむしろ興奮したようだった。ミノタウロスは両手で斧《おの》の柄を支え、姿勢を低めた。階段は牛頭の怪人を挟んで向かい側だ。私はその場で上着を脱ぎ捨てた。

「武装解除《バージ》！」

ブラウスの袖を引き千切って、特殊合金を纏《まと》ったブレードが手甲から伸びた。

「ほほう」とジャックはほくそ笑む。私の鋼鉄の右腕を見たところで、微塵《みじん》も驚いた様子はなかった。先ほどの一撃で感づいて当然だ。ミノタウロスが絶叫する。斧《おの》が力任せに振るわれる。その一撃を両腕で固めたブレードで受け止めた。刃の硬度ではほぼ互角。しかし、武器の操り手の方はそうはいかない。

敵の一撃は、腕の上に巨大な岩塊が突如として圧《お》し掛かったかのようだった。まともに食らえば、片腕がへし折られかねない。これほどの威力の斬撃を馬鹿正直に受け止める必要はない。床を蹴り飛ばして、後方に下がる。百キロは超える斧《おの》の刃が石畳の床にめり込んだ。

ジャックが再び、得物を拾い上げる。隙だらけだった。不思議なことに恐怖心は麻痺《まひ》していた。攻めるなら今だと、本能が私に告げていた。右足を深く踏み込ませ、巨人の間合いの中に突っ込んだ。ブレードを水平位置から掬《すく》い上《あ》げるように切り込んだ。

ブレードの刃先が敵の胴体を覆う重装甲を抉《えぐ》り、剝ぎ取った。まるで生肉を切り落とすように容易《たやす》く。それは死地に活路を見出《みいだ》すのには十分な手応えだった。

立て続けに攻撃を加えれば、勝機もあるかもしれない。切り返し、再び踏み込む。しかし、敵も体勢を整え直し、斧《おの》を持ち上げる。斬撃は空中で跳ね返された。

私の軽い身体では簡単にはじき返される。しかし、相手も力任せの攻撃には違いない。腕を伸ばして、遠心力を使って振り回さなければ、その巨大な得物を持ち上げることもできない。

「リミッター解除！」

鋼鉄の皮膚の下で合成樹脂によって編まれた人工筋肉が躍動する。持《も》ち堪《こた》えたとしても数分。限界を超え、私の身体能力が一時的に強化《ブースト》される。パワーで勝てないなら、瞬発力を生かすしかない。二度、三度と、巨人の脇腹に踏み込み、一太刀を浴びせると、すぐさまに敵の間合いの外に後退する。レイバーの胴体は、三重、四重の鋼鉄装甲によって守られている。どんな強靭《きょうじん》な体躯《たいく》を誇ろうと、装甲を剝ぎ取られれば、脆弱《ぜいじゃく》な内臓と人工筋肉が剝《む》き出《だ》しに晒《さら》される。呼吸もままならないほど息は上がりきり、心肺は過熱状態《オーバーヒート》で血脈が体内で暴れる。それでも過剰に分泌されたアドレナリンが集中力を高めた。

「おのれぇぇ！　小癪《こしゃく》な！」

ミノタウロスは獲物を狩る冷静さを失っていた。武器との相性が悪いと悟るや、斧《おの》を投げ捨てて退いた。玉座の後ろからまた手にしたのは別の武器だった。

両手で担《かつ》ぎ上《あ》げたのは油圧式の杭《くい》打ち機のように見えた。

「いけない！　スタンパイルです！」

内戦時代には、対レイバー鎮圧用として多用されたおなじみの兵器だ。五センチ口径の杭《くい》《パイル》を弾体として射出する。射程距離は十数メートルもないが、至近距離で撃ち込めば、レイバーの多重装甲を破り、内部に高電圧電流を流し込むことができる。内部から高電圧を掛けられれば、如何《いか》に堅牢《けんろう》な装甲を誇るレイバーといえど意識喪失《システムダウン》は免《まぬが》れない。なるほど、クロが捕まったのもこいつの仕業だろう。レイバーを戦闘不能に陥《おとしい》れるだけの高電圧だ。生身なら一発でショック死だろう。そんな物騒な武器を構えて、ジャックがにじり寄る。私も後退《あとずさ》り間合いを保つが、これ以上はもう、背中の向こうには壁しかない。

「エリスさん！」

ジャックの指がトリガーに掛けられたその隙に、クロが横から飛び出した。巨体が巨体に弾《はじ》き飛《と》ばされる。その瞬間、手に握ったスタンパイルも空中に飛び跳ねて落ちた。

「き、貴様！」

「エリスさん！　今です！　パイルを！」

クロの声にはっとする。これを拾って、ジャックに撃ち込めば、全て終わりだ。石畳の上を蹴って駆けた。床に落ちたパイルまで数メートルもない。私は真《ま》っ直《す》ぐに腕を伸ばす。あと数センチの位置。しかし、突如、私の背中に何かが伸し掛かり、石畳の上に押し倒された。両腕を踏まれ、抑えこまれる。まさか。私の背の上に立つのは、もう一体のレイバーだった。

「へっへっへ！　遅くなっちまったな、兄貴！」

「助かったぞ、ジャン」

デリーの言葉を思い返す。確かに彼は言っていた。ジャックとジャンの兄弟に気をつけろと。兄がレイバーなら、弟も当然、普通の人間であるはずがない。完全に敵の戦力を見誤っていた。

ジャンはジャックとは対照的だった。ずんぐりとした図体《ずうたい》の兄とは違い、ひょろりとした痩《そう》身《しん》で、遠くからでも目立つ赤色の塗装で全身を覆っていた。兄と比べれば、パワーは劣るかもしれないが、装甲が薄く身軽な分、この相手をスピードで翻弄することはまず不可能だろう。

「へっへっへ！　まさか、逃げ出したレイバーの仲間がこんなところまで忍び込んでいるとはな！　そりゃあ、砂漠中、探し回っても見つからねぇわけだ。随分とおもしれぇことになっているじゃねぇか。しかも、俺たちの仲間に、こいつを手引きした奴《やつ》がいたときた！」

さも、愉快なことのように、ジャンは陽気に笑って言った。その不愉快な甲高い声で、このレイバーが最後に口にした一言が引っ掛かった。——手引きした仲間？

「ひゃはっはっは！　へい、そんなに裏切り者のことが気になるのか！　いいさ、それなら、早速、ご対面させてやるさ！　おい、てめぇら！　ジジイ連れてこい！　おっと、そういや、ここにいるのは全員、ジジイだったな！　うっひょっひょっひょ！」

ジャンが大声で叫ぶと階段から、黒装束に身を包んだ兵たちが隊列を組んで下りて来た。古式銃を手に構える彼らの後ろで、後ろ手に縛られたデリーの姿を見つけた。

「……すまん、嬢ちゃん。下手をうっちまった。まったく、歳《とし》は取りたくないもんだ」

「へいへいへい！　裏切り者は処刑、ショケー！　さあ、蜂の巣にされるのがいい？　それとも火あぶりにされるのがいい？　すぐに死んじゃわないようにじわじわ殺しちゃうよ！」

「止めて！　おじいさんは関係ない！　離しなさい！」

「あーん？　お前、ひょっとして、このジジイ庇《かば》うつもりなの？　ひょっとして馬鹿？」

「馬鹿でも何でもないわよ！　とにかく、おじいさんは無関係だから離してあげて！　その代わり、私はどうなってもいいから」

勢いだけで言った。すると、ジャンは再び甲高い笑い声を響かせた。

「あひゃひゃひゃ！　いいぜ、いいぜ！　そうこなくちゃ！　ああ、ジジイには手を出さないでやる！　今はな！　まずはお前をじっくり嬲《なぶ》って処刑してやるよ！　ショケー！　ショケー！」

大柄の斧《おの》を振り回す兄とは違って、弟が手にした得物は細長い二本の槍《スピア》だった。

「うひょひょひょ」と高笑いをしながら、その一本を私の右脚に突き刺した。義肢でも、痛覚は神経端子を通じて、ある程度、フィードバックされる仕組みが徒《あだ》となった。

皮膚を破り、骨を砕き、ふくらはぎを引き千切られるその痛みがそのまま全身に駆け巡った。

「いいいいいいい！」

限度を超えた痛覚と身体を弄《もてあそ》ばれる屈辱。意識を繋《つな》ぎとめるのがやっとだった。

「エリスさん！」クロが私の名前を呼んだが、応える力はない。

耳障《みみざわ》りな笑い声がなおも響き続ける。今度は生身を狙って、私の脇腹を蹴り飛ばした。容赦などなかった。喉の奥から吐瀉《としゃ》物を床にぶちまけた。

「やめんか！　ジャン！」

「うっせぇぞ！　ジジイ！　こいつを殺したら次はてめぇだからな！」

最初から約束など守る気もないのだ。だが、一瞬だけ敵の注意が逸《そ》れたのは私にとって好機だった。右脚は床に串刺しにされて動かない。全身の痛みも今はとにかく、押し殺して、私は上半身を横向きに捩《ね》じらせるように身体を起こした。

「いっけぇぇぇ！」

片腕で辛《かろ》うじて上半身を支え、ブレードの刃を突き立てる。一撃で勝負を決めなければ、後はない。一突きで敵のレイバーの首筋を狙った。

しかし、淡い期待も一瞬で消《き》え失《う》せた。重なる刃が空中で火花を散らして反発し合った。ジャンの手にしたもう一本のスピアの穂がブレードの刃を事もなげに食い止めた。

「あひゃひゃひゃ！　ざーんねん！」

こちらの反撃も予想の範疇《はんちゅう》だったのだろう。ジャンは笑いながら、二本目の槍《やり》で私の右腕を貫いた。そして、片手で私の髪の毛を鷲掴《わしづか》みにすると、頭を石畳の上に叩《たた》き付《つ》けた。

脳が激しく揺さぶられ、今度こそ、私の意識は身体の外へ弾《はじ》き出《だ》された。視界は瞬時に闇に閉ざされた。もう、身体は私の言う通りには動いてくれない。昔に、私が半身を失った時と同じだ。ぷつりと電源が切れたように、私の記憶は不自然にそこで寸断された。

「エリスさん！」

なおも少女に暴力を加えようとする痩身《そうしん》のレイバーの前にクロが割って入った。

「お？　ナイト様の登場？　あっはっはっは！　でも、その身体で何ができるっての」

後ろ手に縛られたクロの両腕を見て、ジャンが嗤《わら》う。

「いい加減にしろ、この畜生ども！　これ以上、彼女に手を出すなら、まとめて屠《ほふ》ってやるぞ」

口調が変わり、クロはレイバーの兄弟を睨《にら》みつける。戦争が終わってから、もう荒事には手を出さないと誓ったはずだった。しかも、《紅き蠍《スコーピオン》》とはいえ、自分と同族だ。そこに背負った運命に幾許《いくばく》かの憐憫《れんびん》の情もある。できれば、再び、同族殺しの汚名を被ることはしたくなかった。しかし、彼らが少女を傷つけるのならば話は別だ。一度は忘れかけた戦いの知識と勘を記憶の沼の底から強引に引き上げた。

「いいぜ、いいぜ！　なら、一番目に処刑するのは貴様で決定ぇぇぇ！」

少女を突き刺した二本の槍《やり》を抜き、ジャンが駆けた。その槍穂《やりほ》で頭と心臓を同時に一突きにして仕留めるつもりだろう。両手を縛られた相手からの反撃など微塵《みじん》も頭に入れていない。

「ふんぬぬぬぬ！」

両腕にクロは力を込める。磁気を纏《まと》った拘束具は本来ならば、力づくで簡単に外れる代物ではない。しかし、彼にはそれが可能だった。小さな破片が飛び散り、戒具が弾《はじ》け飛ぶのをレイバーの兄弟は驚愕《きょうがく》の表情で見つめた。

「何だと！」

敵の懐《ふところ》へと自ら飛び込む。一瞬の隙を逃さない。左の拳を敵の腹部に叩《たた》き込んだ。だが、それだけで致命傷を与えられる相手ではないことは知っている。拳は装甲の数枚を叩《たた》き潰したが、胴体を貫くことはできなかった。

「くたばれ、外道が！」

硝煙と死体の腐臭が立ち込める戦場に今、自分が立っているかのような錯覚。目の前の敵に対する憎悪《ぞうお》、そして、胸の底に長らく閉じ込めていた闘争心が暴走する。次の瞬間、クロが叩《たた》き込《こ》んだ拳が炎と火花を散らして炸裂《さくれつ》した。

激しい爆音と爆風を撒《ま》き散《ち》らし、鋼鉄の体軀《たいく》が拳撃によって木端微塵《こっぱみじん》に爆砕した。

たった一撃だった。クロ自身も左腕を失ったが、敵は絶命の瞬間に断末魔を上げる余裕さえなかった。鋼鉄の兵士の上半身は一瞬のうちに蒸発し、全てが跡形もなく消失していた。

「申し訳ございません。エリスさん。約束を破ってしまいました」

倒れて意識を失った少女に謝った。零距離から放った弾丸は自らの左腕だった。マリネリス渓谷でも自らの右腕をロケット弾として放ち、窮地を脱した。その失った腕の代わりに、彼女が予備に持っていた義手を付けてもらった。さすがに予備の義肢はもうないだろう。彼女が目を覚ましたら、またこっぴどく怒られるかもしれない。

「ジャアアアン！　き、貴様ぁ！」

弟を殺され、激昂《げきこう》した兄のレイバーが斧《おの》を振り回す。床に溜《た》まった消し炭の中に、ジャンの武器も遺《のこ》されていた。クロはスピアを拾い、片手に構えた。斧《おの》と槍《やり》の一撃が空中で交じり合う。

両手持ちの斧《おの》と、片手で握る槍《やり》。しかし、勝ったのは細身のスピアだった。斬撃が激しくぶつかり合う刹那。クロは手首を器用に翻《ひるがえ》した。

弧を描くように軽快に廻《まわ》り、その穂先を敵の肩口に突き立てた。

「ぐがぁぁぁぁ！」　漆黒のレイバーが雄叫《おたけ》びを上げる。クロはその巨体に見合わぬ軽快な足取りで立ち回り、もう一振りの槍《やり》を拾った。その刃の先で狙ったのは、ミノタウロスの頭部だった。片側の角を切り落とし、最後に目を狙って潰した。

決して互角の戦いではなかった。片腕を失ったクロが戦闘の技量で圧倒していた。相手の動きを予測し、躊躇《ちゅうちょ》なく急所を討つ。その意味では、ジャックは素人《しろうと》の兵卒で、クロはプロフェッショナルの殺し屋だった。片目を失った猛牛の雄叫《おたけ》びが暗い地下空間に轟《とどろ》いた。

裏拳で顔面を砕く。ジャックは力なく、石畳の上にへたり込んだ。

「くっく……ふははは！　ようやく思い出したぞ！　この市民連合の狗《いぬ》め！」

クロは何も答えなかった。ただ、無言で床に転がったスタンパイルを拾い上げた。

「はっはっは！　貴様、昔、タルシスの戦線にいたな！　俺は覚えているぞ！　市民連合の狂犬が！　忘れるものか！　人間もレイバーも皆、貴様に殺された！　この呪われた死神め！」

タルシスの名を聞いて、それでもクロは動じなかった。敵の殲滅《せんめつ》を最優先にする冷たいまでの意思があった。抵抗する力も失った相手にスタンパイルを向けた。

「覚えておけ！　同族殺しの狂犬が！　貴様らがどこに逃げようと必ず復讐《ふくしゅう》してやる！　殺してやる！　貴様に安寧《あんねい》の地などない！」

負け犬の遠吠《とおぼ》えに耳を貸すつもりなどなかった。電力を帯びた杭《くい》がミノタウロスの胸甲に食い込んだ。最初のうちは激しい痙攣《けいれん》をおこし、四肢を暴れさせたが、やがて、片目を見開いたまま、漆黒のレイバーは完全に沈黙した。雌雄《しゆう》は決した。残った黒装束の男たちは即座に武器を捨てて、全員がクロの前に両手を挙げ、降伏の意を示した。

「もはや、儂《わし》らに戦う意思などありはせん」

進み出て言ったのはデリーという老人だった。老齢の割に、がっちりとした身体つきで足取りもしっかりとしている。昔はよく訓練された優秀な兵士だったのだろう。見れば、自分を取り囲む兵たちはほとんどが老人か、中年だった。

「これはひどい。義肢の方はもう使い物にならんな。命に別状はないかもしれないが、だいぶ衰弱しきっている様子じゃな。しばらくは目を覚まさんかもしれんな」

エリスの下に駆け寄り、デリーが溜息《ためいき》をつく。

「この村に医者はいますか」

「おらんよ。医者どころか薬すらもない」

「そうですか」

呟《つぶや》き、クロはエリスを抱きあげた。

「もう発《た》つのか」

「これ以上、この場に留まる理由もありません」

クロが階段の方を向くと、黒装束の男たちは傅《かしず》くように、道を空けた。抵抗する素振りは一切なかった。ここにいるのは彼らの意思ではない。彼らはただ、あのレイバーの兄弟に支配されているだけなのだと知った。

スタンパイルの効果は長くても半日。その間に、できるだけ遠くに逃げなければいけない。恐らく、ローバースクーターを修理したところでもう直らない。ならば、後はこの足で行けるところまで行くしかない。幸いに、レイバーには疲労は関係ない。

「止《とど》めを刺さんのか」。老人が言った。クロは首を振った。

「これ以上は無駄な殺生《せっしょう》は望みません」

しかし、黒装束の男たちは武器を手にして、すでに自らの主のことを取り囲んでいた。今のうちに彼らは彼らの復讐《ふくしゅう》を果たすつもりらしかった。暴君は玉座から堕《お》ちた。待っているのは断頭台だ。たとえ、自分がこの場で見逃したところで、彼らはこの男を殺すつもりだ。それを見て見ぬふりをして、自分は立ち去ろうとしている。勿論《もちろん》、自らの偽善にも気付いていた。その上で、後のことは彼らに託すことにした。デリーは申し訳なさそうに頭を下げた。

「もし、嬢ちゃんが目を覚ましたなら『すまなかった』と伝えてほしい。儂《わし》はあの子を利用したのじゃ。多かれ少なかれ、こうなる可能性を望んで、彼女をジャックたちにけしかけた」

レイバーに抗《あらが》うことができるのはレイバーだけ。自分がエリスに協力したのは、レイバー同士で争って最悪でも相討ちになってくれればと期待していたからだと老人は言った。事実、彼の見立てた通り、レイバー同士が殺し合い、彼らを長年支配し続けた暴君はついに膝を屈した。彼らは今、圧政から晴れて自由の身として解放されたのだ。

老獪《ろうかい》だった。エリスはまんまと乗せられ、単身、敵のアジトへと突入した。これが軍人の立てた作戦ならば無謀で愚かとしか言いようがないが、彼女は軍人ではない。ただの郵便配達員だ。そして、その結果として、彼女は再起不能とも思える重傷を負った。

クロはニードル銃を手に取った。老人に銃口を向けたが、彼は恐れおののくわけでもなく、ただ静かにそこに立ち続けるだけだった。

ただの責任転嫁《てんか》だ。心のうちにクロは呟《つぶや》く。自分がもっと早くから覚悟を決めて、ジャックたちと戦っていればこんなことにはならなかったのだ。だから全ては自分の責任だ。

本当は戦うことを嫌厭《けんえん》さえしていた。ジャックから浴びせられた《同族殺しの狂犬》という言葉がようやく忘れかけていた過去の痛々しい記憶を抉《えぐ》った。一度、血に塗《まみ》れたこの手が清められることは永久にないことを改めて悟らされた。

クロは銃を投げ捨て、少女を背負うようして歩き始める。

「これから、どこに行くつもりじゃ」

「オリンポスの郵便ポストです。私たちはそこへ向かいます」

「ああ、そうか。見たことがあるよ。もう二十年も昔の話だ。何人ものレイバーたちが西に向かって、この村を通り過ぎていった。おぬしも行くのじゃな。同じ場所に」

色あせた記憶を懐《なつ》かしむように老人は言った。彼は全てを知っているようだった。

「それでは、おじいさん。ごきげんよう」

「ああ、お前さんこそ。達者でな」

別れの余韻もなく、クロは迷宮を後にする。外には激しい砂嵐が吹き荒れていた。

少女を毛布一枚でくるんで抱きかかえ、クロは躊躇《ちゅうちょ》することなく、砂嵐の中へと飛び込んでいった。

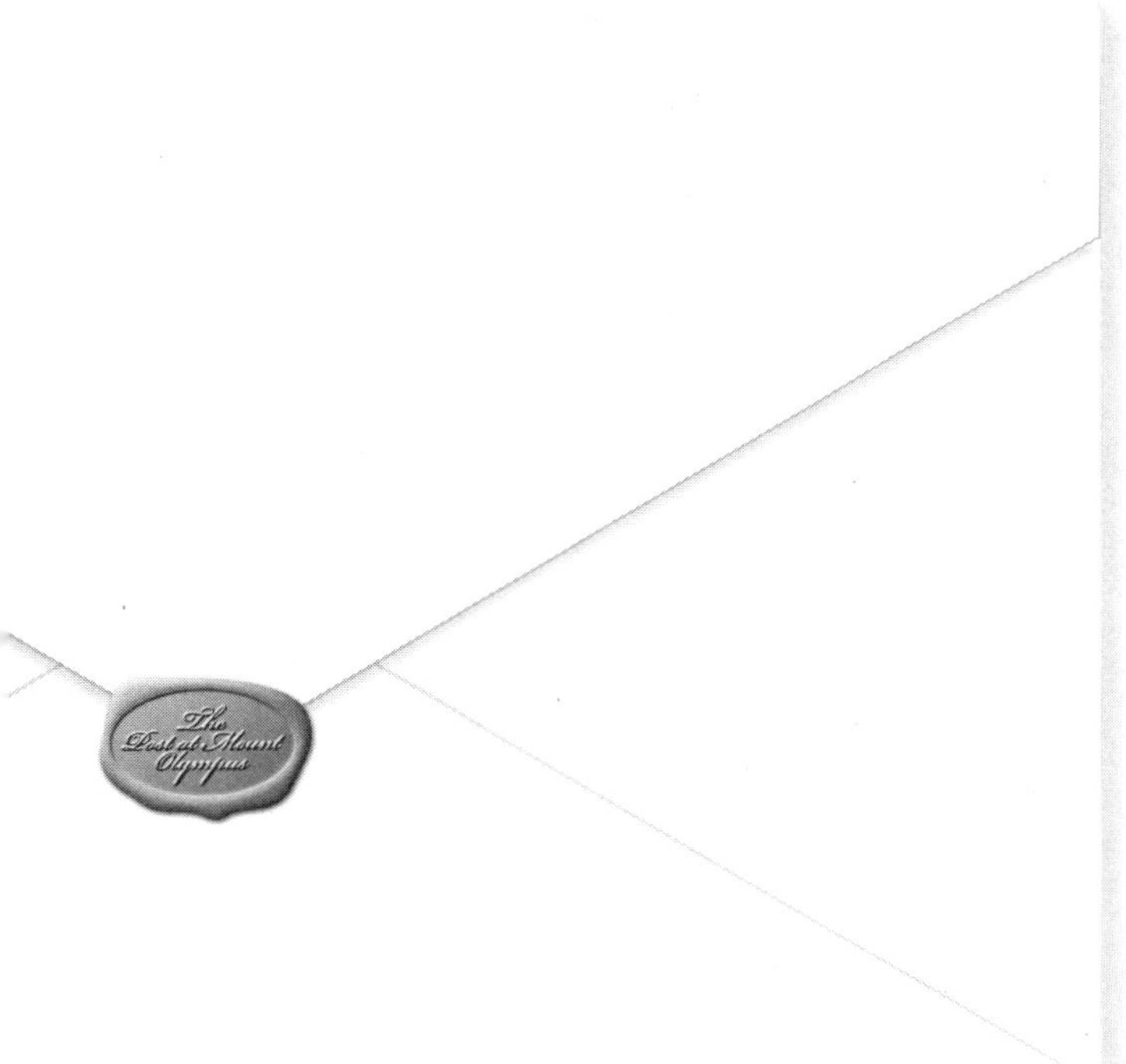


# 5　ビデオレター

私は自分が生まれた街の名前を知らない。

ただ、漠然と記憶の中に残るのは、空まで伸びる巨大な塔が街をいつも見下ろしていたということだけだ。幼心《おさなごころ》にも気になったが、大人たちは明確な答えを教えてはくれなかった。いや、教えてくれたのかもしれないが、私の理解が追い付かなかっただけかもしれない。どちらにせよ、今となってはあれが何だったのか、知る術はない。両親はいつも朝になると、塔の方に向かって仕事に出かけて行った。二人とも、帰ってくるのは夜遅くだった。お母さんは神経質でいつもお小言ばかり。逆にお父さんはいつも私には甘かったが、二人とも家にいることは少なかった。

赤煉瓦《れんが》と水路が綺麗《きれい》な街だったことは覚えている。中央広場に差し掛かるように流れる河川から通した細い水路が街の至る場所に張り巡らされていた。水路の上に架けられたのは赤煉瓦《れんが》で組まれたアーチ。街の中央には荘厳《そうごん》な教会と、町はずれには研究施設や備蓄用基地もあった。そして、東西に街を囲むように巨大な山々が聳《そび》えていた。

当時はまだ、この星に雨が降ることも月に数度はあった。ぱらつく小雨《こさめ》が川面《かわも》に小さな波紋をつくっては消えていく。夕闇が近寄る頃でもあった。あの頃の私は、自分で言うのもおかしいが、とても暗い子供だった。家に籠ることが多くて、友達なんか一人もいなかった。好きなことと言えば、家の中で一人でままごとをするか、窓から外の景色を眺めるか、夜の空を望遠鏡で覗《のぞ》き込《こ》むことくらい。そして、その日も私は朝から家の中に籠城《ろうじょう》して一日中、二階の窓から街の様子を眺めていた。

家から離れた河川敷《かせんじき》に数人の人影を見つけたのは偶然だった。何をしているのだろうと、私は玩具の双眼鏡を引っ張り出す。覗《のぞ》き込《こ》むと、それは私よりも一つか二つ年上の、この街では悪名高い餓鬼大将とその一味だった。今日は何の悪さをしているのかと見てみれば、彼らに取り囲まれていたのは小さな仔猫《こねこ》だった。餓鬼大将たちはその無抵抗な仔猫《こねこ》にこぞって石を投げつけて楽しんでいた。

いつもの私なら、見て見ぬふりをして、そのまま家の中に籠っていただろう。餓鬼大将一味は怖い。私だって、今まで何度も虐《いじ》められて泣かされた。おかげで家の外に出るのが嫌いになった。でも、その時の私は、何か強い使命感に突き動かされるように、気付いたら家から飛び出していた。

「何だよ、泣き虫のエリスか。何か用かよ。俺たちは忙しんだ。さっさとどっか行けよ」

いざ、餓鬼大将たちと向き合うと、私は完全に足が竦《すく》みあがっていた。悪餓鬼たちはなおも仔猫《こねこ》に向かって「汚い、汚い」とか言いながら、石をぶつけて楽しんでいる。全身真っ黒の立派な毛並みの仔猫《こねこ》だった。くるくると大きな瞳に涙が溜《た》めながら仔猫《こねこ》は丸まって震え、「みゃーみゃー」と私に助けを求めているように私には聞こえた。

「やめてよ。可哀想《かわいそう》じゃない」の一言が私には言えない。私は無言で餓鬼大将の服の袖を引っ張った。

「何だよ、言いたいことがあるなら口に出して言えよ。気持ち悪いんだよ、根暗のエリスは」

取り巻きたちがゲラゲラと笑って、今度は仔猫《こねこ》の代わりに私を取り囲んだ。両足ががたがたと震えていた。

「あの……あの……」。声が震えて、言葉にならない。それを面白がって悪餓鬼たちが笑う。それからリーダーの一声で、バスケットボールのパス練習みたいに私のことを全員で突き飛ばして遊び始めた。それでも私は「止めて」の一言が口から出ない。

最後に餓鬼大将が私の髪を摑《つか》んで引っ張った。

「エリスの分際で俺たちに逆らうなんて生意気なんだ」

私はとうとう泣き出してしまった。すると、今度は悪餓鬼たちの方が慌て始めた。自画自賛するわけではないが、あの頃の私は泣くのが特技だった。何も取り柄もない子供だったが、こと泣くことに限っては誰にも負けない自信はあった。遠くまで通る甲高い声で、最大ボリュームで大泣きするものだから、大概、近くにいる大人が慌てて飛んできたりする。

餓鬼大将は舌打ちし、取り巻きをまとめて逃げ出した。それでも一度、泣き出したら、車と一緒でそう簡単には止まることができない。そんな私の足元に仔猫《こねこ》がみゃーみゃーとすり寄った。どうか泣かないで、と慰めてくれているみたいだった。何と紳士的なのだろう。私はその小さな黒猫に一目《ひとめ》惚《ぼ》れした。両手に抱きかかえると、私は夕闇に沈もうとする帰路を駆けた。

帰っても家の中は真っ暗だった。テーブルには朝にお母さんが作り置きしておいたオムライスがラップにかけられて置かれていた。レンジにかけると、湯気と一緒に美味《おい》しそうな匂いが部屋中に立ち込めた。スプーンで半分に割って与えると、仔猫《こねこ》は嬉《うれ》しそうにがっついた。真っ黒い毛並みは触ると少し気持ちがいい。私は仔猫《こねこ》に「クロ」という名前をつけることにした。

夜が更《ふ》けても両親はなかなか帰ってこなかった。最近はずっと、そうなのだ。仔猫《こねこ》のことがばれると、お母さんに怒られると思い、私はベッドの中にクロと一緒に潜り込んで隠れた。

最初にお母さんが帰って来たのは夜九時を過ぎていた。お母さんが子供部屋を覗《のぞ》き込《こ》んだときに、運悪く、クロが「みゃー」と鳴いた。お母さんに布団《ふとん》を引《ひ》っ剝《ぺ》がされ、私の隠蔽工作はあっという間に暴かれた。私はリビングで正座させられ、滔々《とうとう》と説教を浴びた。

「今すぐ、その猫を捨ててきなさい」と怒鳴りつけるお母さん。いつもそうだ。有無を言わさず、ただ一方的に上から押さえつけようとする。それが私には堪《たま》らなく嫌だったし、それに抗《あらが》おうとしたことも一度もなかった。よく言えば、私は聞き分けのいい、従順な子供だった。親を困らせたことなんか一度もない。少なくとも、私はそう自分を演じてきた。だからこそ、仕事の忙しいお父さんもお母さんも安心して家を空けられるのだと私は知っていた。

「何？　黙ってないで少しは何か言ったらどうなの」

でも、本当は、自分の言葉を出せないだけ。いつも言いたいことは胸の奥にしまって、口から出てしまわないように我慢しているだけ。言えば、きっと両親を困らせてしまうだけだから。

私はクロを抱いたまま、貝のように押し黙るしかなかった。それしか選択肢はなかった。なのに、お母さんの目にはそれが親に対する反抗的な態度に見えたに違いない。

「どうしてなのよ。何か言いたいことがあるならはっきり言いなさい」

言えない。私はただ、寂しかっただけとは。お父さんもお母さんもいつも家にいない。私は独りぼっち。だから、孤独を埋め合わせてくれる友達が欲しかったのだ。でも、それを言えば、私は聞き分けのいい子ではなくなってしまう。お父さんとお母さんが何か、とても大切な仕事をしていると私も知っていた。その邪魔をしてはいけないと幼心《おさなごころ》に固く決めていた。

問い詰めるお母さんと黙り込む私との壮絶な鍔迫《つばぜ》り合《あ》いは深夜に及んだ。そこへお父さんが遅れて帰って来て目を丸くした。涙目にクロを抱きかかえる私と、まるで茹《ゆ》で蛸《だこ》みたいに顔を赤くして怒るお母さんの顔を交互に見る。それだけで全てを察し、助け舟を出してくれた。

「まあ、いいじゃないか。エリスの思うようにやらせてやれば」

「ほら、また。あなたはエリスに甘くするんだから」。最初は不満げだったお母さんも、お父さんに説得されれば折れるしかない。晴れて、クロは家族の一員となった。

私はお父さんのことが大好きだった。寡黙《かもく》で自分の意見をやたらと主張したがらないのは、やっぱり遺伝子として私に受け継がれている。でも、お父さんはいつも、私が何も言わなくても、私の気持ちを察してくれるし、優しくしてくれる。

「エリス。ちゃんと、クロの面倒を見られるかい」

「うん」と頷《うなず》いた私の頭をお父さんは撫《な》でてくれた。それだけで私は幸せだった。

「そうかい。なら、今日はもうお眠り」

それからも相変わらず、両親は夜晩くまで家を留守にすることが多かった。独りきりで留守番する夜の家は少し怖かった。それでも、今はクロがいる。寂しいのも以前と比べれば、半分だけ。日が沈むと、私は決まって窓から望遠鏡で夜の空を覗《のぞ》き込《こ》んだ。

昨年の六歳の誕生日にお父さんが買ってくれた望遠鏡。子供が玩具代わりにするのにはもったいないくらい立派な代物だ。西の空に青い、青い星が瞬《まばた》いていた。真っ赤な大地に覆われたこの星とは対照的なその星の名前は地球と言った。

海と緑に囲まれた、お父さんたちの故郷――。

「ねえ、クロ。地球ってどんな所かな」

当然ながら、返事はない。クロはベッドの上ですやすやと寝息を立てていた。ベッドの上にはカレンダーが壁に掛けられていた。そこに大きく目立つように書かれた赤い丸の日付を確認する。その日は私の七度目の誕生日だ。

「ねえ、今年はみんな一緒に過ごせるかな。勿論《もちろん》、クロも一緒だよ」

一年前は二人の帰りが毎日夜遅いということもなかった。去年の誕生日は、お父さんもお母さんもそろって、テーブルにはなかなか見られないご馳走《ちそう》が並んでいた。お父さんは六歳の子供には不釣り合いな大きな望遠鏡をプレゼントしてくれた。今年はどんなご馳走《ちそう》とプレゼントが待っているのだろう。考えるだけで私はわくわくしていた。

「ねえ、クロ。プレゼントは何がいいかな」と首を撫《な》でると、黒猫は「みゃー」と鳴いた。

その日も夜十時になってお母さんが帰ってきた。お父さんはまだ帰ってこない。私はお母さんを玄関で出迎えた時に聞いた。一応、念のため。お母さんが私の誕生日のことを忘れるはずがないけど。一応、念のため。

「ねえ……お母さん。今度の金曜日のことなんだけど……」

「エリス。まだ、起きていたの。駄目よ、もう寝なさい」

「うん……そうだけど。お母さん、今度の金曜日……」

「ごめんなさい、エリス。お母さん、今日中にまとめないといけない仕事があるの。話ならまた今度にしてくれるかしら」

「うん……分かった」

お母さんは玄関で靴を脱ぐと、そのまま書斎に向かおうとする。そこで一度、足を止める。

「エリス、ごめんなさいね。寂しい思いをさせちゃって。でも、お父さんもお母さんも今の仕事がひと段落ついたら、少し時間が取れるから」

「ううん。大丈夫だよ。クロがいるから寂しくないよ」

私は嘘《うそ》をついた。でも、その嘘《うそ》にお母さんは安心して書斎の中に入っていった。

私の誕生日は十三日。その日は金曜日だった。

それが古くから不吉の日とされていたのを知ったのはずっと後のことだ。

その日、私は日も昇らぬうちにベッドで寝ているところをお母さんにたたき起こされた。両親は慌ただしく、家中の荷物を小さな鞄《かばん》にまとめていた。

「いい？　よく聞きなさい、エリス。大事なものだけを選んで、そこのリュックサックの中に仕舞いなさい。そうしたら、お隣のタリスおばさんにあなたのこと、頼んでおいてあるから一緒に地下シェルターに避難しなさい。いい？　ちゃんといい子にしているのよ」

いつもと様子がおかしい。早口で捲《ま》く し立《た》てるお母さんの言っていることが私には理解できなかった。どう考えても、誕生日パーティーの会場に連れて行ってくれる雰囲気ではなかった。

「ねえ、お母さんたちは」

「お父さんとお母さんは大事な仕事があるの。だから、あなたとは一緒にはいけない。寂しいかもしれないけど、お願い。今は大人しく言うことをきいて」

その一言で私は確認した。

「ねえ、お母さん。本当に覚えてないの。今日が……」

「エリス、今は時間がないの！　お願い、いつもちゃんとお母さんの言うこと聞いてくれているでしょ」

その短い会話の中で、私の中でたがが一瞬のうちに外れるのを感じた。

「やっぱり、お母さんは私より仕事の方が大事なんだ！」

私はベッドの上で丸くなったクロを拾い上げると、寝間着姿のまま家を飛び出した。

「エリス！」

後ろからお母さんが怒る声が聞こえたけど、関係はなかった。こんな家、出て行ってやる。この日、七歳になった私にとっては一世一代の決断だった。

日の出前の街はどういうわけか、妙に慌ただしかった。人々が狂乱するように街中を走りまわって、怒号も飛んだ。そのうち、大通りの商店の窓ガラスが割られ、若い男たちが店の中の商品をごっそり奪い去る現場に出くわした。止めようとした店主は逆にナイフで刺され、真っ赤な血を流して倒れて動かなくなった。似たような状況が街のあちこちで起きていた。

シェルターの前には人が殺到し、列を争って、大人たちが殴り合いを始めた。怖くなった私は橋の下に隠れて、クロと一緒に蹲《うずくま》った。だが、そこも安全ではなかった。

どこだろう、ここは。私の知っている街なのだろうか。みんなおかしくなっている。逃げよう街の外まで。もう、怖いのは勘弁だ。今、思えば、その時に、意固地にならないで家に帰ってさえいれば、私の運命はきっと違う道を辿《たど》ったはずだ。路地裏を隠れながら走り、街を取り囲む城壁の外まで出た時には、西空は暮れなずんでいた。

荒野に駆ける冷たい風が疲労の溜《た》まった身体に堪えた。城壁からそう遠くはない位置に小さな丘があった。その天辺《てっぺん》に座り、クロを膝の上に載せた。

「……これからどうしよう」。お腹《なか》がぎゅうと鳴いて、締め付けられるような痛みを感じた。あまりにも惨《みじ》めな七歳の誕生日。泣いてしまいたかった。

地平線の底に太陽が沈むと、空は溢《あふ》れんばかりの星の光に満たされた。流れ星が見えた。それもいくつも。無数の箒星《ほうきぼし》たちが追いかけっこをするように天蓋を横切って駆けまわった。その時の私は、それが災厄の始まりだとは思いもしなかった。

地平線から血が噴き出したかのように西の空が真紅に染まった。耳をつんざくような轟音《ごうおん》が聞こえたのはそれから数秒が経《た》った後だ。膝の上のクロが暴れ出した。

「待って！　クロ！」

丘を下って逃げ出す黒猫を追う。その時、私は見た。空を覆い尽くす流星の群れを。それはまるで夕闇に飛び交うムクドリの大群を思わせた。当然、私は知りもしない。今日この日を境にして、ムクドリもそれ以外の小鳥たちも、この地上から姿を消すことになるなんて。

二度目の轟音《ごうおん》はさらに近い場所から起きたものだった。ものの数秒も経《た》たないうちに、大地を薙《な》ぎ払《はら》う衝撃波に私の身体は吹き飛ばされた。冷え切った地面の上に背中を叩《たた》き付けられる。

咄嗟《とっさ》に私は周囲を見回したが、クロの姿はなかった。

「クロ！　クロ！」　探そうとしたが、身体が言うことを聞いてくれない。どうしてだろう、立つこともできない。片脚が変な方向に歪《ゆが》んで曲がっていた。

「お母さぁぁぁん！　お父さぁぁぁん！」

喉の奥から絞り出した私の叫び声も闇夜を覆う流星の轟音《ごうおん》の中に押し潰された。

空が鮮血に染まっていた。降りしきる雷雨のように、星々が次々と落ちては大地を穿《うが》った。

隕石《いんせき》の多くは空の上で炎に包まれ燃え尽きたが、残ったものが次々と大地に衝突する。衝撃波が建物を薙《な》ぎ払《はら》い、堅牢《けんろう》な城壁も見る影もなく崩れ落ちていく。それでも、星の雨は降《ふ》り止《や》まない。街の中央部に聳《そび》える石組みの物見台も隕石《いんせき》によって破砕された。弾き跳ばされた石材の一部が空中を舞い、こちらに向かって飛び込んできた。私には逃げることもできなかった。

視界が真っ赤に染まる。私は死を覚悟した。空から降り落ちた岩塊が私の身体を押し潰す。痛みを感じる間もなく、その瞬間、私の意識は七十年という時間を飛び越えたのだった。

## 百三日目

長い夢から目覚めた時、真っ先に見えたのはまたしても、真っ白い天井だった。ベッドの上に寝かされている。すぐに分かったのはそれだけだった。

「既視感《デジャヴ》……」。あの時と一緒だ。災厄の夜から七十年ぶりに目を覚ました時も、最初に目に入ったのはエリシウムの病院の白い天井だった。

もう自分は死んでしまったと思ったが、どうやら幸運にもまだ生きているようだ。とはいえ、また七十年、時間が跳んだとかは勘弁してほしい。

「良かった。随分と目を覚まさないから心配したわ」

綺麗《きれい》な声。ベッドの隣で、付き添うように椅子に座っていた女の人と目が合った。流れるような黒髪。彫りの深い顔立ち。同性でも見惚《みほ》れるくらいの美人だった。

「すいません……私、どのくらい眠っていましたか」

一応、心の中では七十年、と言われる覚悟をした。だが、「ここに来てからはちょうど一週間ね」と言われ、胸を撫《な》で下《お》ろした。左腕には点滴のチューブが巻き付けられていた。

病院だろうか。目の前の女性は真っ白いワンピース姿で、看護婦にも見えなくはない。私は部屋の中を見渡した。パイプベッドが二床並んだ小さな部屋。窓はない。天井で換気扇が回っている。そして、クロの姿はない。そのことが私を言い知れぬ不安に掻《か》き立《た》てた。

「でも、驚いたわ。レイバーの人があなたを担《かつ》いで砂漠の向こうから現れた時には」

どうやら、クロが私のことをここまで運んできたらしい。あの野盗たちのアジトから。でも、あの状況で逃げることができたなんて。いったい、どんな奇跡が起きたのだろうか。

「あ、待っていて。いま、水を入れてあげるから」

美人のお姉さんは硝子《ガラス》の水差しから小さなカップに水を注ぐ。この一週間、私のことをかいがいしく看病してくれた彼女の名前は「サラ」と言った。

「サラさん。クロはいま、どこに」

「エリオットの仕事を手伝ってもらっているわ。夕方には帰ってくると思うけど……」

「あの、すいません……できれば、今、彼のいるところまで案内してくれませんか」

そう言うと、サラは少し驚いた表情だった。病み上がりの身で、ほんの数時間、待つこともできないのかと思っただろう。でも、私の中には焦《あせ》りみたいなものがあった。

「おかしいですか。でも、早くクロの顔を見ないと、不安で落ち着かなくて」

我ながら、何も知らない人が聞いたら誤解を招きかねない言い方だなと思った。だが、本音だ。私は怖い。また、目が覚めた時、自分の知っている全ての物が跡形なく消えてしまったらと思うと、不安で仕方がないのだ。

「ええ、いいわ。でも……」と言いよどむサラの視線は毛布の下に隠れた私の身体に向けられていた。私は寝台から半身を起こす。驚くほどにその身体が軽かった。私は自分の右腕と右脚がなくなっていることに気が付いた。ああ、そうだった。あのレイバーの兄弟にボロボロに破壊されたのだった。右腕は肩口から、右脚は太ももから下が、取り外されてなくなっていた。不幸中の幸いか、郵便配達員の命でもある郵便鞄《かばん》は無事、机の上に置かれていた。

片手片脚を失ってはもう旅もできない。ローバースクーターも今頃、砂漠の中に埋まっているだろう。私はもう、自分の足で立ち上がることさえできない。

その時だ。ドアが開き、腰の曲がった老人が一人、入って来た。「ふん、ようやく起きよったか。随分な寝坊助《ねぼすけ》だな」。サラとは対照的に、偏屈で意地悪そうな人というのが第一印象。

「おじいちゃん。怪我《けが》人を前にそんなこと言わないの。ごめんね、エリスさん」

老人は白い布にくるまれた棒のようなものを片手に担《かつ》いでいた。

「しかし、レイバーのパーツを人間の義体の代わりにするとはね。外の連中もろくなことを考えはせんな」

老人は手足を欠損した私の身体を一瞥《いちべつ》して吐き捨てるようにして言った。作業台に例の棒を置いて、白い布を外した。それは鋼鉄製の右脚だった。

「これ……まさか、おじいさんが造ったの……？」

「まさか。レイバーの手足なんぞ、儂《わし》が造るものか。壊れていたものをただ直しただけだ。ほれ、着けてやるからさっさと用意しろ。片脚では不便だろう」

老人は私をベッドに座らせた。切り離された足の断面から伸びた百本近い神経接続用の電極線を一つ一つ義肢側の端子と接続させる。骨格に当たるジョイントピラーを溶接によって接合させる。その細かな作業も老眼鏡一つで手早く正確にこなすその手捌《さば》きは熟達した職人技そのものだ。それに、本人は義肢を直しただけと言っていたが、あれだけ酷《ひど》い損傷を受けて廃品同然になったものを修理するのは新品を一から造るより余程困難だ。

義肢の装着作業は一時間程で終わった。私は試しに片脚を挙げてみた。何の違和感もない。もう、私の身体の一部だ。このおじいさん、ひょっとしたらものすごい腕なのかもしれない。

「あの……おじいさんってひょっとして、義体の技術者なんですか」

と、言ったら老人にスパナで頭を軽く小突かれた。

「話を聞いておらんのか。儂《わし》がレイバーなんぞ造るわけがなかろう」

「おじいちゃんに直せないものはないのよ」と、孫娘が誇らしげに語った。

「ふん。元々は軍用の技術だからな。ブラックボックスが多すぎる。さすがに少し手こずった。そんなわけだ。腕の方は直すのにまだ時間が必要だから少し待っていろ」

言うだけ言って、老人は工具箱を持ってまたどこかへ出て行った。

「でも、良かったわ。脚だけでも直って。腕の方もきっと大丈夫よ。おじいちゃんの腕は確かだから」。そう言って、サラは私の手を取った。

立ち上がろうとすると、まだ、少しふらつく。一週間も眠りっぱなしだったのだから仕方がない。サラに肩を貸してもらってようやく立ち上がることができた。

部屋を出ると、真っ直《まっす》ぐ廊下が左右に伸びていた。そこは病院というより、何かの研究施設のようにも見えた。薄暗い照明の中、私は片手で手すりにしがみついて階段を上った。そこは想像以上に大きな施設のようだった。なのに、私たちの他は誰もいない。

わずか十数段の階段を上るのも一苦労。ようやく大きなホールの中央に出た。カウンターと列をつくって並ぶ座席ソファー。長距離バスの待ち合いスペースよりも遥《はる》かに広いが、床にも椅子の上にも埃《ほこり》と瓦礫《がれき》が散らかり、その光景は廃墟《はいきょ》そのものだった。

「ここがどこかですって。それはこの先に行けば分かるわ」

サラは中央の巨大なゲートに私をいざなう。ゲートをくぐり、私を思わず空を見上げた。遥《はる》か空高くへとそびえる巨大な鉄塔。天をも突き刺すとは誇大な表現ではない。雲を突き破り、塔の頂上までは霞《かす》んで見ることができなかった。

「ようこそ。軌道エレベーター《豆の木《ビーンストーク》》へ」

　ビーン・ストークとはイギリスのお伽噺《とぎばなし》。そのお伽噺《とぎばなし》にあやかって、軌道エレベーターを「豆の木」と最初に呼んだのは二十世紀のアメリカのSF小説家だ。今、目の前に聳《そび》えるのはフィクションの世界から飛び出した《豆の木》だ。一晩で成長したという豆の木は恐ろしい巨人が住む雲の上の世界まで伸びていたが、現実の《豆の木》はさらに高く、高度一万七〇〇〇キロの静止軌道にまで到達する。だが、お伽噺《とぎばなし》の豆の木とは異なるのは、それが地上から伸ばして建てられたものではなく、その正反対。静止軌道上を周回する衛星モジュールから地上に向かって吊《つ》り下《さ》げられた炭素ケーブルの上をオービターがロープウェイのように昇降するのだ。言うなれば、それは雲の上から地上に垂れ下ろされた蔦《つた》の枝のようなもの。

　開拓時代のごく初期から建造された軌道エレベーターは長らく、地球と火星を結ぶ唯一の手段だった。しかし、その利権争いが内戦の発端となった。戦火の中で破壊され、放棄されたとずっと聞かされてきた。少なくとも、人がまだそこに住んでいるとは想像すらしていなかった。

「まさか……これ、動くんですか……？」

「動くわよ。作業員用の昇降リフトだけだけどね」

　ビーン・ストークは内側と外側とで分けられた多重構造となっていた。中心部には強度と耐久性に優れたカーボンナノチューブが六本、円を描いて均一に立ち並んでいる。昔はこのケーブルを軌条にして、オービターが空と地上とを往復していた。しかし、今はそのオービターの残骸がステーションの片隅で埃《ほこり》をかぶって眠っていた。

軌条を囲うようにして、赤錆《さ》びた鉄骨で組まれたトラス構造の塔が天頂に向かって果てしなく伸びていた。一階から二階へと階段が続き、昇降用のリフトもそこにあった。

サラは私をリフトに乗せると、レバーを押し上げた。がたん、がたんと床が震え、リフトはゆっくりと地上を離れる。最初のうちは興奮したが、リフトが上昇するにつれ、足が竦《すく》み始めた。上空に上がれば上がるほど、吹き荒れる風は勢いを増し、フェンスに囲まれただけのリフトを揺さぶる。振り落とされまいと私は片手で必死に手すりにしがみついた。

「なかなかスリリングでしょう」とサラが笑っているのが信じられない。早く止まってほしいという私の願いとは裏腹に、リフトは際限なく鉄塔を昇り続ける。

とはいえ、嫌なことばかりでもなかった。メーターは高度八〇〇メートルを超えていた。眼下に広がるのは見慣れたはずの寂寥《せきりょう》とした荒野。しかし、それだけではない。東に向かって大きな岩山が三つ子のように並んでいた。

「あれがタルシス三山よ。左からアスクレウス、パヴァニス、アルシア。それに北に見えるのがアルバ山。遥《はる》か昔、ホットスポットから噴き出したマグマが溜《た》まってできた山よ」

サラは嬉々《きき》として観光案内を始める。けれども、半分近くは私の耳を右から左へと素通りする。その三山《みつやま》とは逆側、西の空に広がる桁違いの光景に私は視線を釘《くぎ》づけにされた。

大地から伸びた巨大な岩の壁が地平線を完全に塞いでいた。三つ子の山が束になったところで、この桁外れのスケールには足元も及ばないだろう。岩の壁の天辺《てっぺん》は、ビーン・ストークと同じく、霞《かす》んで見ることができなかった。

「あれが……オリンポス山」

空に向かって、鋭く伸びた山稜《さんりょう》ではない。平べったく大地の上にせりあがった山体は、それ自体が一つの広大な台地のように見える。その全体像を把握するにはあまりに巨大。想像を絶する威容に全身が震えた。あんな巨大な山、どうやって登ればいいのか見当もつかない。

リフトの高度を示すメーターの値はメートル単位で四桁に突入したが、まだ止まる気配はない。いったい、こんなところでクロは何をしているというのだろう。

「クロ・メールさんに仕事を手伝ってもらっているの。ああ見えて、手先は器用だし、技術系の知識も豊富だから助かるってエリオットが言っていたわ」

下を覗《のぞ》けば足が竦《すく》む。こんな高所で、しかも、動きもしない軌道エレベーターで。次々と湧いてくる疑問符を私は収拾できなかった。

「すいません。不躾《ぶしつけ》な質問かもしれませんが……そのエリオットさんという方……いえ、先ほどのおじいさんやサラさんたちってここで何をしているんですか。だって、この軌道エレベーターって動かないんですよね」

サラは手すりに寄りかかって、遥《はる》か上空まで伸びる軌条を見上げた。

「私たちは修理をしているの。この軌道エレベーターがまた動けるように」

メーターは二キロ近くまで上昇を続けたところで不意に止まった。ここが終着点なのかと思ったが、鉄塔も軌条もまだ上に向かって続いていた。リフトを支える支柱はこの場所で綺麗《きれい》に折れていた。リフトで昇れるのはここまでということらしい。だが、階段はまだ続いている。私はサラに腕を引かれ、階段を上った。

「エリオット！　クロ・メールさん！」空に向かってサラが名前を呼んだ。腰にリールを巻き付け、軌条から空中にぶら下がる人影が二つ。一つは二十代とみられる細身の青年だった。

「今、行くよ、サラ」。青年は腰のベルトに工具を仕舞うと、器用にロープを伸ばして私たちの前に降り立った。そして、私も見覚えがある人影がもう一つ。ずんぐりとした胴体に巻き付けたチェーンを恐る恐る巻き上げる。だが、途中でチェーン同士が空中で絡《から》まって、ドラム缶のような寸胴が姿勢を崩してひっくり返り、無様にブラブラと空中遊泳をした。

「す、すいません！　降りられなくなってしまいました。手を貸してください」

私は溜息《ためいき》をつきつつ、階段を駆け上がりフェンスから片手を伸ばした。

「ほら、クロ。手を出して」

「お、恩に着ます」。私はクロの手を摑《つか》むと片手で引っ張った。チェーンを体に固定していたフックが外れ、がたん、と頭から鉄の人形が階段の上に転げ落ちた。

「大丈夫ですか、クロ・メールさん！」

サラと青年が少し遅れて階段を上がる。クロは少し跋《ばつ》が悪そうに頭を掻《か》いていた。

「ええ、大丈夫です。お騒がせいたしました。私はレイバーですから身体は頑丈です」

「はあ。本当にお騒がせなんだから」。ようやく一息をついたところで、私はクロの手を掴《つか》んだままだったことに気が付き、慌てて手を離した。そして、私はクロの左腕が無くなっていることに気が付いた。クロも私がそのなくなった片腕を見ていることに気が付いたらしい。

「あの……すいません。エリスさん。私、約束を破ってしまいました」

マリネリス渓谷で、右腕を犠牲にしてロケットパンチを披露した時に交わした約束のことだろう。自分自身の身体を犠牲にするようなことは止めてほしい、と私は言って、彼も誓った。

だが、また、こうして彼は片腕を失ったわけだ。たぶん、私を助けるためだろう。

私は何をどう答えればいいのか分からず、しばらくの間、黙り込んだ。その沈黙を私が怒っているからだと勘違いしたのか、クロは申し訳なさそうに肩を窄《すぼ》めた。

「す、すいません……エリスさん。あの、怒っていますか」

「怒ってないってば。怒れるわけがないじゃない……」

私が助けるつもりが、逆に二度も助けられた。しかもその二度とも、私のせいでクロは自分の腕を失った。それなのに、目の前の朴念仁《ぼくねんじん》は相変わらずのほほんとした様子で、「エリスさんが助かってよかったです」とか言っている。どうしてか、それがかえって私を苛立《いらだ》たせた。

「ああ、もういいってば。もう、クロなんか知らない」

「やっぱり、怒っているじゃないですか」

「知らない！　知らない」

大股で階段を下りる私を、クロが慌てふためいて追いかける。そんな不毛なやりとりをサラたちが半ば呆《あき》れ気味に見つめていた。

その日の夜は久しぶりに温かい食事を口にすることができた。食卓に並んだサラが腕を振るったご馳走《ちそう》を私は乙女の恥じらいもかなぐり捨てて、本能のままに貪《むさぼ》った。肉汁が滴《したた》るチキンに、豆のスープは身体を温めてくれる。ぱさぱさのレーションで食いつないでいた私の胃袋にはどれも沁《し》みた。そんな私のあられもない姿に真向いの席でクロが目を丸くしていた。

テーブルを囲うのはサラとビーン・ストークにいた青年、そして私の脚を修理してくれた老人の三人。人のよさそうな顔立ちの青年はエリオット、おじいさんの方はホルト。私たちとこの三人以外はこの巨大な施設の中には誰もいない。

「あなたたちの事情についてはクロ・メールさんからお話を伺っています」

食事がひと段落をついたところでエリオットが切り出した。

「オリンピア山を目指しているんでしょう。ロマンチックな話だと思うわ。神様がどこにでも手紙を届けてくれるオリンポスの郵便ポスト」

「ふん。外の連中はそんな与太話を真《ま》に受けているのか。悪いことは言わん。あんな山、登ったところで何もありゃせん。さっさと諦めて帰んな」

安酒をあおりながら悪態をつくホルトをエリオットが諌《いさ》めた。

「おやじさん、それは言い過ぎです。でも、あの山を登るのは考え直した方がいいと思う」

「……えっと、なぜですか？」

「オリンポス山は巨大な楯《たて》状火山なんだ。まあ、山とは言っているけど、実際にはテーブル状の巨大な台地と考えた方がいい。山体の外縁部を取り囲むのは六キロ以上の高さのある断崖だ。それだけの高さの崖を上る手段が君たちにはあるかい？」

確かに、今日、ビーン・ストークから見たオリンポス山の形は皿の上に盛りつけられたスポンジケーキに似ていた。マリネリス渓谷では七キロの断崖を駆《か》け下りたが、今度はそれをよじ登らなければいけないのだ。もし、仮に私にロッククライミングの心得があったとしてもさすがに断念をせざるを得ないスケールだ。完全に手詰まりだった。

「でも、エリオット。昔はオリンポスの山頂に観測施設があったんでしょ。何か、頂上まで登る手段はあるはずでしょ」

「昔は航空機があったからね、サラ。でも、それも今ではもう使えない。機体も滑走路も内戦で全て破壊されてしまったからね」

――内戦で破壊。そのキーワードに私は自分の抱いていた疑問を思い出した。

「あの……そう言えば、ビーン・ストークって……内戦で破壊されたって聞いていたんですけど……。何というか、私が想像していたよりも、ちゃんと残っているというか。何か、今でも動きそうな感じにも見えましたけど……」

「そりゃあな、嬢ちゃん。俺たちがここまで直したからな。十五年だ。ここまで来るのに」

酒で顔を赤くしたホルトが誇らしげに胸を張った。

「え、じゃあ。もしかして、この軌道エレベーター、また動くようになるんですか」

実現すれば、画期的なことであるのは間違いない。地球へと通じる道が再び開けるのだ。たとえ宇宙船はなくても、衛星軌道上に残されたポートなら惑星間用の通信設備も残っているかもしれない。もし、地球側に連絡を取ることができれば、それだけで現在の困窮した状況も地球側の技術で何とかできるかもしれない。一度は失敗しかけた惑星改造《テラフォーミング》を施せば、私たちの置かれている環境も劇的に改善するはずだ。

「ああ、そうさ。もうじき、ビーン・ストークは動くのさ。もうじきだ。もうじき……」

「おやじさん。呑《の》み過ぎですよ。それに嘘《うそ》はいけませんよ」

「……嘘《うそ》なんですか」

「ビーン・ストークは高さ一万七〇〇〇キロ。そこに二十カ所近くの整備用中継拠点を兼ねたカウンターウェイトが設けられている。地上から一番近いカウンターウェイト01は高度一二〇〇〇メートル。地上部の修理から始めて、僕たちはまだそこに辿《たど》りつけてはいない。全体の作業工程からしてまだ1％にも達していない」

「十五年かけて1％なんて、あと何年かかるんですかね。それって、もうやる必要あるんですか……」と言い掛け、途中でしまったと思って口を塞いだが遅かった。真向いの席でホルトが顔を真っ赤にして睨《にら》みつけている。

「す、すいません！　わ、私、ま、また失礼なことを！　私ってば、本当のことでも言っちゃいけないことをついベラベラと喋《しゃべ》っちゃって！」

「エリスさん……それ以上、口を開けると、さらに墓穴を掘ります」と、クロが私の肩をぽんと叩《たた》いた。相変わらず、目の前の老人は鬼の形相《ぎょうそう》で睨《にら》みつけている。

「ふん。他の連中も同じようなことを言って出て行った。言いたい奴《やつ》には勝手に言わせておけばいいのだ。俺には関係のない話だ」

すっかり臍《へそ》を曲げた老人は怒ったように席を立ち、部屋から出て行ってしまった。どうしよう、自分の義肢を直してくれた恩人を怒らせてしまった。自分の迂闊《うかつ》さに自己嫌悪《けんお》した。

「大丈夫だよ。おやじさん、お酒を飲んでいる時のことは朝になれば全部、忘れるから」

落ち込む私を見て励まそうとしてくれるエリオットはすごくいい人だ。でも、きっと、私の発言は彼も傷つけたはずだ。

「あの……すいません。エリオットさん。私、酷《ひど》いこと言っちゃって……」

「いや、別に気にしてないさ。それに君の言ったことは本当だと思う。僕らがやっていることはひょっとしたら無駄かもしれないって、自分でもそう思う。ビーン・ストークが元に戻るのが百年後かもしれないし、千年後かもしれない。でも、今、僕らが何もしなければ、永久にこの星はこのままだ」

## 百四日目

　翌朝、朝食を終えて早々、私はクロとサラとともにトラックに乗り込んだ。砂漠でも走行できるよう改造を加えた二トン車だ。運転席は二人乗りのため、クロは空っぽのコンテナの中に入り、ハンドルはサラが握った。向かうはかつて栄華を誇った西の大都市タルシシュ……その廃墟《はいきょ》だ。

　タルシシュへは片道で一時間ほどだと聞かされた。私にとっては気晴らし程度のドライブのようなものだが、決して遊びに行くのではない。二十年以上も昔に放棄された街だが、まだ、あちこち探せば、保存用食料を含め、使えそうな物資はあちこちに残っているのだという。だからこうして、物資の調達のため、定期的に廃墟《はいきょ》へ赴《おもむ》くそうだ。

　地球製の年季の入ったトラックはエンジンをかけると、暴れ馬のように車体を震わせ、真っ黒い排気を吐き出した。廃墟《はいきょ》とはいえ、知らない街に行くのは心が躍るものだ。

「おじいちゃんの様子はどうだった」

　トラックを発車させてすぐにサラが尋ねた。結論から言えば、エリオットの言う通り、一晩寝て、ホルトは夕べのことなどすっかり忘れているようだった。

　老人の朝は早い。日の出前から起きて、荒野をジョギングして、一汗掻《か》いた後は工具室に引きこもって、義手の修理に集中していた。私が部屋に入っても相変わらず無愛想《ぶあいそ》で、昨夜のことを謝っても「お前、何のことを言っているんだ」という反応が返ってきた。

机の上には私の腕の一部がバラバラに解体されて広げられていた。虫眼鏡でなければ分からないような細かい部品もある。それを一つ一つ、慣れた手つきで組み立てていくのだ。これで、レイバーは専門外だと言うのだから、相当な技術者だ。

「おじいさんって、どんな人なんですか。えっと、サラさんはお孫さんなんですよね」

「そうよ。うーん。おじいちゃんね。私もよくは知らないけど、若い頃はビーン・ストークの技術者だったみたい」

なるほど、と合点はいった。あの高い技術力と、軌道エレベーターに対する執着。

「じゃあ、サラさんたちはビーン・ストークが放棄された後もずっとこの場所に残ったんですか」と尋ねると、サラは首を横に振った。

「正確にはずっとではないわ。内戦でタルシシュが《紅き蠍《スコーピオン》》に占領された時に、技術者たちはみんな遠くへと避難したみたい。私たちがこの場所に戻って来たのは内戦が終わった後。最初は結構な数の技術者がビーン・ストークを修理しようと帰ってきたみたいだけど……」

「みんな、諦めて出て行った？」

「そうね。計算すると欠損した軌条の修理だけでも三百年。最初はそれでも、何人かは修理作業を続けていたんだけど、一人また一人、抜けて気が付いたら私たちだけになっていたわ」

「サラたちも出て行こうとは思わなかったの」

「おじいちゃん、頑固者だからね。出て行こうとする人を引き留めようとするどころか、口汚く罵《ののし》っていたわ。まあ、私も本音ではどこか遠くの街に移って、一からやり直したいって思うこともある。でも、やっぱり、おじいちゃんのこともエリオットのことも置いていけない」

「……えっと、エリオットさんって……」

「エリオットは幼馴染《おさななじみ》よ。物心をつくまえに両親を亡《な》くして、四歳の頃からおじいちゃんに弟子入りして機械を弄《いじ》っていたわ」

「恋人さんなんですか?」

タイヤが悲鳴を上げて、トラックがS字を描くように急カーブした。ごつん、と後ろのコンテナでクロが壁に頭をぶつける音がした。

「い、いきなり。な、何ですか!」ダッシュボードに打ちつけた鼻の頭を擦りながら、私は真っ赤になったドライバーの顔を目撃した。図星だな、と確信した。

「エリスちゃん、よく性格が悪いね、とか言われない?」

「……すいません。よく言われます」

性格と口が悪いのは重々、自覚した上で、やはりこのまま放ってはおけない事案だった。

「告白とかされたんですか」

また、車両が極端なS字に曲がり、ごん、と後ろでまたクロが頭をぶつける音がした。

「あわわわ……すいません。謝りますからどうかお気を確かに！」

私はシートベルトにしがみついた。トラックは不自然な蛇行を繰り返しながら加速を続ける。

「あいつにそんな甲斐性《かいしょう》があったら苦労しないわよ！」

絶叫するドライバー。トラックは無茶なドリフトを繰り返す。どうやら片思いみたいだ。

「い、一旦、お、落ち着きましょう！」

ブレーキを踏み込んでトラックが急停車した。後ろのコンテナで、クロがごろごろと転がる音がした。サラが顔をハンドルに埋めると、乾いたクラクションが荒野に鳴り響いた。

「しょうがないじゃない！　あいつ鈍感なんだから！　昔から！　機械を弄《いじ》ることしか頭にないんだから！　なんで二十年も一緒にいてロマンスの一つもないのよ！」

泣かれてしまった。もう一度、ブブッとクラクションが鳴った。

「ああ……私、魅力ないのかな……」

心底悲しそうにサイドミラーを覗《のぞ》き込《こ》むサラが不憫《ふびん》で仕方がなかった。

「いや！　そんなことないと思います。サラさん、十分綺麗《きれい》ですから！　きっと、エリオットさん、恥ずかしがり屋なんですよ。だから、サラさんのことちょっといいかなーって思っていても、自分からは恥ずかしくて、なかなかアタックできないんですよ！　たぶん！」

「本当かなぁ……エリスちゃん、本当にそう思う？」

サラの目に希望が再び宿った。何だか、すごく分かりやすい。

「そうですって！　えっと、だからですね、こういう場合は女の方からぶつかるんです！」

「……ぶつかるって」

「告白するんですよ！　アイ・ラヴ・ユーって！」

「無理無理無理無理！　絶対、無理っだってば！」

顔を真っ赤にしてサラは頭を何度もハンドルに打ちつける。リズムに乗ってクラクションが鳴り響く。この歳《とし》で何と純情なことだろう。あのお淑《しと》やかなお姉さんに見えたサラがもう年上の人には見えなくなった。

「あ、それなら。こういうのはどうですか。手紙を書くというのは」

「……手紙？」

「はい。手紙です。口では言えないことも案外、手紙なら楽に伝えることができますよ」

「……そうか、手紙か。確かにその手があったわね」

「ですよね！　何なら、私が書いた手紙を届けましょう！」

「そうよね、そうよね！」とサラに元気が戻ったみたいで私も安堵《あんど》した。

が、攻守が入れ替わったのはここからだった。

「ところでエリスちゃんはクロ・メールさんとどういう関係なの？　恋人？」

予期せぬカウンターブローに、思わずおでこをダッシュボードに打ち当てた。

「ななななななな！　何を藪《やぶ》から棒に！　た、ただの郵便配達員とお届け物の関係です！」

「そうかしら。お互いの視線とか、そんなビジネスライクの関係とは思えないんだけど？」

どうして、そんな意味ありげな、すごく意地悪な言い方をするのか。

「サラさん。よく性格悪いって言われません」

「そうかも」と、先ほどとは打って変わって、大人の女の余裕じみた笑みを浮かべた。

「べ、別にそんな変な間柄ではないですよ。だって、歳《とし》とか全然違うし！」

「レイバーに歳《とし》って関係あるのかしら」

「あるんです！」

「でも、クロ・メールさんがエリスちゃん、連れてきた時、彼、ものすごく必死だったのよ。数百キロ、彼はあなたを負ぶってこの荒野を歩いたのよ。しかも、片腕だけで。いくら頑丈なレイバーだって、余程、大切な人でもなければ、そこまではできないと思うんだけど」

そう言われると、すごく辛い。でも、違うのだ。私がクロに向けている視線と、クロが私に向けている視線と。それがいったい、何なのかと尋ねられても、言葉にできない。

「たぶん——。クロにとって、私は姪《めい》っ子なんだと思う」

「……姪《めい》？」

と、その会話の途中で、フロントガラスに件《くだん》のレイバーが間抜け面をひょっこり現した。

「大丈夫ですかー二人とも。どうしたんですか、急に車を止めてしまって」

レイバーだから、噂話《うわさばなし》をされてもくしゃみも出ないのだろう。その鈍感さが助かった。

「うるさい、うるさい！　いいから、クロは荷台に引っ込んでいなさい！」

私が怒鳴ると、クロは寂しそうに背中を丸め、荷台に戻っていった。


西端の大都市タルシシュ。かつて街全体を取り囲んでいた城壁は跡形もなく崩れ去り、十万人以上が住んでいた都市の残骸が剝《む》き出《だ》しに荒野へ晒《さら》されていた。環境悪化する以前は街を縦断するように川が流れ、街のあちこちに水路と橋が張り巡らされていたのだという。しかし、その水路も大部分が干上がるか、砂に埋まり、崩れ落ちた橋もただの石塊《いしくれ》と化していた。

石壁に穿《うが》たれた無数の穴。それは散弾銃の弾痕だ。街の中心部には大きな爆発によって将棋倒しに崩れたビルがそのままに残されていた。戦闘が激しかったのは中心部で、郊外に位置する倉庫区画は比較的、被害も少なく、かなりの量の備蓄用の資材がそのままの状態で残されているのだという。元々、地球と火星を結ぶ玄関口として発展した街だ。ビーン・ストークの技術者も多く住み、工業生産量もこの星では群を抜いていたというのだから、レイバーのメンテナンス用の部品もどこかにあるかもしれないという期待感もあった。

サラが無人の街を案内してくれる。しかし、街の入り口を跨《また》いだ時から、私の足はずっと震えていた。胸騒ぎと言えばいいのか。何か、胸の中でももやもやするものがあった。予感はあった。でも、それをむきになって自分の中で打ち消した。大きな河川敷《かせんじき》に差し掛かった頃、胸の中に渦巻いていた疑惑が徐々に形を得る。川に水はなくとも、その光景を忘れるわけがない。

確か、この場所にクロがいた。クロとは言っても、今、私の隣に突っ立っている朴念仁《ぼくねんじん》の方ではない。小さくて可愛《かわい》い黒猫だ。そう、確かに、この場所で悪餓鬼に囲まれていた。

街を取り囲むように山々が峰を連ねる。特にあの西に見える巨大な山塊のスケールは格別だ。そして、その麓に立つ巨大な塔のような構造物が私たちのことを見下ろす。何もかもが一致するのだ。あの頃、毎日見ていた光景に。

「……どうしましたか、エリスさん。先ほどから顔色が悪いですよ」

クロは私のことを心配してくれたが、身体の奥底から湧き上がる衝動を止めることはどうしてもできなかった。私は二人に何も告げず、かつて自分が歩いて帰った石畳の道を駆け出した。

目の前の光景は一変した。しかし、身体は我が家へと戻るための道順を覚えていた。七歳の頃は随分な距離に思えた道のりも、十七歳の私にはあっという間だった。水路沿いの遊歩道を辿《たど》り、少し高台になった小さな空地を越えた場所に、私の家はあった。いまはそこに、ぼろぼろになった赤煉瓦《れんが》の壁が立っているだけだったが。

小さな庭が自慢の二階建ての家。今は見る影もない。でも、何故《なぜ》か玄関口だけはそのまま、私の記憶の中の姿を留《とど》めていた。壁のあちこちに刻まれた弾痕。それは私が暮らしていた頃にはなかったものだ。急に体から力が抜け、私は突っ伏した。後ろからクロとサラも追い付く。

二人が名前を呼んでいるようだが、私の耳には届かなかった。視野がぐしゃぐしゃに歪《ゆが》んだ。二人の前なのに、溢《あふ》れる涙が止まらなかった。喉の底から激情とともに吐き出される嗚咽《おえつ》をどうすることもできなかった。

「うわぁぁぁぁぁぁぁぁ！　お父さぁぁぁん！　お母さぁぁぁん！」

玄関の前で二人の名前を叫んだ。あの頃みたいに、泣いて喚《わめ》けば、優しいお父さんが慌てて駆けつけてくれると思った。いつも怒ってばかりのお母さんが口をへの字に曲げて様子を見に来てくれると思った。でも、空っぽの玄関から出てくるのは乾いた荒野の風だけだった。

「ど、どうしたんですか！　エリスさん！」

クロが私の手を取った。だが、感情が抑えきれない。私はクロの腕にしがみついて泣いた。

私は自分の生まれた街の名前を知らない。気が付いた時には私はエリシウムの医療施設にいた。誰も、私がどこの街から運び込まれたのか教えてはくれなかった。私が繭《まゆ》の中に包《くる》まり眠っている間に、外の世界では七十年の月日が過ぎていた。

家に帰れば、両親が私のことを待ってくれていると思っていた。私は自分の家に帰るために郵便配達員になった。世界中を旅して、それでもどこにも私の家は見つからなかった。

まさかこんな辺境の廃墟《はいきよ》にあるとは思いもしなかった。ひとしきり、泣いて喚《わめ》いて、気持ちが落ち着き始めた頃に、クロが「事情を教えてくれますか」と尋ねた。

「ここが私の家」と目の前の廃墟《はいきよ》を指差すと、隣でサラが驚いた表情を見せた。

「そんな訳ないわよ。だって、この街はあなたが生まれるずっと以前に廃墟《はいきよ》になったのよ」

しかし、逆にクロは全てを予《あらかじ》め知っていたかのように落ち着いていた。

「サラさん。確か、タルシシュにはクリプトビオシスの施設もあった筈《はず》ですよね」

クリプトビオシス。人工的に人間を仮死状態——一種の冬眠状態にする生体保存技術。その名前が出たことにサラはさらに驚いた様子だった。私は彼らに全てを打ち明ける決心をした。私の半身を奪った大災厄について。そして、目覚めたときには七十年の月日が過ぎていたことも。全てを話し終えると、サラが両腕で私を抱き留めた。

「隕石《いんせき》重爆撃が起きた当時、多くの医療施設が罹災《りさい》し破壊されたため、クリプトビオシスを用いて多くの傷病者が一時的に延命措置を施されたと聞いています。その中でも深刻な重傷者は当時、先進医療技術の発達したエリシウムに軍が輸送したと聞いています」

私は立ち上がると、ふらふらと、ドア扉の無くなった玄関口をくぐった。

「ただいま。お父さん、お母さん。今、帰ったよ」

家出娘の八十年ぶりの帰宅だ。出迎える人はいなかった。リビングのあった場所は砂の中に完全に埋もれていた。子供部屋のあった二階へ続く階段も三段目までしか残っていなかった。あの時、私がお母さんの言いつけ通りに、シェルターに避難していれば。そんなことを何度も思った。自分が生きる理由を一つ、奪われたような気がする。

「エリスさん……ご家族はもう……」

「分かっているよ。あまり考えないようにずっとしていたんだけど……分かっているよ。もう、お父さんもお母さんもこの世にはいないってことぐらい。だって、優しいお父さんだったもん。

厳しいけど、いつも私のことを一番に考えてくれていたお母さんだもん。百歳になったって、生きていれば、きっとこの星の果てでも私のこと迎えに来てくれたはずだもん。本当は分かっていたんだ。私が目覚めるずっと前に二人とも亡《な》くなっていたんだ」

一度は止まったはずの涙が再びあふれ出して、砂に沈んだ床の上にぼろぼろと滴《したた》り落《お》ちた。

「もう止めますか。郵便配達の仕事」

確かに、ポストマンの仕事を続ける理由はもうない。自分の故郷を探す。その目的はついに果たされたのだから。私は西の空を見た。大地を覆う巨大な壁が私たちを見下ろしていた。

「ううん。駄目だよ。すぐそこにオリンポスの郵便ポストがあるんだ。ここまで来て引き返すことなんかできない」

無理矢理にでも前へ進む目的をつくらなければ、足が絶望に絡《から》めとられそうだった。

「私たちは西の街区に物資を取りに行くけど、エリスちゃんはここで少し休んでいく？」

「いいえ、大丈夫です。私も行きます。すいません、サラさん。ご心配をかけて」

正直に言えば、足は重たかったが、今は身体を少しでも動かしていた方が気持ちも和らぐと思った。私たちは再び西の郊外に向かって、廃墟《はいきょ》の中を進み始めた。

目指す区画はフェンスとゲートに囲われた一角にあった。航空機の滑走路と思《おぼ》しきアスファルトの路面に、両輪のタイヤが外れた軍用の装甲車が数台、縦列をつくって放置されていた。原型を留《とど》めないほど破壊し尽くされた商業地区や住宅地区とは対照的に、この一帯だけは建物も施設もほぼ数十年前のそのままの姿で放棄されていた。

だだっ広いアスファルトの草原に赤錆《さ》びたコンテナが群れをなしていた。奥には大きな三角形の屋根をかぶった古めかしい格納庫が立つ。サラが言うには宝の山らしい。資材は勿論《もちろん》、保存食の備蓄も豊富だそうだ。私は夕べ、食卓に並んだ豪華なご馳走《ちそう》を思い浮かべた。

コンテナの林の中を進む。その途中で、ふと、前を歩くクロが足を止めた。その直後だった。

「危ない！」

大地と空とを引き裂くような激しい轟音《ごうおん》が空間を揺らした。クロが片手を広げて私とサラを抱きかかえて押し倒した。その刹那に紫色に燃える熱線が空中を疾走するのを見た。

轟音《ごうおん》が空気を焦がす。猛烈な炎の中に飲み込まれたコンテナが一瞬にして蒸発する。爆風がアスファルトの路面の上を這《は》いずり駆けた。

「敵襲です！」

すぐにクロは私の手を取って起こすと、有無を言わさず駆け出した。

「相手は高い場所からこちらの位置を把握しています！　建物の陰に隠れてください！」

「て、敵って……！　どういうこと！　ここには私たち以外の人間はいないはずよ！」

私以上にサラが混乱しているようだった。戦場を経験しているクロとは違って、私もサラもただの民間人だ。いきなり目の前で鉄を蒸発させてしまうような高熱レーザーを撃ち込まれて、冷静でいられるわけがない。クロはコンテナの壁に背中を張り付かせ、腰を低めた。

「恐らく、一般的な第二狙撃式ブラスターでしょう。射程範囲と火力については圧倒的な性能を誇りますが、連射性は低く、次弾の装填に最低三分二十秒かかります。銃身に過熱状態が続けば、さらに装塡間隔は伸びます。後方部隊に多く配備されたレイバー専用の武装です」

「れ、レイバー専用って……。クロ以外にレイバーなんていないはず……」

「いえ、います。エリスさんもよくご存知のはずです。迂闊《うかつ》でした。やはり、あの時にとどめを刺しておくべきでした」

私は思い出す。《夜の迷宮》で私たちを襲った牡牛《おうし》の角を持つレイバーのことを。だけど、何故《なぜ》、今更こんな場所に現れたというのか。《紅き蠍《スコーピオン》》のアジトからこのタルシシュまで数百キロの距離があるというのに。

「まさか。他の《紅き蠍《スコーピオン》》のメンバーもここに！」

「その可能性は低いでしょう。あの集落の人間はすでに彼のことを見限り、従う様子はありませんでした。それに弟のレイバーは私が倒しました。集落から逃げてきたのか、それとも集落の仲間を皆殺しにしたのかわかりませんが、どちらにせよ、今の彼は独りのはずです」

「一人だけならなおのこと、どうしてこんなところまで来るの！　まさか、私たちを追って？」

クロはしばらく考え込んでから口を開いた。

「いえ、それはあくまでも偶然の結果でしょう。彼からしたら、私たちをこの場所で見つけたのはただの偶然。エリスさんも知っているでしょう。彼が《豆の木《ビーン・ストーク》》に対して異常なほどの執着を見せていたのを。彼の頭の中では今でも世界は戦争を続いているのです。集落を追放された彼がすがれる居場所はもはや戦場にしかありません。迂闊《うかつ》でした。こうなることが予測できたのに。情けをかけるべきではありませんでした」

とどめを刺さなかったということだろう。でも、私はそれが間違いだったとは思わなかった。誰だって無駄な殺生《せっしょう》はしたくはない。たとえ、それがとんでもない大悪人だったとしても。

「来ます！」

クロが私の腕を摑《つか》み、地面の上に転がった。その次の瞬間には私たちが背中を預けていたコンテナが熱線に飲み込まれた。鉄の壁が熱湯を浴びた氷の塊のようにドロドロと溶け落ちた。

「サラさん！　レイバー用の武装がある場所、わかりますか」

「北に抜けたところに軍の地下格納庫があるわ。でも、まさか、本当に戦う気ですか」

「こちらは相手の居場所が分からない以上、圧倒的に状況は不利です。私が武器を回収しつつ囮《おとり》になります。サラさんとエリスさんは何とか後方に回り込んで、敵の正確な位置をこちらへ教えてください」

そう言って、小型無線機の片割れを私に渡す。見知らぬ土地で迷子にならないようにと、出発前にエリオットから渡されたものだ。

「で、でも……正確な位置って……」

「こちらも遠距離武装で応戦します。そのためにも、一撃で相手を確実に仕留めなければいけません。射撃地点は……そうですね。エリスさんのご自宅の辺りでよろしいでしょうか。それなら、お互いに位置関係も把握しやすいでしょう」

必要最低限のことだけを伝え、クロが飛び出す。わざと目立つように、焼け爛《ただ》れたアスファルトの上を跨《また》いで、北の地下核シェルターを目指す。今度はサラが私の手を取った。

「格納庫の下に地下通路があるの！　そこを通って行くわよ！」

再び、地響きが襲う。熱線がアスファルトの路面を溶かす。しかし、その三弾目は今、私たちがいる地点とは離れた地点に向けて射撃されたものだった。クロが上手《うま》く陽動しているおかげだ。射撃から射撃の間の短いインターバルに、私たちは一気に格納庫に向かって駆けた。錆《さ》びついたシャッターを体当たりで壊し、中へと飛び込む。敵からの射撃はない。

窓一つさえない、暗闇に支配された巨大な空間にわずかばかりの光が差し込む。奥の方は真っ暗で何も見えない。サラはリュックサックから取り出した懐中電灯の一つを私に手渡す。その建物は四階構造で一階と二階は食料庫になっていた。天井高くまで積み上げられた戸棚に缶詰で封をされた野菜や果物、加工食品まであった。内戦中だったとはいえ、今よりも案外、豊かな食生活だったのかもしれない。

「こっち、こっち」

外では変わらず、熱線が大地を焼き尽くす轟音《ごうおん》が響いていた。サラは手招きをすると、床に貼られたタイルの一枚を外した。地下へと続く穴に梯子《はしご》が掛けられていた。

地下を巡る通路は人一人がようやく通れるほど。細く長い通路が延々と続き、迷路のように複雑に入り組んでいた。いったい、どこまで続いているかも分からない。コンクリート壁の割れ目から滲《し》み出した地下水が床に深い水たまりをつくっていた。苔《こけ》と泥の混じった悪臭。下水道を歩いている気分だった。頭上に響く轟音《ごうおん》も次第に遠く離れていった。

「クロ……大丈夫かな」。彼が自ら囮《おとり》を買って出たのは、間違いなく私を危険な目に遭わせないためだ。私が囮《おとり》に、クロが背後から回って、敵を撃つ方が戦法としては自然だ。

「きっと、大丈夫。あの人なら」。サラが私の肩を叩《たた》いた。どうして、そんなことが言えるのだろう。サラが足を止めた。

「私、おじいちゃんから聞いたの。クロ・メールさん……いいえ、《狂犬《サーベラス》》について」

「サーベラス？」

「市民連合に所属した伝説的なレイバーの兵士。詳しいことは知らないけど、《紅き蠍《スコーピオン》》に囚《とら》われた人質の奪還作戦や占領都市の解放作戦で活躍して、敵からは《狂犬》と呼ばれて恐れられていたんだって。おじいちゃんも名前だけは知っていたみたい。でも、クロ・メールさん。戦争が終わってすぐにエリシウム政府から要職登用の誘いもあったんだけど、それを蹴って隠《いん》遁《とん》生活を選んだって……エリスちゃん、何か聞いていない？」

初耳だ。戦争の話になると、決まってクロは口を噤《つぐ》むか、話を逸《そ》らそうとした。私も敢《あ》えて触れようとはしなかった。だが、よりによって二つ名が《狂犬》とは。看板倒れも甚だしい。

ううん。クロはクロ。それ以外の何者でもない。私は自分にそう言い聞かせた。彼が話そうとしなかったのはそれが話したくない過去だからだろう。残虐な兵士として生き続けることも、人々の英雄として祀《まつ》り上げられることもクロは拒んだのだ。それが全てを物語っている。

頼もしいようで実はおっちょこちょいで、口下手で、時代遅れの音楽が好き。本当はすごく臆病者。私にとってのクロはそれで十分。だから、こんな所で決して死なせたりはしない。約束したのだ。二人でオリンポスの郵便ポストに行こうと。

出口を求め、私たちはひたすらに地下迷宮を彷徨《さまよ》う。奥深くまで進んだところで、急に空間が開けた。どこかの地下シェルターに通じていたようだ。梯子《はしご》を上り、地上に出たところはかつて市役所だった建物。鉄筋コンクリートの立派な建造物は、たかが半世紀程度の風雨で朽ちて果てるものではない。壁のあちこちに弾痕は残るが、建物自体は原形を残していた。私とサラは最上階の四階まで駆け上がって、硝子《ガラス》の割れた窓から西の方角を注視した。

南から西側に向かって、熱線が空を割った。私は双眼鏡を覗《のぞ》き込《こ》んだ。熱線は南の丘陵から撃たれたようにも見えたが、さすがにこの場所からでは正確な位置までは分からない。

「クロ！　大丈夫！」

「はい、大丈夫です。何とか武器も回収することができました」

無線機の向こうからは相変わらず、のんびりとした声が聞こえてくる。これから射撃ポイン

ト へ向かう予定だと話した。時計を確認する。早くて二十分程度。こちらも、敵になるべく接近し、相手の正確な位置を伝えないといけない。私たちは建物を出ると、廃墟《はいきょ》の街を南に向かって走った。

南の丘陵は以前、墓地があった場所だと記憶している。かつては緑に覆われた山肌も今では赤枯れた砂の色に染まっている。その小高い丘陵地の頂上から熱線は放たれた。

敵の姿をこの目で確認したい気持ちもあったが、迂闊《うかつ》に近づけば、気付かれてしまう。建物の陰に隠れつつ、南に向かう。だが、双眼鏡を覗《のぞ》いても、敵の姿は見つからない。歯痒《はがゆ》い思いだった。射撃間隔が若干《じゃっかん》、伸びはしたが、なお激しい攻撃は続いている。クロがいつまでも避け続けられるとは限らない。私たちは背後から近づくように丘陵を登り始める。

すでにクロは目標の射撃ポイント付近までたどりついていた。この場所から見て北東方向に位置するかつての我が家。すでに装塡作業を終え、反撃のタイミングを見計らっている最中だ。恐らくは次が最後の攻撃になるだろう。私は岩の上に立ち、双眼鏡を覗《のぞ》き込《こ》んだ。

見えた。赤い大地の上に無数に建てられた十字架。墓標に囲まれ、漆黒のレイバーが佇《たたず》んでいた。自慢の角も片側が折れては風格も何もない。ジャックだ。巨大なブラスターの砲身を両脇で支えている。砲口に光が集まるのを見た。すでに装塡は終えている。私は彼の位置を伝えようと無線機を握った。その時。こちらを向いたジャックと双眼鏡越しに目が合った。にやりと笑うのが見えた。その笑みは初めから私たちがここに来ることを分かっていたようだった。

「危ない！」

咄嗟《とっさ》に私はサラを突き飛ばした。ブラスターが咆哮《ほうこう》する。背中の向こうから熱線が襲い掛かる。逃げなきゃ。しかし、その時、砂地に片足を絡《から》めとられ、私の身体は横に転がった。その頭上をわずか数十センチをかすめて、熱線が何もない空中を燃やして奔《はし》った。

「クロ！　今だぁぁぁ！」

「了解です！」

両脚を大地に食い込ませて、クロはブラスターの砲身を指示された座標に構えた。射撃の直後であれば、敵の動きも制限される。引き金が引かれる。青い炎の閃光《せんこう》が鋭い剣戟《けんげき》となって、空を切り裂く。閃光《せんこう》は丘陵そのものを呑《の》み込《こ》み、その膨大な火力で山体ごと吹き飛ばした。立ち上る炎の柱と爆風が大地を抉《えぐ》る。弾《はじ》き飛《と》ばされる土砂の雨がその尋常ならざる威力を物語っていた。不死身のレイバーといえど、この灼熱《しゃくねつ》地獄の中で生きてはいられまい。

これが戦場なのだ。殺伐とした初めて知る情景に私は全身が震えた。後に遺《のこ》されたのは黒焦げになった大地と、溶け落ちた墓標だけだった。

冷たい雨の朝だった。遥《はる》か上空から降り落ちる雨の滴《しずく》は、深さ六千メートルを超す渓谷の奥底まで到達し、ジョン・クロ・メール上等兵の肩を濡《ぬ》らした。

谷底に溜《た》まった冷え切った空気が雨の湿気と混じり合い、分厚い朝靄《あさもや》のカーテンが視界を強引に遮る。だが、それは作戦行動中のクロにとってはかえって好都合な状況だった。それは敵からも自分たちのことが発見しづらいということだから。

「クロ。敵の勢力はどれくらいだ？」

「敷地《しきち》のゲートに門兵二人。その奥に巡回要員が八人といったところです」

「当たり前のことだが、さすがに厳重だな」と相棒のレイバーがため息をついた。

まだ名の知れぬ一兵卒に過ぎなかったクロが西方の大都市・タルシシュに派遣されたのは地球の暦で言うところの西暦二一九五年。五年前の大災厄後の混乱に乗じ、大きく勢力を伸ばした武装集団がタルシシュを占領下に置いたという報《しら》せは火星全土に大きな衝撃をもたらした。

火星には国家は存在せず、自治権を持った諸都市による緩やかな連合体によって統治されていた。その政体は都市国家が栄《さか》えた古い時代のイタリア半島に似ている。

連合体の一角を奪われた市民連合は西方都市の奪還に向けて、義勇兵を招集した。形としては志願兵だが、実質は徴兵に近かった。特に社会的に立場の低かったレイバーには拒否権も認められなかった。クロ・メールも新調されたばかりの自動小銃を持たされ、似たような境遇のレイバーの仲間たちとともに、マリネリス渓谷を行軍していた。

そのはずだったのだが——。

「お互い、とんでもない災難だったな」と笑うのは彼の相棒のカダック。元は中央アジアの国の生まれという陽気な男はこんな危機的な状況でも、悲壮感の欠片《かけら》も見せようとしない。

「あなたがそれを言いますか……」

その楽天家ぶりに少し呆《あき》れる。何しろ、今の自分たちは本隊から離れて単独行動中。いや、「はぐれた」と言った方が正しい。マリネリス渓谷を行軍し、九日目。レイバーと人間の兵隊によって構成された混成部隊は潜伏していた敵の中隊に急襲を受けて散り散りとなった。自分とカダックも銃弾から必死に逃げて、気付いたら周りの仲間はどこかにいなくなっていた。

そうなった場合の再集結地点は予《あらかじ》め決められている。一刻も早く本隊と合流しなければならない。クロとカダックは夜通し歩き続け、気付けば朝靄《あさもや》の壁に囲まれている。

そして今、二人の前には巨大なドーム建造物が立ちはだかっていた。

「バイオスフィア〇四七番実験棟……開拓初期から稼働《かどう》していた生態系再現実験用の閉鎖環境系プラントのようですか……」

アーカイブから情報を引っ張り出す。直径四キロ、高さ二百二十メートル。一面硝子張《ガラスば》りの半円形のドーム。地球の生態系を火星の環境の中で再現するためには何が必要なのかということを検証するための施設らしい。常勤職員数は七十四名。かなり大がかりな実験プラントだ。

だが今、この施設は武装集団《紅き蠍《スコーピオン》》によって占拠されていた。カダックが首を傾《かし》げる。

「しかし、何で実験用のバイオスフィアを武装集団なんかが占領するんだ？」

「恐らくは食料調達が目的なのでしょうが……見たところいるのは人間の兵だけのようです」

「なら、こんな施設は放っておいて、さっさと本隊と合流しようぜ」

「そうはいきません。本隊の背後に敵の拠点があると知って放っておくわけにはいきません。それに中には民間の研究員が拘束されている可能性もあります。素人《しろうと》だけではバイオスフィアを維持させることなんてできませんから」

「クロ。お前、よく真面目だとか言われないか」

「……もし、反対ならカダックだけでも先に本隊と合流してください」

「誤解するなよ。協力しないなんて言っていない。民間人が巻き込まれているのなら尚更《なおさら》だ」

カダックはクロについてこいと言わんばかり、ドームに向かって歩き出す。意外にもカダックがこの無謀な作戦に乗り気だったことにクロは驚かされる。

突入を試みるなら、この靄《もや》が晴れるまでの短い時間のうちに決着をつけなければいけない。幸い、人間の兵隊たちと違って自分たちレイバーなら靄《もや》の中でも視界が遮られることはない。

警備の薄い場所を探し、クロが思いついたのはドームの外壁を上り、ガラス天井を破って中央管理棟へと侵入するプランだった。勿論《もちろん》、レイバーと生身の人間数人であれば堂々と正面突破で拠点を制圧することも可能だ。しかし、強硬策に転じれば、人質に危害が及ぶ危険もある。

「堅物そうな顔して、なかなか大胆なことを思いつくもんなんだな、お前は」

「怖気《おじけ》つきましたか、カダック」

カダックは「まさか」と首を振って笑う。巨大なドームの外周部をわずか数人の兵で完璧に見張ることなど不可能だ。同じ場所へ見張りの兵が巡回に訪れるまでの間隔は二十分。それだけあれば、レイバーならドームの天井までよじ登り、煙草《たばこ》の一本を吸うくらいの時間はある。いや、勿論《もちろん》、本当に吸うわけではないが。

ガラス一枚を隔てた先に鬱蒼《うっそう》と茂る熱帯雨林が見える。ドームの外壁を支える鉄骨の一本にアンカーを引っ掛ける。後は得意のロッククライミングの時間だ。

「しかし、カダックはあまり面倒事に首を突っ込みたがらないタイプだと思っていたので、少し意外でした」

「おいおい、なんだ、それ。まあ、確かにそうだけどさ……でも、民間人がいるんだとしたら放っておけないからな」

「そうですね」

「俺の国はさ。糞《くそ》みたいな場所だった。旧共産圏からの分離独立以降、国の中では肌の色と信じる神様の違いから何度もドンパチが起きた。民間人を巻き込んだテロも日常茶飯事。俺の兄貴と弟はさ、俺が十歳の時、目抜き通りで無人タクシーの爆発に巻き込まれて死んだ」

「すいません。辛いことをお聞きしてしまいました」

「気にするな。俺が勝手に喋《しゃべ》ったことだ。なあ、クロ。戦争ってやつはさ、したい奴《やつ》とできる奴《やつ》だけがやればいいって思わないか。でも、現実は違う。したいと思っている奴《やつ》がしたくない奴《やつ》もできない奴《やつ》も皆、巻き込んで、一方的に殺しまくる。何ていう不条理なんだろうな」

「……同感です」

いつもの間の抜けた態度でついつい忘れがちになるが、彼は彼で多くのものを背負ってこの場所に立っているのだ。

ドームの天頂まで来るのにさほど時間はかからなかった。ガラスの床の真下に煉瓦《れんが》を積み重ねた円塔が立っているのを確認した。アーカイブの情報によれば、これが中央管理棟。職員宿舎も併設し、テロリストが根城とするとすればここしかない。

「カダック。心の準備はいいですか」

「勿論《もちろん》。突入したら一気に制圧して片を付けるぞ」

クロは拳を突き上げ、ガラスを破る。真下に立つ円塔までは百数十メートル。二人のレイバーがロープを下ろし、同時に飛び降りた。

手にした武装はハンドガンが二丁とアサルトライフルが一丁。同じレイバーを相手取るなら心許《こころもと》ないが、生身の兵士が相手なら十分だ。塔の屋上から外付けの螺旋《らせん》階段を駆け下りる。塔の中へと続くドアの前で一人、非番の兵士が煙草《たばこ》を咥《くわ》えていた。武器は手にしてないが、大声を出されたら後々、厄介だ。一瞬の躊躇《ためら》いはあったが、クロはハンドガンの引き金を引いた。

銃声とともに、鮮血が床に広がった。

「クロ！　ここから散開するぞ！」

「了解しました！」

　塔から管理棟の中へと入り、クロは三階、カダックは二階へ回る。入ってすぐに廊下で数人の兵士と出くわす。クロは咄嗟《とっさ》に一人を仕留めたが、すぐに残りの兵隊と銃撃戦になった。数分程度であれば銃弾を受け続けても、レイバーの装甲なら耐えることができる。それが生身を無防備に晒《さら》す人間の兵士との大きな違いだ。隠れることもせず、その場に立ったまま、クロはライフルの照準を合わせた。硝煙が上がる度、敵の兵士が一人ずつ倒れていく。

「何だ！　この化け物は！」

　最後の一人が逃げ出す。その背中を容赦なく撃ち抜いた。人を殺《あや》めることはこれが初めてではない。しかし、引き金を引くたび、心が砕かれ、自分が自分でなくなるような気がした。

　ほぼ同時にカダックも二階を占拠する。しかし、そこにも囚《とら》われた民間人の姿はなかった。

　残るのは一階のみ。しかし、その一階には見張りの兵が二人だけしかおらず、ほかに人のいる気配はまったくなかった。なら、民間人は宿舎棟の方に監禁されているのか。しかし、そちらの方にも大勢がいるような気配を感じない。その時、カダックがプレートに「会議室」と書かれた部屋の前で足を止める。彼がそのドアを開けたのは、彼なりに何らかの直感があったのかもしれない。そして、それは実際に的中した。

　ドアの向こうの光景にクロは思わず絶句した。物言わぬ屍《しかばね》がその場で無造作に積み上げられていたのだ。そこまで腐敗は進んでいない。死後数日というところか。床に広がった血の海もほとんど乾いていた。小さな倉庫に物を押し込めるように、数十人。大半は白衣を着た研究員で皆、頭や胸を銃で撃たれた痕が残っているが、中には研究員の家族……その妻や幼い子供の姿もあった。皆、死んでいる。

そうだ。これが《紅き蠍《スコーピオン》》のやり方なのだ。持て余した人質は容赦なく処分する。男も女も、大人も子供も関係なく。ぬいぐるみを手にした小さな子供の亡骸《なきがら》の前で、カダックは茫然《ぼうぜん》と立ち尽くしていた。もうこれ以上、ミッションを続ける必要はなくなった。立ち去ろうとするクロを今度はカダックが止めた。

「クロ。折角だ。彼らを弔うのを手伝ってほしい」

予想外の言葉だったが、クロは断ることができなかった。一刻も早く、指定された地点まで急ぎ本隊と合流したかった。しかし、無残にも惨殺《ざんさつ》された人々の魂を弔ってやりたいというのも本音だった。せめて神の国で永遠の安息を――。自分は信心深い方ではないが、祈らずにいられなかった。

「レイバーが魂を語るとは。やはり滑稽《こっけい》ですかね」。クロは一人呟《つぶや》いた。

鬱蒼《うっそう》と茂る密林の中に小高くなった丘があった。そこへ数十人という遺体を運び、墓を掘って埋めた。一人一人に木の枝で組んだ十字架の墓標も用意し、それだけで丸一日をかけた。二人がレイバーでなければできない大仕事だった。

最後に埋めたのは七歳ほどの幼い少年の遺体だった。胸から腰まで無数の銃創に身体を抉《えぐ》られていた。彼を庇《かば》うように息絶えていた両親と思われる遺体の近くに埋葬してやった。全ての作業を終えた頃、ガラス天井から差し込んだ深紅色の光が墓標を照らした。夜が明け、東の空が真っ赤に焼ける。

全員を弔った。しかし、達成感はない。あるのは虚《むな》しさだけだ。自分たちは何のために戦っているのか。彼らを守れなければ、自分たちが戦う意味もない。だから、クロは誓う。二度と同じ悲劇を繰り返してはならないと。勿論《もちろん》、その誓いと決意はこれから何度も破られ、その度に心は打ち砕かれることになるのだが――。

カダックは少年の墓標の前でじっと立ち続けていた。

「カダック。名残惜《なごりお》しいですが、もう行きましょう。急がないと、本隊から置いてきぼりを食らってしまいます」

「なあ、クロ。俺たちは死んだらどうなるのかな」

哲学的な問いだが、それは愚問でもあった。自分たちレイバーに死は存在しない。そのはずだ。いや、違う。自分たちは元から死んでいるも同然。この身体を鋼鉄に変えたあの日から。故郷から引き離され、この星にやって来たあの日から。

「俺たちってさ、死んだら土の中に埋められるのかな。誰かが、こんな風に小さくても墓をつくってくれてさ、弔ってくれるのかな」

カダックの言葉にクロは何も答えることはできない。レイバーを弔ってくれる人なんて、きっといない。カダックは西の空を見つめながら言う。

「これから俺たちが向かうのはオリンポス山っていうでかい山がある場所なんだろ。知っているか。オリンポスの山のてっぺんには天国があるっていう話だ」

馬鹿馬鹿しいと思った。似た類の話をこれまで幾度も耳にしてきた。都市伝説というよりはレイバーの間で語られる与太話みたいなものだ。希望もなくただ労働に明け暮れた時代、気持ちだけは明るく持とうと誰かがつくったお伽噺《とぎばなし》。勿論《もちろん》、多くのレイバーたちが思い描いた天国とは、死後の世界というよりは酒池肉林の桃源郷《とうげんきょう》のような場所だろうが。戦場でそんな浮かれた気分でいれば、本当に神の御許《みもと》に送られかねない。

「俺、この戦争が終わったら、その天国とやらに行ってみてえな。硝煙と砂埃《すなぼこり》に塗《まみ》れたこんな糞《くそ》みたいな世界、さっさとおさらばしてさ。天国でバケーションって、なかなかいいだろ?」

「天国の門は善人にしか開かれませんよ」

「はっは! そうか、それは残念だな。ならさ、神様に会ったら俺をその天国の門番に雇うように掛け合ってみるさ。それならこんな俺でも天国に置いてくれるかもしれないだろ。へへ、任せてくれよ。これでも身体は丈夫なもんでな。きっと、いい仕事、すると思うぜ」

カダックは悲しみを掻《か》き消《け》すように、豪快に笑い飛ばした。

その後、無事に本隊に合流してからも、レイバーたちの無言の行軍は続いた。エリシウムを出発してから早三カ月が経《た》った頃。隊はようやくタルシシュを見下ろす丘陵に到着した。

総勢十数人程度の小隊を束ねる隊長のダレンが作戦の説明に入る。現在、タルシシュは武装集団《紅き蠍《スコーピオン》》のレイバー部隊によって占拠され、数万人の市民が人質として捕えられている。しかし、都市の解放が今回のミッションの最優先事項ではない。彼らに課された指令とは、捕えられた市民のうち、ビーン・ストークの主任研究員を中心とした最重要対象を救出、ビーン・ストークまで無事に移送させるというものだった。ダレンの檄《げき》が飛んだ。

「いいか、よく聞け。この作戦には我らがこの星の運命が掛かっているものと思え」

夜も明けきれぬうちに作戦は開始される。隊は三つに分けられ、一つは陽動、もう一つは迎撃。そして、クロはわずか四人の潜入部隊に組み込まれた。相棒のカダックも同じ部隊だった。かつて都市建設の際に掘られた地下水道の跡地を通り、市街地へと潜入する。

目にしたのはあまりに凄惨な光景だった。激しい銃撃戦によって蜂の巣にされ、倒壊しかけた建物。壁には生々しい鮮血の跡が残り、道端には屍《しかばね》が無造作に放り捨てられていた。その中には子供の遺体もあった。数年前まではこの星で最も栄《さか》えた街だったとは思えなかった。

クロはタルシシュの街を訪れるのは初めてだったが、同じ隊のトリレインという男は以前、この街に住んでいたことがあるらしく、クロたちを先導した。

「本当に糞《くそ》みたいな街だな。まるで俺の故郷みたいだ」

カダックが悪態をつく。彼の言う通り、凄惨な光景だった。

一般市民の姿はほとんどない。銃を構えた兵士たちが街中をうろついていたが、その数は多いわけではない。壁に身を隠しながらたどり着いたのは、コンクリートの壁に囲われた無機質な建造物だった。窓はなく、唯一の入り口は固く閉じられたシャッターのみ。その前にライフルを構えたレイバーが一人、見張りをしていた。五人は散開し、建物の裏側から近寄る。そして、見張りのレイバーが一瞬、横を向いた隙にカダックが背後から羽交《はが》い絞《じ》めにして拘束した。無線で仲間を呼ばれるとまずい。クロは見張りの腹部にスタンパイルを撃ち込む。ある程度の射撃音はやむを得ない。周囲に仲間の兵たちがいないことは予《あらかじ》め確認している。動かなくなったところでカダックがブレードでその首を切り落とした。

同族を手に掛けることへの抵抗感は否定できない。クロは胸に小さく十字架を切ってからシャッターを開いた。地下へと続く細い階段が続いていた。今度はクロが両手にライフルを構えて、先陣を切る。

「目標発見」

細い通路の奥に牢獄《ろうごく》があった。とは言っても、囚人の収監用ではない。小綺麗《こぎれい》な床のフローリングに何冊もの書籍が積み上げられ、備え付けの机まで用意されていた。それがただの人質ではないことはその好待遇ぶりからも察することはできた。

囚《とら》われているのは三十代の若い夫婦のようだった。クロが銃弾で鉄格子《てつごうし》の鍵を破壊して中に入ると、眼鏡を掛けた男が驚いた表情で出迎えた。

「ロバート博士とミリア女史ですね。我々は市民連合の兵です」

名乗ると、男の顔から緊張が消えた。机に本を並べていた妻と喜びの表情で手を取り合った。

「市民連合からあなた方二人に要請が来ています。我々はこれより、ビーン・ストークにて救難通信艇の射出プログラムに入ります。この計画にお二人の協力が不可欠なのです」

トリレインが説明する。救難通信艇とは地球に向けた特使だ。五年前の隕石《いんせき》重爆撃以降、この星の環境は悪化の一途《いっと》。海も川も枯れ、大地の乾燥化が止まらない。食糧は慢性的に不足するが、長引く戦乱で生産に手が回らない。地球との通信もあの日以来、途絶えている。特使の任務はこの星の窮状を地球側に伝え、支援を取り付けること。この星の命運がかかっている。

そのためにもビーン・ストークの主任研究員であるロバート博士らの協力が必要なのだ。

だが、《紅き蠍《スコーピオン》》に気付かれぬ前にこの街を離れなければいけない。出発を急ぐよう夫婦に促すと、妻のミリアが小さなケージをクロの前に見せた。

「あの、この子も連れて行っていいですか」

ケージの中に入っているのは小さな黒猫だった。

「おいおい、正気かよ」。それを見たカダックが呆《あき》れ果《は》てたように毒気づく。

何か大きな怪我《けが》をしたのだろうか。その猫は片耳を失い、がりがりにやせ細った身体に何重も包帯が巻き付けられていた。寝たきりで、クロたちの姿を見てもほとんど反応もしない。すでに死期が近いことは見て分かった。

「奥様、申し訳ございませんが、作戦行動の支障になるようなものは置いていってください」と頼んだが、ミリアも食い下がる。しまいにはロバートまで入って、クロに頭を下げて懇願してきた。これから戦場になるかもしれないような場所にペットを連れていくとは。さすがにカダックもトリレインも呆《あき》れた様子だった。しかし、自分たちはこの研究者夫婦にあくまでも協力を求める立場。二人に臍《へそ》を曲げられても困ると判断した。

建物を出たところで待ち構えていた《紅き蠍《スコーピオン》》の小隊と鉢合《はちあ》わせとなった。容赦なく撃ち込まれる銃撃。クロは背中に夫婦を庇《かば》い、自動小銃で応戦した。激しい銃撃戦の末、小隊を打ち破ることには成功したが、仲間が一人、犠牲となった。弔うことはできない。クロは胸に十字架を切ると、戦友の遺体を路上に捨て置いたまま、タルシシュの街を脱出した。

再び、砂漠を越え、ビーン・ストークを目指す。じきに日は沈み、クロたちは夫婦の体力を考え、街から十数キロ離れた場所でキャンプを張ることにした。

「このたびは助けていただきありがとうございます」

ひと段落ついたところで、改めてロバートがクロに謝辞を伝えた。感謝をされて悪い気はしないが、自分はあくまで任務を遂行しただけだ。そして、今度は「お名前を教えてくれますか」と尋ねられた。

「私はジョン・クロ・メール上等兵です」と答えると、夫に寄り添うようにたき火の前に座っていたミリアが「クロ……さん？　この子と同じね」と言ってくすくすと笑った。その膝の上には例の黒猫が丸くなって寝ていた。黒猫だからクロか。

「こら、ミリア。クロ・メールさんに失礼だろ」

クロは内心、何と緊張感のない夫婦だろうと思った。ここは戦場で、今、自分たちがいるのは敵の勢力圏内だ。愛猫家《あいびょうか》なのはわかるが、戦場でペット同伴とは神経を疑いたくなる。それとも、科学者とは皆、そういう人種なのだろうか。

「今にも死にそうな猫がそんなに大切なのですか」

思わず口をついたのはそんな冷たい一言だった。しかし、ミリアは怒るでもなく、静かに頷《うなず》いてみせた。

「あの子が戻って来た時、クロがいないと寂しがると思うから」

あの子とは。夫婦の間に子供がいるという情報は聞かされていない。もし、子供がいるのなら作戦にも関わる話なので、参謀本部からの情報があるはずだ。それがないということはつまり、その子供は、現在はもういないということ。災害か戦火か。つまり、あの猫は夫婦にとって死んだ子供の代わりということだろう。

「クロ・メールさんにはお子さんはいらっしゃらないのですか」

思わぬ問いをぶつけられて正直、戸惑った。人間ですらないレイバーに家族なんているわけがない。ほとんどの人はそう考える。だから、そもそもそんな質問はしない。なぜ、今更、こんな自分たちを人間扱いするのか。不思議で仕方なかった。

「結婚する前に、私はレイバーになりましたから。ですが、地球にいた頃は小さな姪《めい》がいました。もう百年以上も昔の話ですが……」

「そうですか。私たちにもですね、娘がいた……いえ、いるのですが。あの隕石嵐《メテオストーム》の日。娘は家を飛び出していきました。我々も街中を探し回りましたが、見つけられませんでした。そんな時、このクロが私たちの前に現れたのです。血塗《ちまみ》れになりながら、この子は必死になって鳴いて、私たちを道案内しました。最初は半信半疑でしたが、私たちはこの子についていきました。そして、瓦礫《がれき》の山の前で足を止めて、また大声で鳴きだしたのです。娘はその瓦礫《がれき》の下敷きになって倒れていました」

「この子は娘の命の恩人なんです」と、夫人が黒猫の頭を撫《な》でる。

「そうだったのですか。なるほど、君はよく頑張ったのですね」

クロが黒猫の前に手を差し伸べると、むくりと起き出し、その指先を舐《な》めた。

「娘は辛《かろ》うじて息のある状態でしたが、半身を潰され、手足の壊死《えし》が始まっていました。ですが、タルシシュの病院は隕石嵐の被害で壊滅状態にありました。とても、治療を受けられる状況ではありませんでした。私たちは決断をしなければいけませんでした」

そして、ロバートの口から出たのはクリプトビオシスという言葉だった。

「一刻も早く治療しなければ命に係わる状況でした。娘の命を長らえさせるためにはこれしかなかったのです。私は娘を眠らせ、被害の少なかったエリアへ移送させることに決めました」

ロバート博士の声が震えていた。大粒の涙がミリアの頬を伝って落ちた。

「その矢先の内戦の勃発でした。私たちは娘の移送先を知らされる前に、彼らによって収監されました。娘が今、どこにいるのか、私たちには分かりません。それに――」

「……こうなった以上、娘さんの治療は後回しにされるでしょう。どんな重傷者でもクリプトビオシスで眠り続けている以上は半永久的に生き続けます。それならば、優先されるべきは傷病兵の治療。恐らく移送先でそう判断されるはずです。恐らくはこの戦争が続く限り……」

ロバートは静かに頷《うなず》く。苦渋の表情で唇を嚙《か》みしめた。

「私たちには信じて待ち続けることしかできないのです」


夜が明けて、一団は無事、ビーン・ストークに到着した。ロバートたちは早々に救難信号艇の発射準備に取り掛かる。しかし、これで護衛任務は完了とはならなかった。

「隊長たちの隊が突破されたらしい。四十五分後、《紅き蠍《スコーピオン》》の中隊がここに攻めてくるぞ」

本隊と通信を取り合ったカダックがクロたちに告げる。

「ロバート博士。ビーン・ストークの発射シークエンスにはどのくらい時間がかかりますか」

「どんなに急いでも三時間」

「わかった。こちらで何とか時間を稼ごう。博士、二時間で作業を終えてくれ」と、カダックが注文する。しかし、それすらも楽観的な数字であることは明白だった。人間の警備部隊三十人と、レイバーが三人。対して敵はレイバーと人間の兵士の混成部隊で二百人程度と予想された。

わずかな時間で簡単な塹壕《ざんごう》を掘り、防衛線を張った。しかし、それも二時間どころか、会敵から二十分も経《た》たずに決壊した。敵の後方部隊が放つブラスターの熱線の前では、塹壕《ざんごう》もバリケードも役には立たない。防砂壁は溶かされ、身を守る壁を失った守備隊は後退を余儀なくされた。ステーション内に立てこもっても、状況が好転するわけがない。

応戦も虚《むな》しく、火力の差で押し切られ、蠍《さそり》の軍勢が拠点内部へと雪崩《なだ》れ込《こ》んだ。すでに人間の警備隊は全滅、三人のレイバーもバラバラに戦力を分断された。管理棟に続く通路は何重もの隔壁に封じられたが、敵はそれを重火器で破壊し、システムの中枢部へと侵攻を続ける。あちこちで火の手があがる。やがて、その炎は発射直前のオービターにまで及んだ。

クロは見た。人類の希望が燃えていくのを。真っ赤な炎が軌条を呑《の》み込《こ》んだ。オービターは二本の軌条に支えられ、空に向かって屹立《きつりつ》していたが、炎は容赦なかった。外装の一部を溶かしながら、立ち上った黒煙が群青《ぐんじょう》の空を蹂躙《じゅうりん》した。

作戦は失敗だった。軌条を支えていた鉄塔の一部が崩れ落ちる。残骸の上によじ登った敵のレイバーたちは一斉に歓声を挙げた。彼らにしてみれば、市民連合が地球に援軍を求めようとしたのだと思ったのだろう。それを阻止したのだから彼らにしては大戦果だ。彼らはどれだけ自分が愚かしいことを犯したのか理解していないのだ。希望はこの時、断たれた。

爆音が聞こえた。ステーションの細い通路を爆炎が駆け巡る。飛んできた巨大な岩塊に襲われ、そこで記憶は一旦、寸断された。

それからどれだけの時間が経《た》ったのか。目を覚ました時、クロの身体の半分は崩れかけた瓦《が》礫《れき》の下敷きになっていた。右頬を生温かなものが擦る。年老いた黒猫がその小さな舌で頬を舐《な》めて起こしてくれたのだった。

「おはようございます」

礼を言うと、黒猫は満足そうに鳴いて、クロの肩から飛び降りた。周囲に人影はない。激しい銃撃戦の末に施設は破壊され、崩れ落ちた瓦礫《がれき》に多くの命が押し潰されて亡《な》くなった。はぐれたカダックたちも同じように瓦礫《がれき》の下に埋まって身動きが取れなくなっているのか。黒猫が尾を振り、徐《おもむろ》に歩み出した。自分をどこかに案内しようとしているらしい。

「そういえば、ロバート博士は」

黒猫は何も答えず、薬莢《やっきょう》の匂いが立ち込めた戦場のど真ん中を悠然と歩く。そこがもう安全であることを知っているのだ。もう銃声は聞こえない。敵味方問わず、死体がそこかしこに無造作に放り捨てられてはいたが、生きた兵士たちの姿はなかった。蠍《さそり》の軍勢は目的を果たしたことに満足して、撤収でもしたのだろうか。

クロを道案内し、年老いた猫が行く。しかし、地下へと続くその廊下の先は行き止まりだった。爆弾で吹き飛ばされたのか隔壁が歪《いびつ》に曲がり、瓦礫《がれき》の山に挟まれて潰されていた。黒猫は瓦礫《がれき》の隙間に入り込んで、壁の向こう側へと消えていく。

「ロバート博士！　そちらにいますか！」

「……その声はクロ・メールさんですか？」

崩れた壁の向こう側からすぐに返事は返ってきた。恐らく、閉じ込められて身動きがとれない状況なのだろう。

「待っていてください。今、助けます！」

積み木の山を切り崩すように、高々と積まれた瓦礫《がれき》の一つ一つを取り除いていき、道を拓《ひら》いていく。生身の人間では不可能なことでも、『歩く重機』とも言われるレイバーにとって朝飯前のことだ。最後はひしゃげた隔壁扉を強引に引き千切った。扉の奥はサブ・コントロールルームになっていた。中枢のメインルームを補助するための小さな管制室。そこにロバートとミリアの姿はあった。二人とも幸い、大きな怪我《けが》はないようでクロは安堵《あんど》する。黒猫はミリアの膝の上で丸くなっていた。

「お二人とも無事でよかったです。作戦の方は失敗してしまいましたが……」

「いえ、作戦は成功しました」

まさかの言葉にクロは困惑した。自分はこの目でオービターが炎上するのを見たはずだ。メイン・コントロールルームも破壊された。しかし、ロバートは悪戯《いたずら》っぽく笑った。

「あれはダミーの機体ですよ。本物は遥《はる》か上空十二キロ、カウンターウェイト01で発射工程を先ほど終えました。エンジニアもオペレーターも、パイロットも最初からカウンターウェイトに移動して作業してもらいました。地上に残ったのは我々のような囮《おとり》です」

つまりは、メインルームやオービターを破壊させたのも全ては敵を欺《あざむ》くための狂言だったということらしい。予《あらかじ》め、メインシステムもこのサブルームにバックアップを取り、地上から高度十二キロの中継基地に指示を出して管制していたのだという。しかも、ここの入り口もわざわざ自分たちの方から爆破したといのだから、狂言にしては随分、手も込んでいる。

「もし、私が助けに来なければ、お二人ともそのまま生き埋めになっていたかもしれないのですよ」

敵を欺《あざむ》くための偽装だとしても、度を越していると思った。しかし、ロバートは「覚悟の上です」と言い切った。それは使命感かと尋ねたが、博士は首を横に振った。

「恐らく、通信艇を派遣したところで、地球からの救援は来ないでしょう」

「どうしてそう思うのですか」

「隕石嵐《メテオストーム》は人為的に引き起こされた大災厄です。そして、地球からの通信はこの五年で一度もない。考えられる可能性は二つだけです」

「地球も隕石嵐によって甚大《じんだい》な被害を受けたか、あるいは隕石嵐自体が地球の策略か……」

「半年前の時点で、我々は隕石嵐の兆候には気付いていていました。しかし、あらゆる手を尽くしても、防ぐことはできなかった。きっと、今度も我々の願いは打ち砕かれるでしょう」

「では何故《なぜ》、この作戦に参加したのですか。自らの命を危険に晒《さら》そうとしたのですか」

尋ねると、ロバートは妻のミリアと互いの意思を確認し合うように、目を合わせた。

「娘が再び目を覚ました時に、何かを残しておきたかったのです」

ロバートの代わりに答えたのはミリアだった。ロバートが続けた。

「この荒廃した土地で子供のために遺《のこ》しておけるものは多くはありません。だからこそ、せめて希望だけは遺《のこ》しておきたいのです」

枯れ果てた大地。資源の乏しいこの星で、希望さえ失われれば、他に何が残るだろうか。

「きっと、娘が長い時間を目覚めた時、変わり果てたこの星の姿に絶望するでしょう。途方に暮れて、涙するとき、私たちはその傍《かたわ》らで寄り添ってやることはできません」

だから――希望という種をこの大地に蒔《ま》くということは自らの命を捧《ささ》げるに値するのだと彼らは言う。きっと、親子が顔を合わせる日は未来永劫《えいごう》に来ないのだと、二人とも覚悟している。

「あの子に私たちの言葉を届けることもできない。それだけが唯一の心残りです」

どんなに会いたくとも、言葉を伝えたくとも、決しては超えられぬ壁が立ちはだかるのだ。

クロは地球に残した家族のことを思った。許されるのであれば、自分も言葉を届けたかった、だが、それはもう叶《かな》わない夢。しかし、その時、クロの中に一つの妙案が浮かんだ。

それは人類の長い歴史の中でも非常に古典的な方法。だが、それゆえに有効と思った。

「それならば、お二人とも。手紙というのは如何《いかが》でしょうか」

# 百六日目

「ふむ、大事はなさそうだな」

新品同然まで磨かれた鋼鉄の義手がホルトの手によって装着される。神経端子に電極をはめ込んだ瞬間、全身に電撃が駆け巡る。私の手を握るサラのぬくもりが、どこかに飛んでいきそうになる私の意識を寸前で繋《つな》ぎ止《と》めてくれた。懐《なつ》かしい右腕の感覚を私は何度も確かめる。

メンテナンスルームにはクロもエリオットもいる。一仕事を終えたホルトが木彫りの椅子に腰を下ろし、煙管《キセル》に火を点《つ》けた。

「ふむ、それで先ほどの話の続きじゃがの」

「ロバートとミリア。おじいさん、タルシシュの出身なら、この名前、何か知らないかなと思って」

タルシシュからようやく帰還し、ホルトなら私の両親のことを何か知っているかもしれないと助言してくれたのはサラだった。私は皆を集めた前で、改めて自らの境遇を説明した。

「ああ、確かに知っておるさ。何しろ、博士と言えば、このビーン・ストークの研究主任だった人だからな」

「おじいちゃん、本当？　なら、エリスちゃんの両親、今、どこにいるか知っているわよね！」

興奮したサラが老人に詰め寄る。

「慌てるな。だが、悪いな。俺が知っているのは二人の名前だけだ。当時は一番下《した》っ端《ぱ》の技術者だったから、若造が研究主任に会う機会なんぞ、ほとんどなかった」

ようやく手繰り寄せた糸もそこでぷつりと終わっていた。もう八十年も昔のことだ。そう簡単に手がかりが見つかるわけがないことは分かっていた筈《はず》だが、正直、落胆は隠せない。もう、会えなくてもいい。せめて両親があの時代をどう生きたのかを知りたかったのだ。

「《紅き蠍《スコーピオン》》に追われながらも内戦で傷ついたビーン・ストークの再建に最後まで奔走した人たちだ。だが、十年近く経《た》ったところで夫婦そろって病床に伏したと聞いている。砂塵嵐《ダストストーム》に肺をやられたようだと当時、言われていたな。その後のことは悪いが、何も知らん。指導者を失った現場は瓦解《がかい》し、技術者たちが次々と出て行き、このビーン・ストークは放棄された」

「……そうですか。どうもありがとうございます」

ホルトの言葉通りなら、両親はもう何十年も昔に亡《な》くなったということになるだろう。不意に突き付けられた現実に、覚悟をしていたのにどうしてか、涙が溢《あふ》れた。私はサラに抱き寄せられ、その胸で嗚咽《おえつ》した。七歳の時だ。もう、両親の顔を思い出そうとしても、記憶の中に深い靄《もや》がかかったように思い出すこともできない。もういいのだ。これで。全てを忘れて、今日からまた歩き出そう。そう心に決めた。しかし、その時、クロが不意に口を開いた。

「エリオットさん。ここからビーン・ストークのシステム・サーバーにアクセスすることはできませんか」

「サーバーに？　いえ、それはできません。地上側はかなり以前に端末自体が死んでしまいましたし、サーバーへのアクセス回線も断線して使い物になりませんし……」

「地上側ということは、上空のカウンターウェイトでは可能ということですか」

「まあ、確かめたことはありませんが、メインフレームのバックアップがカウンターウェイトのサーバーに残されている可能性はあります。ですが、何故《なぜ》、そんなことを？」

「なら、ロバート博士に関するデータもそこに遺《のこ》されているかもしれないということですね」

　エリオットは半信半疑の表情だったが、反対にホルトは納得したように頷《うなず》いた。

「可能性はある。何しろ、このビーン・ストークのシステムを造ったのも、カウンターウェイトにシステムのバックアップを移したのもロバート博士だからな」

「それなら、カウンターウェイトまで昇る手段はありませんか」

　ホルトとエリオットが顔を見合わせる。軌道エレベーターは塔のように地上から煉瓦《れんが》で積み上げられたのではなく、上空から地上に向けて糸を垂らした構造だ。惑星の自転による遠心力によって、炭素繊維で練られた軌条が空に向かってぴんと、張られた状態とも言える。カウンターウェイトとはそのための重りでもあると同時に、運行管理と整備のために設けられた中継基地だ。ただ、地上から一番近い「01《ファースト》」でも高度一万二〇〇〇メートル。作業員用の昇降エレベーターも途中で途切れて登ることのできないような高さだ。だが、その分、戦火による被害はほとんどないはず。上手《うま》くいけば、古いシステムもまだそのまま生きているかもしれない。

「この半世紀、俺たちもまだ、カウンターウェイトまでたどりついたことはないから保証はできん。しかし、上がるだけなら整備班が昔、使っていた携行用の昇降用機器がある。アンカーを引っ掛けて、ワイヤーで引き揚げるだけの簡単な代物だがな。まあ、レイバーのお前さんならどんなに高度が上がっても気圧も何も関係ないだろうしな」

「分かりました。それを使ってカウンターウェイトにまで上ろうと思います」

「それなら、僕も同行します。もし、サーバーからデータを引っ張り出せるとすれば、このビーン・ストーク再建の大きな足掛かりになるはずですから」

エリオットが志願する。勿論《もちろん》、上空十二キロまで梯子《はしご》を掛けて登ろうとするのだから危険は付きまとう。そんな大事なことを男衆だけでさっさと決めてしまうのだ。

当事者であるはずの私はずっと置いてきぼりだった。

「あの……クロ。私は大丈夫だから、無理はしないで」

言外に危険なことは止めさせようとしたが、クロは首を振って「エリスさんはこちらで待っていてください」と答えた。

どうしてか分からないが、クロはやたらと、古いデータに拘《こだわ》っていた。その理由もクロはちゃんと教えてくれようとはせず、私は旅立つ二人を見送る立場になった。

## 百七日目

一晩明けて、慌ただしく旅立ちの準備が始まった。私はエリオットとともに、管理棟から数百メートル離れた整備員用の倉庫区画へと足を運んだところだ。

「あった、あった。これだ。これだ」

埃《ほこり》をかぶった倉庫の奥からエリオットがお目当ての装置を引っ張り出す。一見すると、ランドセルにも見える鋼鉄製の鞄《かばん》だ。鋭く尖《とが》ったアンカーの射出口と、手動で動かす回転式のウインチドラム。アンカーを引っ掛けさせ、ワイヤーを巻き上げて上に昇るという仕組みのようだ。仕組みが単純な分、完璧に扱うのにはコツがいりそうな代物だ。

「本当にこんなガラクタみたいなもので十二キロの高さも登れるんですかね」

また、余計なことを口から言ってしまう。エリオットが苦笑いしていた。

「見た目はこんなのだけど、結構、頑丈にできているんだよ」

言いながら、一台を私の腕の上に載せた。ずしりと、思った以上に重かった。

「エリオットさんも本当に行くんですか。高度十二キロなんて落ちたら死んでしまいますよ」

「夕べ、同じことをサラにも言われたよ。いくら何でも道楽が過ぎるってね」

「じゃあ、止めたっていいじゃないですか。別にいいんです、私。今更、お父さんたちが生き返るわけでも、会えるわけでもないんですから……そんな無理をしなくても」

「クロ・メールさんも同じように止めたの？」

「言いましたよ。でも、行くの一点張りで……。エリオットさんからも言ってくれませんか」

「僕自身、ロバート博士が遺《のこ》したデータっていうのに興味はあるからね。彼のことを止める理由はないよ」

嬉々《きき》として言い切る青年の横に、サラの顔を思い浮かべる。

「はぁ、男の人ってどうして、こう強情って言うか。こりゃあ、サラさんも苦労するよね」

またしても、口から失言が駄々漏れていた。

「……どうして、そこでサラの名前が出るのさ」。それまで穏やかだった青年の声のトーンが急に変わる。微妙なものに触れてしまったことは間違いない。ここは無理矢理にでも話題を逸《そ》らすか。いや、そうじゃない。ここは一歩、踏み込んでみるべきだ。サラのためにも。

「あの……エリオットさん。サラさんのこと。どう思っていますか」

「どうって……そりゃあ、家族みたいなものだけど」

「いや、そういうことじゃなくて……。あんな綺麗《きれい》な女の人がずっと隣にいるんですよ。もっと、こう。色々思うところとかあってもおかしくないですよね！」

草食性の青年を相手に、ここは押して攻めるべき場面だと判断した。彼の視線は案の定、不自然に宙に浮いた。

「そりゃあ、まあ、うん。そうだね……サラには感謝しているんだ。僕とおやじさんは機械を弄《いじ》ることぐらいしか能がないないから。身の回りのことは全部、サラがやってくれているし……。サラがいない生活は正直、想像もできない」

ここだけを切り取って聞くと、すごく駄目な人だ。

「だから時々、不安になるんだ。サラが僕たちに愛想尽《あいそ》かして出て行ったらどうしようって。きっと、彼女なら僕たちがいなくても生きていける。でも、そんなことを考えると、すごく胸が痛くなるんだ」

「まあ、そんなことないと思いますけど。でも、そう思うなら、自分の気持ち全部、サラさんに話してあげてください」

「え……僕が、サラに？」青年の動揺がさらに大きくなる。きっと、このままお互いに一歩を踏み出せなければ、二人の関係は一生このままかもしれない。

「そうですよ。気持ちなんて口か手紙にでもしないと、相手には通じないものなんですよ」

私は自分でもびっくりするほどぐいぐい攻め込んだ。だが、だいたい、都合の悪い人は都合の悪いタイミングでやって来るものだ。

「二人ともいつまでやっているのよ！」

少し苛立《いらだ》ち気味のサラが迎えに来た。

「ど、どうして。さ、サラがここに！」

エリオットの動揺ぶりはあからさまだった。それを見て、サラが怪訝《けげん》な表情を浮かべる。ここで変に誤解を生んでも良くない。私はエリオットの背中を押すことに決めた。

「エリオットさん。さっきの話、今、サラさんにするチャンスですよ」

「え……今？　ここで」と渋るので、私は言ってやった。

「サラさん、出て行っちゃうかもしれないですよ」

すると、彼の顔が見る見るうちに青ざめていく。

「どうしたの、エリオット。具合でも悪いの？　顔色悪いわよ」

エリオットは首を横に振り、神妙な面持ちでサラの前に進み出る。

「さ、サラ。は、話があるんだ」

「何よ、改まって」。一方的にぎこちない会話。エリオットの頬はがちがちに強張《こわば》っていた。空気を吸って吐いて、息を整えたところで、溜《た》めていたものを一気に吐き出すように言った。

「サラ！　出て行かないでくれ！」

「……は？　何の話？」

まず切り出すのが、そこからってのがおかしい。サラも呆《あき》れたように目を見開いていた。

「いや、だから。サラ。僕たちに愛想《あいそ》が尽いてここを出て行っちゃうんじゃないかって」

「いきなり、何？　確かに愛想《あいそ》は尽いているのはその通りだけど」と言うサラの反応は予想した以上に冷ややかなものだったので、エリオット以上に私が慌てた。

「私に出て行ってほしいってこと?」

「そ、そうじゃないんだ。その……時々、不安になるんだ。ある日、起きたら、サラがいなくなっていたらどうしようって」

「そりゃあ、料理、洗濯する人がいなくなったら困るでしょうけど」

意外とサラはエリオット以上に鈍感なのかもしれない。なかなかロマンチックな方向に話が進まない。私は汗ばんだ両手を握って、全てを神に祈った。

「そうじゃなくて! ず、ずっと居てほしいんだ、サラには」

「はいはい、言われなくても出ていったりしませんよ」

何と、もどかしいことだろう。背中がムズムズする。私は拳を握って前に突き出すサインをエリオットに送った。相手のガードは堅いぞ、もう一歩前へ踏み込んで積極的にジャブを突いて攻めろ、と。

「サラ。僕と――」

意を決したかのように、青年が前に踏み出す。しかし、それは言葉になる前に霧散した。何の前触れもなく、響き渡る銃声がその声を掻《か》き消《け》した。無言のエリオットが地面に倒れた。腹部から流れ出すおびただしい量の鮮血。赤い地面がさらに真っ赤に染まった。

「エリオット!」

青年を抱きかかえるサラの服も深紅に染まった。辛《かろ》うじて息はあるが、意識はない。

私は硝煙の匂いを辿《たど》る。そして、逆光の中に立つ大きな人影を見つけた。

地獄から這《は》い上《あ》がってきたとしか思えない。鋼鉄の装甲も骨格も全て焼け爛《ただ》れ、グロテスクな人工筋肉と作り物の眼球が露《あら》わに曝《さら》け出《だ》されていた。両手に構えたのは細長い銃身を持つアサルトライフル。まるで皮膚を剝がされた血塗《ちまみ》れの人形。かつての面影は全くない。しかし、あの折れたミノタウロスの両角《りょうづの》だけは分かった。無機質な眼球がこちらを一瞥《いちべつ》した。

「ジャック……！」

一瞬で腰が抜けた。逃げようにも、応戦しようにも、全身が金縛りにあったかのように動かない。骸《むくろ》のような姿をしたレイバーが雄叫《おたけ》びを上げた。それは野獣そのものだった。何という執念。あの熱線の中に飲み込まれて、なおも生きてこの場にたどりついたのだから。

二丁の銃口がこちらに向く。死も覚悟した。しかし、二発目の銃声はなかった。ライフルを下げると、ジャックは再び咆哮《ほうこう》を轟《とどろ》かせた。私とサラは震えあがったが、それだけだった。挑発の台詞《せりふ》を吐くわけでもなく、まるで野犬のように四《よ》つん這《ば》いになって走り出した。

「待て！」

すかさず追いかけたが、遅かった。管理棟の屋根からステーションの屋上へと軽快に跳びまわり、最後にはオービターの軌条に張り付いた。高度一万七千キロにまで到達する軌道エレベーターのレールはまさにお伽噺《とぎばなし》に登場する《豆の木》そのものだ。蔦《つた》の枝のように炭素ケーブルが何重にも絡《から》まった木の幹にしがみついて、ジャックがよじ登るのを私たちは地上から見届けるしかなかった。

幸いと言っていいのかは分からないが、エリオットに撃ち込まれた銃弾は急所を外れていた。私たちは応急処置で止血し、医務室に彼を担《かつ》ぎ込《こ》んだ。五時間近い手術を終えてさすがにサラはぐったりとした様子だった。対照的に寝台の上でエリオットは安らかな寝息を立てていた。

「申し訳ございません。私の落ち度です」

サラにクロが頭を下げた。もう深夜の一時を回って、みんなが疲れた顔をしていた。

「別にクロ・メールさんのせいじゃありませんから……」

「いえ、あの時、やはり私が彼を完全に仕留めていれば、こんなことにはなりませんでした」

タルシシュでジャックと一戦を交えた時、私たちは誰もジャックの死体を確認していない。あれだけの攻撃を真正面から受けたのだ、その必要はないと思ったし、軍人でもない私たちが、自分たちが殺した相手の死体をわざわざ探して見つけることには抵抗もあった。

しかし、その結末がこれだ。ジャックは生き延び、ついにはこのビーン・ストークまでたどりついたのだ。その結果、無関係のエリオットが撃たれ、重傷を負った。

「しかし、あんな亡霊のような奴《やつ》が今更、この場所に何の用だ」

苛立《いらだ》ちを隠しきれず、ホルトが煙管《キセル》に火を点《とも》した。

「彼の頭はこのビーン・ストークに対する執念によって支配されています。恐らくは集落も追放されて、ほかに拠《よ》り所《どころ》もないのでしょう。妄執が彼を暴走させているのです」

「執念か。俺たちも人のことは言えんか。だが、あのレイバー。豆の木をよじ登って、いったい、どこに向かうつもりだ。まさか、雲の上の巨人の王国というわけでもないだろう」

「カウンターウェイト……かも」

ベッドからエリオットが起き出す。まだ、痛みに顔を歪《ゆが》めるが、顔色は悪くはない。

「エリオット。まだ、動いちゃだめよ」

「何とか大丈夫だよ。それよりもいま、重要なことはそのレイバーだ。あいつをカウンターウェイトに向かわせちゃ駄目だ。もし、カウンターウェイト01に残っているサーバーがあいつに破壊されるようになれば、お仕舞いだ。ロバート博士の遺《のこ》したデータも復元できなくなる」

たとえ設備自体を新しく修復したところで、それを動かすシステムは既存の物を使わなければいけない。一から運行管理プログラムを組もうとすれば、現在のこの星の技術力では何十年かかるか分からない。最悪、この軌道エレベーターが半永久的に動かなくなることだろう。ホルトやエリオット——いや、私のお父さんも含めた多くの技術者たちが数十年もかけた労力が全て水の泡と消えてしまうのだ。ホルトが唇を噛《か》み、クロの前で頭を下げた。

「すまんが、クロ・メール殿。どうか、このビーン・ストークを救ってほしい」

私は驚いた。しかし、老技術者にも葛藤はあったはずだ。自分たちが手塩に掛けて、というのもおかしいが、大事に直してきた《豆の木》。間違いなく、その一大事。それを余所者《よそもの》に預けるしかないのはきっと、技術者のプライドが許さないのだろう。でも、今、ここであの凶暴なレイバーを止められるのは一人しかいない。

「頭を上げてください。分かっています。これは私自身のけじめでもあります」

　ジャックが《豆の木》を登り始めたのは六時間前。計算ではすでにカウンターウェイトまで三分の一の距離まで到達しているはずだ。作業用リフトで高度二キロまでは上がれる。しかし、そこから先は自力で登るしかない。幸いにもこちらには整備作業用の昇降機器がある。今から追いかければ、何とか追いつける可能性もある。たぶん、これが最後の戦いになる。人間の領域を超えたレイバー同士の対決は恐らく熾烈《しれつ》を極めるだろう。

　だが、私は肘《ひじ》から下が無くなったクロの左腕を見た。あちらも手負い。それでも、隻腕のレイバーの方が、分も悪い。何よりも、あの左腕が無くなったのは私のせいだ。

「分かった。私も行く」。そう言うと、クロが慌てだした。

「な、何を言っているのですか、エリスさん」

「クロだけじゃ心配だもの。それに、あいつがここまで来たのも私にも責任はある」

「で、ですが……」

「駄目って言われてもついていく。だって、あいつが壊そうとしているのはお父さんがつくったデータなんでしょ。そんなの黙って見過ごせるわけないでしょ」

「いや、それでも、危険です。お願いです、ここに残ってください」

「いや。絶対についていく」。ここから先はしばらく押し問答。その時間さえ惜しいということに気が付いたクロが最終的に折れた。

「分かりました。ただし、決して無茶はしないと誓ってください」

「うん、誓う。一緒に行こう。あんな奴《やつ》にお父さんたちが遺《のこ》した希望を壊させたりしない」

私とクロは互いの手を取った。冷たくて大きな手。まるで、小さな頃に握ったお父さんの手みたいだった。

管理棟の地下には武器庫もあり、埃《ほこり》をかぶったライフルも数丁、用意されていた。メンテナンスもされていない。弾が飛ぶかも怪しい。それでもないよりはましと、二人で二丁ずつを手にした。武器はそれだけ。決戦の舞台へと赴《おもむ》くには少し心許《こころもと》ない装備かもしれない。そして、オービターの車両基地だった場所で与圧服も見つけた。いわゆる、宇宙服だ。一万二千メートルという高度を考えれば、高山病では済まされない。○・三気圧、生身で晒《さら》されれば、レイバーでもない限り、数分と生きてはいられない。

宇宙服と言えば、宇宙開発の始まった初期には特殊繊維を何層にも重ねたごわごわとした不格好な作業着の格好だったが、ＥＶＡ（船外活動）の頻度が多くなるにつれ、機動性と持久性を求められるようになった。最新式、とは言っても八十年前の遺物なのだが、生地は薄く、軽量化もなされて比較的動きやすい。配達員の制服の上からでも外套《がいとう》のように着こめる。連続稼《か》働《どう》可能時間は百四十四時間。フルフェイスのヘルメットをかぶると、循環器システムが稼働《かどう》し、新鮮な酸素が絶え間なく供給される。

それから私たちはほんの数分で支度を整えた。私は与圧服の上から腰に郵便鞄《かばん》を巻き付けた。いつ如何《いか》なる時もこの身から離してはいけない。郵便配達員《ポストマン》としての矜持《きょうじ》だ。

二人でリフトに乗り込む時、ホルトとサラが見送った。サラは今にも泣きだしそうな顔をしていた。

「申し訳ないな、二人とも。このビーン・ストークを頼んだぞ」。そう言って、ホルトは私に小さな無線機を手渡した。

ゲートの鉄柵が下りると同時に、リフトが浮上を始める。数日前に乗った時と状況は違う。メーターの数字が上がるたび、足が震えた。どんなに頭の中で否定しても怖いものは怖い。きっと、手足が震えているのが見えてしまったのだろう。後ろからクロが肩に手を掛けた。

「大丈夫です。エリスさんのことは私がこの身に変えて守ります」

「クロって、意外と気障《きざ》なんだね」

「え、私が、ですか。そんなことないと思いますけど……」

「でも、ありがとう。おかげで少しだけ元気が出てきた」

高度二〇〇〇メートルでリフトは停止した。以前はこれよりも高い場所まで昇る中継リフトことがあったらしいが、過ぎ行く年月の中で整備もままならず放置され、今はもう使い物にならない。互いに交差するように複雑に組まれた鉄骨の塔はさらに空高くへと伸びていた。塔に囲われるようにして六本の軌条が天空へと走る。この同じ場所をほんの数時間前に、ジャックがよじ登っていたはずだ。それこそ、ジャックが《豆の木》を登るような感じで。

リフトは使えなくなっても、そこから先は螺旋状《らせんじょう》に階段が伸びていた。それも鉄板を挟んだだけのかなり不安定な構造。上れば上るほど、上空に渦巻く気流は激しさを増し、私たちを揺さぶる。足が竦《すく》んで仕方がない。それでも、前を進むクロに置いていかれないように必死に喉の奥で恐怖を呑《の》み込《こ》んだ。こんなところで彼の足手纏《あしでまと》いにだけはなりたくなかった。

やがて、階段も途切れた。鉄塔はさらに上空へと続く。目を凝らしても、薄雲の中に隠れたカウンターウェイトの姿を見ることはできない。西には雄大なオリンポス山が聳《そび》える。

ここからは背中にランドセルのように背負った秘密道具の出番。ガス圧で噴射した二本のアンカーが上空の鉄骨を摑《つか》む。それを一対になったウインチで巻き上げる仕組みだ。ただし、動力はあくまでも手動。自らの体重を腕の力だけで持ち上げるのは想像以上にハードだった。日ごろ、ダイエットを怠った自分のことが恨めしい。しかも、ワイヤーで一度に飛ばせる高さは最大で五十メートル。足場から足場へと、拷問にも近い力仕事の繰り返しだった。

風はますます強くなる。二本のワイヤーで吊《つ》り下《さ》げられた私の身体はまるで振り子のように大きく揺さぶられる。右から左へ、大きく円を描いて回る。空中ブランコを楽しんでいるどころではない。ワイヤーが空中で絡《から》まったりしたらどうしようもなくなる。

「ひぃぃぃ！」命綱にしがみつく私をクロが後ろから抱き留めた。

「落ち着いてください。冷静にバランスを取れば、この程度の風、問題ありません」

そうは言われても、私は今にも泣きだしたかった。しばらく慣れるまではクロに後ろから身体を支えてもらった。昇れども、昇れども天頂はまだ遠い。これが一万七千キロも続いているとは信じがたい。こんなものをわずか数十年で建ててしまった二百年前のテクノロジーに驚く。

「昔はこの道の向こうに地球があったんだよね」

「ええ、百年も昔はこのレールの上をオービターが走り、遥《はる》か天空にあるポートへと人と物を運んでいきました。静止軌道上に設けられたポートからは地球・火星間の定期宇宙船が頻繁に往復していました。この星では到底、造れないような地球の最新式の精密機械や生産の追い付かない食料物資などもそこから大量に運び込まれていました。この地を訪れるのは、移民や研究者が中心でしたが、ゆくゆくは大がかりに観光客を迎え入れる計画だったようです」

「クロもこのエレベーターに乗ったことはないの？」

「いいえ。私たちがこの星に初めて来た当時には勿論《もちろん》、こんなものはありませんでしたし、それに完成後も我々は地球に戻ることは許されませんでしたから」

「どうして」と尋ねると、クロは自嘲気味に笑いながら「こんな姿になって家族に会えるわけありませんから」と言った。私はどう返していいか分からなかった。

日は沈んで夜の空は瞬《まばた》く星の光に満たされていた。あの星の中に、クロや私の両親が生まれた地球があるのだ。いったい、どんな星なのだろう。アーカイブに保存されていた映像記録はこの数十年でほとんどが消失し、今や紙媒体で残された写真と文章でしか母なる星の情報を得ることはできない。数十億年も昔に寿命を終えたこの星とは違って、地球では何もしなくても水も緑も空気も手に入るらしい。正直、羨ましい。しかし、それにかこつけて、人間は多くの資源を食いつぶして、自然を破壊してきた。それでも、生まれてからこの赤枯れた大地しか知らず育った私にとっては遥《はる》か空の彼方《かなた》にあるユートピアであることに違いはない。

「クロは地球に帰りたい？」

私にとっては決して行くことのできないユートピアも、クロにとっては思い出の残る生まれ故郷。帰りたくはないわけがない。しかし、クロはしばらく答えを迷っているようだった。

「逆にお聞きしてもいいでしょうか。エリスさんはタルシシュに帰ってくることができてよかったと思いましたか」

私の質問は、意地悪な問い掛けになって返ってきた。もう半世紀近く昔に廃墟《はいきょ》となった街。お父さんもお母さんもいない。住んでいた家も今は瓦礫《がれき》と砂に埋まっていた。街並みは内戦によって滅茶苦茶《めちゃくちゃ》に変わり果てた。胸が締め付けられた。それは望郷の思いとは少し違っていた。ずっと戻りたいと思っていた。しかし、いざ、現実を目の当たりにして私の心は挫《くじ》かれた。

「ごめん。もう聞かないよ」

「二百年も経《た》てば、私のことを知る知人も家族も皆いなくなりますし、街の景色も一変します。

そこに私の居場所はありません」

故郷とは人がいて、そこに思い出が残されていて初めて故郷になる。その全てが失われた時、私たちは永久に故郷を失うのだ。私が幼少期を過ごした街の記憶も痕跡も、もう私の思い出の中にしかないのだ。胸の中にぽっかりと穴が空く。それを埋める術はもう私たちにはない。

「それでも、私は地球に戻ってみたい。最近はそんなことばかり考えています」

「どうして」とまた、私は聞き返す。思い出が失われた場所に帰ったところできっと傷つくだけなのに。

「そうですね。きっと、そうだと思います。でも、まるで本能に刻み込まれた感情なのかもしれませんね。実は最近、夢を見たんです」

――夢？　睡眠を必要としないレイバーがどうして。

「夜の迷宮で《紅き蠍《スコーピオン》》に襲われてスタンパイルで気絶させられた時です。夢を見るなんて百年ぶりでしょうか。見たのは若い頃に見た光景です。私がまだ、あの星にいた頃。ちょうど、エリスさんと同じくらいの年で、片田舎の街に住んでいました。そこに家族がいて、友人がいて。学生だった私は運動が不得意で、いつも本ばかり読んでいた少し暗い青年でした」

けれどもその何でもない幸せは突然に寸断された。もう二度と手に入ることのない日常だ。

「今まで色々なことがありました。苦しい開拓時代。地獄のような戦争の日々。けれども、思い出すのはそんな昔の当たり前の光景なんです」

夜空に二つの月が仲良く私たちを見守る。地上にいる時よりも、少しだけ大きく見える気がする。私たちは夜通し、天空の塔を登り続ける。

「エリスさんは私たちレイバーが不死身だと思っていますか」

「……え？　違うの？」　不意の質問。その意図を私は分からずにいた。

「レイバーにも死は存在します。戦闘によって破壊され、死んだ同胞も多くいますが、人間と同じように寿命も我々には存在します」

「そんな話、初めて聞いたよ」

病気も老衰もない。それがレイバーの筈《はず》だ。身体に大きなダメージを負っても、頭さえ破壊されなければ、いくらでも故障個所《かしょ》を挿《す》げ替《か》えることはできる。

「機械である以上、部品の経年劣化は避けられません。そして、代替不能のパーツが壊れた時。それが我々で言う死を意味します。その交換不能なパーツこそがここなのです」

そう説明し、クロは自らの頭部を指差した。

「私たちの記憶、思考、そして感情さえも中枢のデバイス——集積回路の中に記録、保存されています。これは現在の火星の技術では製造は勿論《もちろん》、修復することも不可能です」

それが壊れてしまったら一巻の終わりというわけだ。

「もし、そうなればどうなってしまうと思いますか」

怖い質問だった。脳が死ねば、動くことができなくなるのは当然。だが、クロは首を振った。

「確かに最終的にはそうです。しかし、それだけではありません。我々は脳が壊れた時、自分の意思とは関係なく、暴走するのです」

言っている意味が分からない。

「エリオットさんが襲われた時、その場にエリスさんもサラさんもいた。しかし、ジャックは襲ってこなかったのですよね。その時、彼は何か言っていましたか」

「……ううん。特には何も。ただ、吠《ほ》えていた。野犬みたいに」

「内戦中、兵器として運用されていた私たちにはあるシステムが組み込まれています。脳に当たる中枢システムが破壊されてもなお、戦闘を続けられるように。レイバーの思考系統に甚大《じんだい》な損傷が発生した場合、全ての人格情報を乗っ取ってダミーパーソナリティーが即座に導入《インストール》されます。ただ、それは目の前の敵を倒すだけの粗悪な疑似人格です。敵と味方の区別も覚束《おぼつか》ない。結果として、ただ目の前から標的がいなくなるまで殺戮《さつりく》を続けるだけのキラーマシンと化すのです。ただ、敵味方の区別はできずとも、非戦闘員の区別だけはできるようです。非戦闘員とはつまり、女性と子供、そしてお年寄りです」

私たちは非戦闘員と見なされたのだとクロは言う。裏を返して言えば、ジャックはダミーパーソナリティーに支配された状態——つまりはジャックの本来の自我はすでに死んでいるということになる。それが本当なら、今の彼は歩く屍《しかばね》——ゾンビと似たような状態だ。

「疑似人格は生前の強い記憶の影響によって自らの行動論理を構築させます。彼の場合、ビーン・ストークへの生前の強い執念が死後もこの地に向かわせたのでしょう」

強い執念が生み出した亡霊。私たちは今、それを追っている。理性がない分、何をするか分からない。危険な猛獣でしかない。そんな奴《やつ》をこれから相手しようというのだ、私たちは。

やがて、東の地平線から光が差し込む。夜通し登り続け、疲労はピークに達していた。クロは「休みましょうか」と気遣ったが、私は意地で断った。今は一刻も早く、ジャックに追い付かなければいけない時だ。

空が明るくなってようやく、私は頭上に巨大な構造体が立ち塞《ふさ》がっていることに気付いた。

「これがカウンターウェイト……」

その余りの大きさに、私は口を開けたまま頭上を仰ぎ見た。レールを取り囲むように浮かぶ巨大なドーナツ状の構造体。ひょっとしたら、地上の管理棟の建物よりも大きいかもしれない。かつては軌条を安定させる重りとしての役割を兼ね、オービターの車庫や整備用の中継基地としても機能した。その中でも、地上から最も近いこの「01《ファースト》」は地上の管制塔のバックアップの役割も果たしていたという。予備のサーバー設備が置かれたのもそんな理由からだ。

残りは数百メートル。ゴールが見えれば俄然《がぜん》、気力も湧く。しかし、私たちより前にレーンをよじ登るジャックの姿はなかった。

「急ぎましょう。相手は我々より一足早く、目的地に着いているようです」

鉄塔を昇りきった先に、円形の巨大なハッチが待ち構えていた。これが中に入るための入り口だ。クロが外付けのハンドルを動かすと、ゲートが横にずれてハッチが開け放たれた。内部は大きなエアロックになっていて、奥に二重扉が続いていた。私は気圧計を覗《のぞ》く。〇・九気圧、室温は十二度。地上にいるのとほとんど変わらない環境に驚いた。

「驚きました。閉鎖環境制御システムが生きているようですね」

クロが言う。要は生命維持装置のことだろうと解釈した。放棄された施設でこの数十年、機械が動き続けているのだ。これを驚かずにはいられるだろうか。実は誰かが住んでいるのではとも勘ぐってしまう。

与圧服のままでは動き回るのにも不便だったので私はヘルメットを外し、ぶかぶかの宇宙服をその場に脱ぎ捨てた。火照《ほて》った身体に、制服もその下の下着も汗でぐっしょりと濡《ぬ》れて気持ち悪かった。

ゴールにたどり着いた達成感にも安堵《あんど》感にも今は浸っていられない。クロが片手でライフルを持った。ここから先は敵がどこに潜んでいるのかも分からない。全身が緊張で固くなる。

エアロックの外へと私たちが出た先は細長い廊下の一角だった。床にも天井にも、この星の大地とは対照的な群青《ぐんじょう》色に塗られたタイルが敷き詰められていた。そこに天井の小さな窓からわずかばかりの光が注ぐ。まるで自分が深い海の中に漂っているような錯覚さえ抱かせる。

空気は冷たく、でも、驚くほどに澄み切っていた。廊下はドーナツの円に沿って大きくカーブを描いて奥へと続いていた。途中、廊下を進みながら、いくつものガラス張りの部屋を見つける。コンソールとモニターが並ぶ部屋や四角いコンテナのような機械の並ぶ部屋。乱雑に書類が散らかった事務室。

ここはずっと無人だったはずだ。だが、床には塵《ちり》一つも積もってはいない。管制室は今にも稼働《かどう》しそうな雰囲気さえあった。もう、何十年も昔に放棄された廃墟《はいきょ》とは思えないほどに、全ての施設が在りし日の姿をそのままに留《とど》めていた。まるでこの空間だけ時計の針が止まってしまったかのように。正直、そんなことは想像さえしていなかった。

外界から完全に隔離された空間であるが故に保存環境としては最適だったのかもしれない。戦火に晒《さら》され続けた地上の施設とは対照的だ。お父さんがこの空の上にあるサーバーにデータを移送した理由もよく分かった。人の手も届かない天空、隔離されたタイムカプセルの中でデータはきっとこれから先も、半永久的に守られ続けるだろう。

こつこつと、廊下に響くのは私たち二人の足音だけ。ジャックがどこに身を潜ませているかも分からない。緊張に押し潰《つぶ》されそうになる。

ふと、前を歩いていたクロが足を止めた。そこは天井が高くなった大きな講堂のような空間だった。恐らく昔、重要な会議も行われていた場所なのだろう。演台を取り囲むようにして階段状にデスクと椅子が並ぶ。壇上に上がる人影が見えた。ジャックだった。

「ぐおぉぉぉぉぉぉぉ！」

筋肉と血管が剝《む》き出《だ》しにされた醜い姿態。破れた内臓から緑色の液体を撒《ま》き散《ち》らし、しかし、その目は狩人《かりゅうど》のようにぎらついていた。姿勢を低く構え、野蛮な咆哮《ほうこう》を滾《たぎ》らせた。

「エリスさん！　逃げてください！」

手負いのレイバーを支配するのは底無しの狂気。巨大なガトリング砲を片手に構えていた。咄嗟《とっさ》にクロが私を抱きかかえて庇《かば》う。その刹那に、熱帯スコールのように降りしきる跳弾が私たちを襲った。身を呈してクロがその背中で凶弾を受け止めた。しかし、その戦車に匹敵する装甲も完全ではない。秒間に数十発と撃ち込まれる弾丸に鉄の皮膚は穿《うが》たれ、削られていく。

「早く逃げてください……これではあと数分ももちません」

どうすればいい。敵の攻撃が続く限り、このままでは身動き一つも取れない。私は考える。一撃でいい。敵にはもう、銃弾を跳ね返すような堅固な装甲はもうない。私と同じ生身の人間と変わらない。いや、内臓や血管が剝《む》き出《だ》しに晒《さら》されている分、さらに脆弱《ぜいじゃく》だ。

「クロ。お願い。あと少しだけ耐えて。あいつは私が倒す」

「何を言っているのですか、エリスさん！　危険です」

相談している余裕はない、私はクロの腕を振りほどき、机の下に身を隠した。床を這《は》うようにして回り込み、クロから距離を取った。彼が教えてくれたことが正しければ、きっと、うまくいくはず。私は確信し、立ち上がった。

階段下の壇上《だんじょう》からも私の姿は見えているはずだ。しかし、ジャックは何の反応も示さない。

その目はただ、クロのことだけを捉えていた。ガトリングの砲口が私を向くこともない。

　確かにクロが言っていた通り、欠陥品の疑似人格《ダミーパーソナリティー》。ジャックは私のことを戦闘要員として見なしていない。戦闘用サイボーグとしては致命的だが、地球の技術に頼らず、自前で用意できるプログラムなどこの程度の代物でしかない。相手を刺激しないように私はゆっくりと階段を下り、背後から近寄る。私が演台に上がっても、反応さえしない。今の私は彼にとっては路傍の石に過ぎない。

　そして、私は覚悟を決めなければいけなかった。今から私がやろうとしていることは命ある者を殺《あや》めるという行為だ。相手がどんな大悪党だろうとそれは変わらない。それでも、私には守らないといけないものがある。だから、躊躇《ちゅうちょ》はしない。右腕のブレードが敵の胸を貫いた。

「——————」。

　その瞬間に全身に絡《から》みついたのは底の見えない嫌悪《けんお》感だった。断末魔は人間と同じように生々しく、右手には柔らかな肉を抉《えぐ》るような感触が残った。赤錆《さ》びた潤滑油が噴き出した。ガトリングの咆哮《ほうこう》が止まる。それでも、ジャックはまだ生きていた。刺された胸を片手に庇《かば》いながら、よろよろと歩き出す。油と冷却液、緑色にくすんだ循環液を垂れ流し、薄汚い褐色に床を汚す。私が与えたのは致命傷だ。もう両脚で立つことさえ難しいはず。それでも、光を求め、彷徨《さまよ》い歩く、まるで生ける屍《しかばね》の如く。自我を失ったレイバーに最後の最後まで残されていた強い意志。その背中を追いかけていき、行きついた先は屋上の展望用スペースだった。

きっと昔はレストルームだったのだろう。天井も壁もガラス張りで、果てしなく広がる青空が一望できる。ホールにはおしゃれな椅子とテーブルもそのままの姿で並んでいた。遮る物もなく、朝焼けの光が天井の向こうからぎらぎらとフローリングの床に降り注いでいた。

そして、ガラスの壁の向こう側に見えるのは展望テラス。狂気のレイバーは外に出て、その場所に立っていた。吹き付ける強風の中で、ただ亡霊のように立《た》ち竦《すく》む。

緑色の血痕はレストルームの端にある二重扉に続いていた。恐らく、あそこからエアロックにつながり、外へと出たのだろう。追おうとした私をクロが腕を掴《つか》んで止めた。

風が唸《うな》りを上げる。ジャックは両手を掲げ、空を仰ぎ見た。

「――――」

何と叫んだのか、ガラス越しにははっきりとは聞き取れなかった。だが、それは悲しい嗚咽《おえつ》のようにも聞こえた。

展望台のフェンスに寄りかかり、また、何かを叫ぶ。フェンスの向こうは何もない。ただ、空があるだけ。何かを私たちに伝えたがっているのだろうか。それをクロは理解していた。

「ジャック。この豆の木を登っても、あなたは地球に帰ることはできないのですよ」

最後の最後、ジャックは最後ににやりとこちらに向かって笑ったのが分かった。まるで幸福な夢を見ているかのような穏やかな表情だった。ジャックもまた、故郷に戻りたかったのだろうか。ひょっとしたら、彼がビーン・ストークに固執していた本当の理由と言うのも――。

そして、フェンスに掛けていた手が離れる。均衡を失した上半身が真っ青な空に吸い込まれるように、地上に向かって落ちていった。


「そう……。良かった……二人とも無事なのね」

通信機の向こうで、サラもほっと安堵《あんど》した様子だった。私が恐る恐る、コンソールのボタンを押すとモニターに「警告」と表示された真っ赤なウインドウがいくつも出現し、少し焦《あせ》る。しかし、その隣でクロは手慣れた動きで、キーボードを叩《たた》いていた。

「どう？　何とか操作できそう？」

「自信ありません」

システム管制室。驚いたことに、電源系統もシステムのメインフレームもほぼ無傷のまま、何の障害もなく立ち上がった。起動用のコードもホルトが覚えていてくれたので、私たちは何の障害もなく、サーバーに蓄積された大昔の記録にアクセスすることができた。しかし、それらは膨大な量で、しかも、私程度ではいくら見ても、それが何のデータなのは読み解くことはできない。量が多すぎて、小さな記録保存媒体では持ち帰ることもできなさそうだ。

「持ち帰ってきても、地上にはそれを読み込むデバイス自体がないのだから仕方ないさ」

そうは言いつつも、通信の向こうでエリオットはすごく興奮しているようだった。何十年も放置されていたサーバーが無事、生きていたことが分かっただけでも大きな収穫だろう。

「密閉された環境ということもあって、サーバーの管理状態は良好に保たれています。これならデータは、あと数十年の間は何の問題もなく保たれるでしょう。むしろ、地上に移した方が保存環境は確実に悪化します」

それはつまり、私たちが余計な手を出さないほうがいいということだ。だが、せっかくここまで来て何の収穫もないのもつまらない。何か有益な情報はないかとデータの山を漁《あさ》る。そして、「郵便配達記録」と記されたファイルを見つけた。開くとそれは、このカウンターウェイトの基地に届けられた郵便配達物の記録のようだ。宛先と消印の情報がまとめられていた。

「オリンポス気象観測所……？」

差出人の項に目が留まった。かつて、オリンポス山の山頂に設けられた研究施設だが、そこからの郵便物がこのカウンターウェイトに届けられている。しかし、いったい、どうやって標高二十キロを超える山の天辺《てっぺん》から、高度十二キロの空中基地に手紙を運んだのだろう。そして、一番、驚いたのは手紙の種別が「エア・メール」となっていたことだ。

——空輪。私は関連情報を漁《あさ》った。そして、見つけた。ファイル名は「ポスト・グライダーの運行管理と整備状況」。電子化された日誌のようだった。思っていた通り、昔、このカウンターウェイトとオリンポス山頂を結ぶ航空便が存在していたようだった。

そして、施設の見取り図から格納庫らしきスペースを見つける。配備された機体には「ポスト・グライダー」と記されていた。二人乗りの航空機のようだ。もし、これが動かせることができれば、最後の目的地まで今すぐにでも行って帰ってくることもできる。私の胸は躍った。

「クロ、見て！　この基地に飛行機があるみたい！」

私はクロの腕を引こうとした。しかし、クロは動かなかった。神妙な様子で私の方をゆっくりと向くと、静かに言った。

「エリスさんに見せたいものがあるんです」

ずっと、何を真剣に探しているのだろうと思っていた。管制室の中央部に陣取るメインモニターには《letter》と記されたファイルが表示されていた。起動させようとすると、プログラムは開封用のセキュリティーパスを要求してきた。短い四文字のパスワードだ。そこにクロが打ちこんだのは《0213》という数字の羅列。私には見覚えのあるものだった。

「それって……私の誕生日じゃ……」

「本当はセキュリティー上、良くないんですよね。でも、こんなものでもない限り、八十年間も覚えておけませんしね。何より、宛先の人物が分かるものにしないといけませんし」

クロはいったい何を言っているのだろう。モニターが真っ暗に入れ替わる。そして、しばらく間を置き、映し出される映像。それは私にとって懐《なつ》かしい顔だった。

『エリス。久しぶり』

我が目を疑う。同時に、無意識のうち、瞳から涙が溢《あふ》れた。モニターに映し出されたのは二人の男女。私はその二人を知っている。最後に会ったのは十年も前。いや、八十年前だ。

「お母さん……お父さん」

殺風景な真っ黒い壁を背景に、立っていたのは私の両親だった。

『今は西暦二一九五年八月十七日です。エリスがまた元気になった時のためにこれを残しておきます』

映像の向こうで、お父さんは随分と快活に喋《しゃべ》っていた。何の飾り気もないホームビデオ。撮っているカメラマンの腕が余程、悪いのか、映像は絶えず細かく手ぶれしていた。

『エリス。七歳の誕生日おめでとう。あの日に言ってあげられなかったね。別に忘れていたわけじゃないのよ。でも、あの日はあんな状況だったから』

「七歳の誕生日って……私、もう十七歳だよ」

ビデオの向こうのお母さんに私は一方的に突っ込んだ。

『ちゃんと、ご飯食べている？　夜寝る前には歯、磨かないとだめよ』

また、こうやって子供扱いする。だから、私はもう十七歳なんだってば。二人の中じゃ、私はいつまでも七歳のままなのだろうけど。

『エリス。今は隕石嵐《メテオストーム》の大災害から五年後だ。お父さんもお母さんも、何とか元気にやっているよ。エリスの時代はどうだい。ひょっとしたら、今よりも大変な時代かもしれないね。でも、このメッセージをエリスが聞いてくれたら嬉《うれ》しい。たぶん、お父さんもお母さんも、エリスが目を覚ます時代までは生きられないと思うから』

しかし、そこでしばしの沈黙の時間。あろうことか、緊張でなかなか言葉が出てこない。昔から汗っかきだったお父さんの額に水滴がこびり付いていた。見るに見かねたお母さんが助け舟を出す。

『エリス。クロも元気なのよ』

お母さんの膝の上に黒猫が小さく蹲《うずくま》っていた。

『クロ・メールさん。カメラ、こっち、こっち』

カメラマンに強引に指図する辺り、何だか私のお母さんらしい。指示通りにカメラが寝たきりの黒猫に近寄る。すると、気配を察してか、クロがむくりと起き出し、興味《きょうみ》津々《しんしん》にカメラのレンズを覗《のぞ》き込《こ》む。やせ細って、全身に包帯を巻かれていた。肉球のどアップが映り込む。なんか、もう、グダグダだ。

『わわわわ……れ、レンズは舐《な》めないでください』

慌てたカメラマンの声は私もよく聞いたことがあった。

「――クロは、私の両親と知り合いだったのね」

「黙っていたことは申し訳ございません。作戦で一度だけお会いしましただけですが。このビデオレターも私が協力させていただきました。生き別れた娘さんがいらっしゃるというお話でしたので。もし、私がこれから先の長い人生で彼女に出会うことがあれば、彼女にこのビデオメッセージを見せてほしいと頼まれました」

「そうなんだ……」

「でも、良かったです。これで私も最後の心残りがなくなりました」

カメラの向こうではお母さんが延々と世間話を私に向けて投げかけていた。近所の庭先に咲いていた綺麗《きれい》なお花とか、昨夜の夕食が美味《おい》しくなかったとか。内戦中の緊張感も悲壮感もちっともない。その隣でお父さんは黙って「うん、うん」と頷《うなず》いて、黒猫の方のクロはつまらなさそうに欠伸《あくび》をしている。ああ、私の家族っていつもこんな感じだったっけ。

ずっとお母さんばかり喋《しゃべ》っていた。いつも口をへの字に曲げて、私を叱《しか》ってばかりいたあのお母さんが。長々とした世間話の中で、私は両親があの災厄の日からどう生きてきたのか知ることができた。両親はビーン・ストークの主任研究員で、隕石嵐の兆候も早くから知ることができる立場だった。勿論《もちろん》、被害を抑えようと様々な策を練ってその作戦も実行に移された。二人の帰りが毎晩遅かった理由も、私はこの時、初めて知った。

しかし、試みは全て失敗した。この星は大きな損傷を負い、限られた資源を奪い合うための内戦も始まった。今はただ、平和な時代が再び訪れることを信じ、そして、その日のためにこのビーン・ストークを戦火から守り続ける。それが両親に課せられた使命だった。

確かに、戦争は終わった。しかし、ビーン・ストークは動かない。地球への帰り道を失った人類は困窮し、文明はゆっくりと絶滅の途をたどっている。それでも、お父さんたちが守り通してきたものはこの場所に残っている。ビデオレターの最後にお父さんが口を開いた。

『エリス。今の君はいくつかな。お父さんたちの中ではエリスはずっと七歳のままだけど。ひょっとしたら、もう大人になっているかもしれないね。どんな大人になっているのかな。エリスはいつも、自分の気持ちをなかなか喋《しゃべ》らない子だったから、それだけは少し心配かな』

「えっ」と大きな声を上げて、クロが私の顔を見た。そして、「いまのお父様のお話、本当ですか」とか失礼極まりないことを尋ねてくるのだ。

「う、うるさいわね。いいでしょ、小さい頃の反動なの、反動」

――すいません。お父さん、お母さん。引っ込み思案だった私も、今ではいつも一言多いって怒られています。周りからは《歩く舌禍》とか呼ばれています。

『知っているよ。エリスが本当は言いたいことがあっても我慢していること。きっと、お父さんやお母さんのこと、困らせたくなかったんだよね。うん、エリスはとてもいい子。お陰で何度もエリスに助けられたよ。でも、お父さんたちはそれに甘えすぎちゃったのかなって。本当はもっと、エリスのわがままを聞いてあげたかった。甘えさせてあげたかった。もし、今から時間が巻き戻せるなら、エリスの言うこと、何でも聞いてあげたいと思うんだ』

――そんなこと、できるわけないのに。本当にうちのお父さんは馬鹿なんだ。時間なんてもう、巻き戻せることなんかできないのだ。私だって本当は、二人に会ったらあの頃の不満とか全部ぶちまけてやりたい。すっごく、すっごく寂しかったたって言ってやりたい。あの頃の私にはできなくたって、今の私にならできる。

『エリス。お父さんたちは今、豆の種を蒔《ま》いているんだ。希望という名の種を。でも、お父さんたちにはその蒔《ま》いた種を、育てることはできない』

レンズの向こうから、お父さんの目は真《ま》っ直《す》ぐに私を捉えていた。

『今のエリスが生きている時代にはお父さんたちはきっと、もういない。何も知らない時代にいきなり放り込まれて、おまえは絶望しているかもしれない。エリスが大人になるまで一緒に寄り添って生きていくことができないお父さんたちをどうか許してほしい。だけどエリス。お父さんたちが何とか、蒔《ま》いた種をお父さんたちの代わりにエリスに育ててほしいんだ。そして、希望をこの大地に再び満たしてほしいんだ』

お父さんの横でお母さんはボロボロと大粒の涙を流して泣いていた。私もそれに釣られた。自分でも不細工だなと思うくらい、皺《しわ》くちゃに顔を歪《ゆが》ませて。涙で滲《にじ》んだ視界のせいで、途中から折角のお父さんの顔もはっきり見えなくなった。

『エリス。愛している』

その言葉を最後に、ビデオは真っ暗な画面に切り替わった。

私は泣き崩れて、しばらく、立ち上がることもできなかった。失った家族の時間を考えれば、十数分のビデオメッセージはあまりにも短かった。

ずっと、両親は生きていると信じていた。そうでも思わなければ、心が挫《くじ》けてしまうから。でも、本当は分かっていた。自分を欺《あざむ》いているだけだった。二人とももう、この世界のどこにもいないと。だから今更、喪失感というのとは少し違う。でも、胸を抉《えぐ》られるような痛みはどうしようもなかった。

「ずるいよ、ずるいよ……二人とも」

お父さんもお母さんも、自分の言葉を私に伝えることができた。なのに、私にはそれができない。言葉も手紙も、時を遡ることはできない。私は両親の言葉を一方的に受け取ることしかできない。私の言葉は永久に二人に届くことはできない。

本当は伝えたいことがいっぱいある。今だからこそ、伝えなきゃいけないことは山ほどある。

行き場を失った言葉は永遠に迷子のまま。

だから。みんな、手紙を出すんだ。宛先に《オリンポスの郵便ポスト》と書いて。私は手紙の詰まった郵便鞄《かばん》を抱きしめた。

「エリスさん。立てますか」

「うん。ありがとう……ここまで、私を連れてきてくれて」

「どういたしまして」

まだ、私には大きな仕事が残っている。それをやりきらなければ、前には進めない気がした。

オリンポスの郵便ポストへ。

この鞄《かばん》に詰まっている多くの人の思い。それを届ける。それが私の郵便配達員として果たすべき仕事なのだ。自分に言い聞かせ、私は再び前を向く。

カウンターウェイトの下層部には巨大な格納庫があった。そこに《ポスト・グライダー》の機体を見つけることができた。

真っ白い大きな翼を持った単葉機。《グライダー》という名前はついていたが、見てくれは立派な軍用の輸送機だ。機体に大きな損傷も見当たらない。操縦席には横に並んで座席が二つ並んでいた。右の機長席にクロが乗り込み、コンソールを操作する。もう何十年も整備されていなかったのだ。望みは薄いと思っていたが、エンジンはあっさりと点火した。

「メンテナンスが必要な状態ですが、燃料も十分ですし、往復一度だけのフライトなら、騙《だま》し騙《だま》しで行けると思います」。操縦桿《かん》を握り、クロはすでに飛ぶ気満々だった。

カウンターウェイトの屋上には短い滑走路と射出機《カタパルト》があるのはすでに確認している。そこまでは昇降機で上がることができそうだ。大丈夫。行ける。きっと。私もここまで来て、躊躇《ため》らいはなかった。

行先《いきさき》はここからさらに一万メートル上がった上空だ。再び、服の上から与圧服を着込む。ぷん、と汗の匂いがする。もう一度、郵便鞄《かばん》を確認し、クロの横の副操縦士席に陣取る。

「サラさん。それにエリオットさんやおじいさん。今までありがとうございます」

最後に通信機から地上に残るサラたちに別れを告げる。

『いいえ、こちらこそ感謝している。ビーン・ストークを救ってくれて』

最初に返事をしたのはエリオットだったのだ。それにサラが続いた。

『エリスちゃん。強くなったわね。また、いつでも遊びに来てね』

「うん。だから……お父さんたちが守り続けてきたこのビーン・ストークをよろしくお願いします。再び繋《つな》がった地球への道。私も見てみたいです」

「うん」「ええ」

二人の声が重なる。エリオットさん、サラさんとの仲、頑張ってくださいね、と言おうと思ったけど、止めておいた。

そして、最後にホルトが言う。

「嬢ちゃん。予《あらかじ》め言っておく。あの山で待っているのはあんたにとっては、きっと辛い現実だろう。しかし、ロバート博士が遺《のこ》してくれたものの意味を忘れてはいかん。決して前を向くことを止めてはいかん」

老人らしい意味深な言葉だった。そして、それはクロにも向けられた。

「それと、クロ・メール殿。今まで本当にご苦労だったな」

「おじいさんこそ、これからもずっとずっとお元気で」

「そのつもりさ。曾孫《ひまご》の顔を見んで、死ぬ気などないさ」

がっはっはと無線機の向こうで豪快に笑っている。今、サラとエリオットはどんな顔をしているのだろうと想像すると少し可笑《おか》しかった。

「さあ、行きましょう。目標はオリンポス山の山頂です！」

プロペラが駆動する。隔壁が開け放たれ、カタパルトによって射出された機体が風に乗り、ぐんぐんと空に向かって伸びていく。

私はシートベルトを摑《つか》み、目の前に聳《そび》える巨大な山塊をじっと見つめた。

# 6　オリンポスの郵便ポスト

お父さん、お母さん。お元気ですか。私は一応、元気、かな。

いま、私は空の上を飛んでいます。飛行機の窓から見えるのは真っ赤に染まった巨大なオリンポス山の山体です。八千六百三十五キロ。長い長い旅でした。

この旅で多くのものを私は見てきました。多くの人と出会ってきました。多くのことを知りました。その旅もようやく終わろうとしています。

そして、私はお父さんとお母さんに伝えなければいけないことがあります。

あ、ビデオメッセージ見ましたよ。お父さん、すっごく緊張していて顔固かったし！　お母さん、相変わらず、話が長いし！　私、思わず、笑いそうになりました。クロも何だか元気みたいで嬉《うれ》しかったです。

そうそう、今、私と一緒に旅をしている人、誰だと思いますか。あのビデオ撮影していたクロなんですよ。いやいや、世の中、狭いですね。私、驚きました。クロって、昼行燈《あんどん》みたいに見えて、あれで結構、頼りになるんですよ。何でも知っているし、何でもできるし。あ、でも、カメラマンの才能はないみたい。ビデオ、すっごく手ぶれしていたし。

——でも、ありがとう。私、すごく泣きました。馬鹿みたいに泣きました。でも、泣き終わったら、すごくスッキリした感じでした。

お父さんもお母さんも、少しだけ老《ふ》けましたね。ちょっと、びっくりしました。でも、また会えたみたいで嬉しかったです。だから、最後に言わせてください。

お父さん、お母さん。愛しています。

## 百九日目

白い翼が薄雲を突っ切る。細身の機体は風にただひたすらに上空へ向かって風の上を滑る。太陽系最大と言われる山塊が眼前に迫る。高さ二十五キロ。しかし、その傾斜は驚くほどに緩やかで、遠くから見ると、平べったいお椀《わん》を地面の上にひっくり返したような形にも見える。

この星には地殻変動が存在しない。そのため、ホットスポットも長い時間の中で移動することなく、延々とマグマを噴き出し続ける。そうして、際限なく山体が膨らみ続けて出来上がったのがこのオリンポス山であり、タルシス台地なのだ。

灼熱《しゃくねつ》に燃え上がるような山肌は枯れたこの星の大地を象徴しているようにも思えた。

そうして、ようやく窓の外にその頂が現れた。大地が抉《えぐ》られて、巨大なカルデラが口を開いていた。直径六十キロ以上。この中にも一、二個くらい山が入りそうなくらい桁違いの大きさ。何億年も昔、この火山がまだ生きていた時、どれほど激しい噴火が繰り返されたのだろう。

空の旅は想像以上に順調だった。半世紀ぶりに動かした軍用機も機体には何の支障もないように思えた。操縦桿《かん》を握るクロも昔、パイロットでもやっていたのかと思ってしまうほど鮮やかな手捌《さば》きで機体を安定させた。あとは、どこか滑走路の代わりになるような開けた場所を見つけるだけだ。カルデラの中を調べれば、そんな場所、いくらでもありそうだった。

ひと時の空の旅を楽しむ私の目に、何か地上に赤い光が灯《とも》るのが見えた。赤い大地でそれは最初、ほとんど目立たないくらいの瞬《また》きでしかなかった。しかし、それが一瞬にして肥大化して、私たちを飲み込まんと、どっとこちらに押し寄せた。

「危ない！」

クロが急に操縦桿《そうじゅうかん》を切った。機体が大きく揺さぶられながら、空中で横倒しになる。風が熱を帯びて歪《ゆが》む。私たちを襲ったのは炎を纏《まと》った熱線の光だった。真っ赤な光のラインがグライダーの片翼を毟《むし》り取《と》った。そして、爆発音と黒煙が同時に上がり、機体が傾く。辛《かろ》うじて天地がひっくり返る寸前で持ち堪《こた》えるが、機体の高度は見る見るうちに下がっていく。

「コントロールが！　利《き》きません！」

クロが操縦桿《かん》をさらに左へと強引に切ろうとする。しかし、グライダーの針路はほとんど変わらないまま、機首は大地に向かって突っ走る。

「衝撃に備えてください！」

脱出を試みるのにはあまりに時間がなさすぎた。右翼を失った機体は大きく傾いたまま空中を旋回する。突入角度を調整する術もなく、滑空機は乾いた大地に向かって不時着を試みた。機体はその脇腹で荒れた山肌を擦りながらスピードを減殺《げんさい》させる。残っていた片側の翼も折れて弾《はじ》け飛ぶ。摩擦熱によって尾翼から火の手が上がる。それでも、丈夫な機体で良かった。数百メートルを引きずり、ようやくグライダーは地面の上で止まった。

コックピットも無事では済まなかったが、目が覚めた時、私はクロの腕の中にいた。ほんの数秒ぐらいの出来事だった。形の歪《ゆが》んだキャノピーをクロが無理矢理、引き剝がし、何とか脱出することができた。だが、それだけで危機が立ち去ったわけではなかった。

燃え滾《たぎ》る熱線が再び大地を焼き払う。炎を包んだ光がスクラップ同然となったグライダーを吞《の》み込《こ》み、爆《は》ぜた熱風が数メートルに及んで私を吹き飛ばす。

マグマが冷えて固まった岩場の上に私の身体は無造作に放り捨てられる。身体はゴムのボールのように岩の上を跳ね、私は斜面を数メートルに渡って転がるように落ちていく。その衝撃でヘルメットには亀裂が走り、与圧服もあちこちが千切れて破けるのが分かった。

最悪だ。ほぼゼロ気圧に等しい大気は宇宙空間にいるのと変わらない。そして南極にも負けぬ極寒の環境。与圧服の損傷は私にとって死を意味していた。

訳も分からず、それでも私は本能的に立ち上がろうとしていた。今はとにかく、逃げなければ。次の攻撃がいつ来るか分からない。いや、そもそも何故《なぜ》、こんなところで誰が、私たちを攻撃しようというのか。

「まさか、ジャックがまだ生きて……」。いや、そんなはずはない。私は火口の方を見上げた。立っていたのはやはり、鋼を纏《まと》った巨人だった。しかし、ジャックではない。そもそも姿形が全く異なるのだ。前傾姿勢で、背中から担《かつ》いだ巨大な砲身がこちらに向けられていた。甲殻類を彷彿《ほうふつ》とさせる無骨な鎧《よろい》に全身を覆う。まるで、歩く戦車だ。

全身に赤い砂埃《すなぼこり》をかぶり、装甲も赤錆《あかさび》に侵食されていた。巨大なスクラップが動いているようにも見える。その正体不明のレイバーは獲物を威嚇する猛獣のような姿勢を構え、横に並ぶ二つの砲門が私たちを同時に睨《にら》んだ。

そのうちの一つからはまだ黒い煙が吐き出されていた。ブラスターは最初の砲撃から最低でも五分はラジエーターを冷却させせなければ砲身がもたない。しかし、向こうはそんなことお構いなしだ。二発目の熱線が大地を奔走した。

咄嗟《とっさ》に地面を蹴って、傾斜を下に向かって駆け抜けた。立て続けに浴びせられる攻撃をうまく回避できる状況ではなかった。私たちに向けられていたもう一つの砲身も、どこかで見たことのある形状だった。砲弾の代わりに装填されたのは、鋭く尖《とが》った杭《くい》だった。これと全く同じ形のものをジャックが持っていたことを思い出す。《スタンパイル》だ。高電圧を帯びた杭《くい》が装甲を破り、レイバーの全ての神経端末を麻痺《まひ》させ、一瞬で機能不全へと陥《おとしい》れる。精密部品の集合体であるレイバーにとってそれは唯一最大の弱点とも言える。

鼓膜の底まで突き抜けるような銃声とともに、雷が空中を駆け巡る。握り拳ほどの大きさのパイルが私の右の脇腹を抉《えぐ》るように掠《かす》めた。機械の体躯《たいく》に電撃が迸《ほとばし》る。それまで身体を支えていた両脚から急速に力が失われる。

「エリスさん！」

クロが手を伸ばす。しかし、それを私は握り返すことができない。身体が動かない。まるで金縛りにでもあったかのように。なのに、意識だけははっきりしている。自力で立つことができなくなった私は再び、斜面の上を転げ落ちた。間髪を入れず、ブラスターが咆哮《ほうこう》を繰り返す。その度に地表が抉《えぐ》られ、土砂が空中へと巻き上げられた。

かなりの距離を転がり落ちてようやく止まった。もう、ブラスターの咆哮《ほうこう》は聞こえなくなった。しかし、私の身体は首から下が言うことを聞いてくれない。金縛りの呪縛が全身を拘束する。今の私は四肢を失った達磨《だるま》でしかない。むしろ心臓まで止まらなかったことを感謝するべきなのかもしれない。しかし、明確な殺意を持った敵を目の前にしてこの状況は致命的だった。

クロが片腕で私を抱きかかえて走った。山頂に陣取る敵が追いかけてくる様子はない。しばらく、斜面を駆け下りたところで横穴が空いているのを見つけた。身を隠すには格好な場所だ。

その洞穴の入り口からは絶え間なく、真っ白い煙が吐き出されていた。それは地面の割れ目から噴き出した水蒸気。それが冷たい山風に急速に冷やされ、壁に水滴となって纏《まと》わりつく。

クロは私を穴の中に担《かつ》ぎ込《こ》んで、地面に下ろした。

氷点下数十度の極寒地獄のはずが、穴の中はむしろサウナのように蒸し暑くさえ感じた。おかしい。そんなはずはない。無酸素状態で壊れかけた私の脳が幻覚でも見せているのかとも疑った。何しろ、ヘルメットには完全に穴が開き、与圧服はあちこちが擦《す》り切れてしまっているのだから。ああ、身体も動かない。私はもうすぐ窒息死することか、血液が沸騰するか、体内の水分が完全に蒸発してミイラになるか……。絶望する私の前にクロは気圧計を見せた。

——一・〇気圧。気温二十三度。はて、壊れているのかなと思ったが、確かに、私が死ぬ気配は一向にない。そもそも、この洞窟もおかしい。横穴の奥にできた大きな水たまり。岩の割れ目から湧き出るのは、冷たい地下水ではなく数十度の熱湯だった。そもそも、ゼロ気圧なら水が液体の状態で存在できるわけがないのだから。ましてや地上に温泉が湧き出ることなど。

やはり、何から何までおかしいのだ。そもそも、この星にある全ての火山は死火山だ。生まれて間もなく、この小さな星の内核は早々のうちに冷えて固まり、ほとんどの火山活動は二億年も昔には終息していたはずだ。だから地球のように、天然の温泉が湧きだすようなマグマの対流も地殻の底で起きているとは考えづらい。けれども、クロは首を振った。

「いいえ、数百万年前にもオリンポスで大きな噴火活動の痕跡はあります。ですから、今現在でもこの地下でマグマの活動があったとしても不思議ではありません。勿論《もちろん》、その命の脈動は気付かないほどに小さいものです。それは一見すると、私たちには死んでいるようにも見えるかもしれません。ですが、しっかりと生きています。この星はまだ生きているのです」

こんな小さな水たまりのような温泉でも、この星の生命活動を示す証言者だとクロは言う。この星は数十億年も昔に死んだ星と聞かされてきた。けれども、本当は私たちが気付かないだけで、ささやかな命の鼓動が脈々と受け継がれているとしたら。

——この星はまだ生きている。

私はお父さんの最後に言った言葉を思い出す。希望という種をこの大地に植える――。それはまだか細い命の営みかもしれない。でもそれはきっと、いつか芽吹いて大きな花を咲かせるかもしれない。私たちは自分たちの未来をただ悲観する必要はないかもしれない。

でも、その前に。はっきりさせないといけない。あの正体不明のレイバーだ。いったい、あれは何者か。

「恐らく、彼は墓守でしょう」

――墓？　私が聞き返すと、クロは少し説明に困ったように、首を横に振った。

「これまでずっと、この地を守り続けてきた守護者と言った方がいいでしょうか」

ますます、分からなくなる。ここに存在するのは廃棄された観測施設と、そして郵便ポスト。この場所にいったい、何の守るべき存在があるのか。しかし、その疑問にクロは答えてくれない。

「彼もまた、ジャックと同じです。彼の精神はとうの昔に朽ち果てています。今、私たちの前にいるのは魂を失った骸《むくろ》でしかありません」

クロは断言する。自我を失った暴走状態。長い時間を生き続けたレイバーたちの成れの果て。獣のように四《よ》つん這《ば》いになって、雄叫《おたけ》びを上げる姿はジャックの時と同じ。話が通じない分、ますます、危険な存在だ。なら、また、二人で力を合わせて倒すしかない――そう言おうとする私の口を指で塞ぎ、クロが首を横に振る。そして、立ち上がって私に告げた。

「エリスさん。ここでお別れです。私からの依頼はすでに完了しました」

相変わらず、クロの言う冗談は笑いどころが全然つかめない。だって、そうではないか。ここまで来て、いきなり終わりだとか言われても。

でも、本当は薄々、私は感づいていたはずだ。最初の出会いで彼が私に言った言葉。それを今まで都合よく忘れていた、いや気付かぬふりをしていたのだ。

——私は自分の死に場所を探しているのです。

「私、あのレイバーのことに心当たりがあるんです。昔馴染《むかしなじ》みというか……まさか、こんな所でまだ、あんな姿になって生きているとは思いませんでしたけどね。可哀想《かわいそう》ですから、せめて最期《さいご》は私が弔ってあげないと」

クロはいったい、何を言っているのだろう。混乱した私の頭ではその言葉の全てを受け止めることができない。

「私は私のけじめをつけに行きます。それはエリスさんには関係のないことです。今更、巻き込んでおいて言うのでなんですが、これ以上、あなたを危険に晒《さら》すわけにはいきません。だから、エリスさんは身体が動くようになったら、そのまま山を下って帰ってください。西にグライダーの滑走路が見えました。きっと、定期便用の機体も残っているはずです」

それ以上、彼は語ろうとはしなかった。その代わりに、一通の手紙を私の前に差し出した。癖はあるが、丁寧に書かれた文字が几帳面《きちょうめん》なクロらしい。受け取ろうにも、私の両腕は未《いま》だに動かない。彼はその手紙を地面の上に置いた。この旅でずっと、書いていた手紙だ。確か、姪《めい》のセイラに書くように私が勧めたのだ。けれども、その宛先に書かれたのは私の名前だった。

「私がずっと書いていたのはエリスさんへの手紙です」

どうして、と私の口は震えて声を出すこともできない。瞳からは意味も分からず、涙が零《こぼ》れた。頬を伝う雫《しずく》を今の私は自分で拭うことができない。クロは私のかぶっていたヘルメットを脱がすと、代わりにその太い指先で涙を拭った。

「泣き虫さんですね」

まるで小さな子をあやすように、優しく私の頭を撫《な》でた。子供扱いに腹も立ったし、この場でクロを止めたかった。しかし、それはかなわない。今度こそ立ち上がり、洞窟から出ていく。

「エリスさん。ありがとうございます。どうかお元気で」

最後に告げて、クロの姿は見えなくなった。涙が溢《あふ》れる。なのに、嗚咽《おえつ》が喉から出ない。次第に息が苦しく、意識が遠のきかける。今は無理に身体を動かすべきではない。

どうして、と私は何度も自分に問い掛けた。しかし、私の中に答えはない。唯一、私に分かることは、クロが自ら、死ぬためにこの場所まで来たということだけだ。どうして、それを知っていて私は彼を止めなかったのだろう。知らなかったわけではない。ただ、見て見ぬふりをしていたのだ。この場所で死ぬことを彼に思いとどまらせる時間などいくらでもあったはずだ。

私は彼を死なせるために、ここまで旅をしてきたのか。どうして、クロはここで死のうとし

ているのだろう。どうして、ここまで私に連れてこさせたのだろう。その理由を私は知らなければいけない。残酷な現実に今、私は向き合わなければいけないのだ。

半刻《はんとき》が過ぎる。麻痺《まひ》状態から指先が辛《かろ》うじて動かせるようになり、私は地面に落ちた手紙にようやく手を伸ばすことができた。私は震える指先で何とか封を開くことができた。

手紙は数枚の便せんに文字が詰め込まれていた。


親愛なるエリスさんへ。

いきなり、こんな手紙を渡されて、戸惑われているかもしれません。ですが、以前、口ではなかなか表現できない思いも手紙なら伝えることができると、エリスさんに教えていただきました。だから、私はあなたにお手紙を書く決意をしました。

でも、何からお話ししましょう。きっと、エリスさんがこの手紙を読まれている時には私はもう、あなたの前にはいないと思います。ですから、私自身のお話をさせていただきたいと思います。

ご存知かもしれませんが、私たちレイバーにも寿命があります。勿論《もちろん》、私たちの身体はパーツごとに交換可能で、故障したり破損したりすれば交換すればいい。その意味で私たちに死は存在しません。ですが、脳に当たる部分。私たちの思考、記憶を司《つかさど》る集積回路もまた、年数を重ねるたびに劣化し、機能が低下します。ですが、その蓄積されたデータを新たなデバイスに移し替える技術は、現在の火星には存在しません。つまり、脳のデバイスが故障した時。我々は死を迎えるのです。

兆候はあります。思考力の低下と記憶の摩耗が緩やかに進行します。それはデータが断片化し、デバイスにエラーが蓄積された証拠です。通常、人間は新しい記憶から失っていきますが、私たちレイバーの場合は古いデータから消失していきます。

すいません。つまらないことを長々と書いてしまいました。私が死を意識し始めたのは五年ほど前になります。古い記憶の一部に欠落が見られました。そして、時が流れるにつれ、古い書物が虫に食われるように、私の記憶もゆっくりと侵されていきました。

実は以前、エリスさんにお話しした地球の姪《めい》っ子の話。もう、今の私には彼女の顔を思い出すことはできません。それどころか、自分の生まれた故郷がどんな街だったのか、思い出そうとしても、靄《もや》がかかるのです。徐々に記憶が失われるのは正直、怖いです。

これまで多くの仲間が寿命を迎え、先立っていきました。その悲惨な末路も何度も見てきました。戦時下、強制的にインストールされた疑似人格プログラムのせいで、魂を失った私たちの肉体は暴走する欠陥を抱えています。暴走が始まれば、私たちは敵と味方の区別なく、周囲の人々を無差別に攻撃するようになります。そのことを私たちは皆、知っています。ですから死期を悟った時、私たちレイバーは周囲を巻き込んでしまわないように、誰もいない遠い場所へと旅立つのです。それが私たちの習わしなのです。

その行く先がオリンポス山です。私はこれまで、多くの仲間が旅立つ背中を見てきました。不思議なものです。故郷の記憶を失っても、帰りたいという思いだけはなお強く残るのですから。私たちには特別な意味を持つ場所でもあります。この星で一番、地球に近い場所。馬鹿げていると思われるかもしれませんが、希望を失ったこの大地でそれだけが唯一、私たちの救いなのです。案外、《オリンポスの郵便ポスト》なんていう都市伝説をつくったのも、私たちと同じレイバーだったのかもしれませんね。

これがこの旅の目的です。ちゃんとお話することができず、申し訳ありません。でも、勘違いしないでください。別に潔《いさぎよ》く死のうとか、人生にもう悔いはないとか、そういうことではないんです。むしろ、本音では死ぬのが怖くて、実は毎晩、独りで震えていました。二百年も生きて、残っているのは生きることへの未練ばかり。今、思えば、一人で死ぬのが怖かったのでしょう。だから、私はわざわざ郵便局長に無理を言って、自分をオリンポス山まで配達してほしいと頼んだのだと思います。少なくとも、郵便配達をお願いすれば、独りぼっちにならずに済みますし……。

そんな打算で、自分自身の配達依頼をして、配達員の方を紹介された時、正直なことを言うと、ちょっと後悔したんです。いえ、エリスさん、気を悪くなさらないでください。ただ、私、若い女の人とお喋《しゃべ》りをするのはどうしても昔から苦手なもので、別にエリスさんのことが嫌だとか、そういうことではないんです。その、何を話していいかも分かりませんでしたし、なかなか、話の間が持たなくて……。それに、初対面でいきなり、ガラクタと言われたのもちょっとだけショックでした。いえ、ちょっとだけですよ。

だから、最初はどうやって接すればいいのか戸惑いましたし、オリンポスに着くまで気が持つのか、すごく心配でした。

でも、これは今だから言えます。少し、お恥ずかしい話ですが、私は人生の最後の時間をエリスさんと過ごすことができてとても幸せでした。孤独を埋め合わせるのに誰でもよかったわけではありません。エリスさん、最初は口の悪い子なのかなとか、ちょっと思ったりしました。でも、本当は誰よりも人のことを労《いた》われる優しい人です。過酷な運命に立ち向かっていく力強さのある人だと気付かされました。

つまらない私の昔話を真剣に聞いて、付き合ってくれました。それが何より嬉《うれ》しかったです。《夜の迷宮》で襲われた時も、危険を顧みず助けにきてくれました。その勇敢さに胸を打たれました。そして、こんな私に人間として接してくれました。人の優しさに触れることなんて久しくありませんでした。あ、でも年齢、鯖《さば》を読んでいたのにはびっくりしました。七十歳も。

……いえ、冗談です。怒ったらすいません。

私にとってエリスさんと過ごした日々は満ち足りた時間でした。ですが一方で、私のわがままに付き合わせてしまったことを申し訳なく思っています。だから、最期《さいご》だけは一人で逝《ゆ》きたいと思います。

**最後になりましたが、エリスさん、今までありがとうございました。お元気で。無理はしないで、身体には気を付けてください。いい人を早く見つけて、結婚して幸せになれるように空から見守っています。あ、でも、その無茶な性格と、失言の癖は直した方が男の人には好かれると思います。**

**それではさようならです。あなたに会えてよかったです。**

……余計なお世話だ。

あの昼行燈《あんどん》が紙の上では随分と饒舌《じょうぜつ》だ。しかも、最後の最後に人に駄目出しとは。これで書き逃げをしようというのだから、不届き千万だ。ここは一発、言い返さなければ気がすまない。やはり、彼は私の性格を分かっていない。さようならと言われて、目の前から逃げられたら、地の果てまででも追いかけたくなる性分なのだ。

金縛りの状態は十分、改善していた。私は壁を摑《つか》んで立ち上がる。足元がまだふら付いているが、そんなのは関係ない。歩けないなら地面の上でも這《は》っていくつもりだった。

洞窟の外へ出て過酷な環境を覚悟していた。氷点下を余裕で下回る凍《い》てつく風と、限りなく酸素の薄い大気――。しかし、拍子抜けした。

最初にこの場所に降り立ったときには、墓守に襲われて気付くこともできなかった。驚くほど澄み切った蒼天《そうてん》の空に。ひんやりとしたそよ風が頬を優しくさする。あちこちの地面の亀裂から真っ白い水蒸気の煙が噴き出し、赤い大地に小さなせせらぎが流れ出る場所まであった。マリネリス渓谷で見たように小さな苔《こけ》も自生していた。

私が知っている火星の大地とは異質な光景、そして環境。まるで、この場所だけが外の世界から切り離され、存在しているかのようだった。でも、私にはこれと似たものを知っている。

「バイオスフィア……」

でも、空にガラス張りの天井が見えるわけではない。しかし、代わりに山体を取り囲むように数十メートルに及ぶ人工的な鉄塔があちこちに立っているのが見えた。

『閉鎖環境系とは別に、開放型のバイオスフィアというものも一時期、真剣に計画されていたことがあるんですよ』

マリネリス渓谷のバイオスフィアで散々な目に遭った日。確か、クロがいつものように私に蘊蓄《うんちく》を披露していたことを思い出した。確か、人間の手を最小限に、半永久的に自然の生態系を維持させるという壮大な計画だったらしい。それって、ただの森でしょ、と私はクロに言ったが、確かに、この星では木の一本すらまともに植えられる場所はない。

そのオープンスフィアの計画がどこで進んでいたのか、クロは教えてくれなかったが、確か、ドームを壁で囲う代わりに、周囲を目には見えないバリアーみたいなもので取り囲むというものだったらしい。その障壁は人も動物も自由に出入りできて、風も川も通り抜けることができる。けれども、一定値内の大気圧や湿気《しつけ》、熱エネルギーが外部に逃げてしまわないように完全に制御するというものだったはず。

そんな夢の技術。簡単には信じられないが、そうでもなければ、私は目の前の光景を説明することができない。もう、この与圧服も用済みだろう。私は芋虫のように這《は》って、その分厚い服を脱ぎ捨てた。

山頂までは数百メートルもない。しかし、昇りきったところで、今度は反対側に崖が続いていた。平べったい山の頂が不自然に窪《くぼ》んで沈んでいた。二億年前の巨大噴火でできた巨大なカルデラ。その深さだけでも何千メートルあるかわからない。しかし、直感が告げる。クロはこの先にいる。意を決し、奈落の谷へと飛び込んだ。

「うわぁぁぁぁ！」

緩やかな斜面を私は転がり落ちるように下った。と、言うか、完全に転がり落ちていた。ごつごつとした岩肌の上に全身を引きずられ、頭からは砂埃《すなぼこり》をかぶった。着ていた制服もずたずたに引き裂かれ、ようやくたどり着いた終着点。

一瞬、自分は死んで天国にでも迷い込んでしまったのかと錯覚した。転がり落ちる私を下で受け止めてくれたのは真っ青な草の絨毯《じゅうたん》だった。横になって倒れた私の目の前で、小ぶりで可愛《かわい》らしい白詰草の花弁がゆらゆらと揺れて、重いから早くそこをどいてくれと言っていた。

鉄錆《てつさび》の混じった真っ赤な土壌、そして命を育むことを拒む乾いた大地。それが私の知っているこの星の全てだ。だから、こんな光景は天国以外にはありえないのだ。

今、私の目の前には草花が繁茂した草原が広がっている。芝の上に小さなバッタが跳ね、空に真っ白い鳥も飛んでいた。そして、果てしなく続く草原の先に一面の花畑が広がる。どれも花びらの小さい控えめな高山性の花たち。真っ白い花弁が粉雪のように真っ青な芝生の上に降り積もる光景は見る者の心を優しく癒《いや》してくれるものだった。

ひょっとしたら、ここが天国だと言うのなら、あながち間違ってはいないのかもしれない。そう私に思わせたのは、花たちに囲われたまま動けなくなった鉄の人形たちの残骸だった。

かなり昔に彼らは息絶えたのだろう。花の絨毯《じゅうたん》の上で、空を見上げ立《た》ち竦《すく》む一人のレイバーがいた。私が近づいても何の反応も示さない。鋼鉄の装甲は深刻な錆《さ》びに覆われ、地面から生えた蔦《つた》の枝が全身に絡《から》みついていた。停止したその両肩には桃色の花が慎《つつ》ましやかに咲いていた。彼だけではない。幾人ものレイバーの亡骸《なきがら》がそこにはあった。岩の上に腰を下ろし動かなくなった者や寝そべったまま逝《ゆ》ってしまった者もいる。戦闘兵器の強靭《きょうじん》な体躯《たいく》も、過行く月日には敵《かな》わない。錆《さ》びた四肢は朽ち果て、草花の新たな苗床となっていた。

どれだけのレイバーたちがいるのか分からない。皆、暴走状態になる前に、自ら命を終えることを選択した者たちだ。ようやく、私は理解した。ここはレイバーたちの墓場なのだ。

二百年も昔にこの星に半ば強制的に連れてこられ、人類の発展のために貢献してきたはずの者たちが行きついた先――。あまりにも悲しすぎる結末。なのに、どうしてだろう。眠る彼らの顔は穏やかに見える。この人たちはいったい、この場所で何を思って死んでいったのだろう。

それを想《おも》うたび、私の胸は締め付けられた。

一人でこんなところで死のうだなんて許さない。絶対に許されない。

まだ、身体の一部が言うことを聞いてくれないが、歩くのにも走るのにも支障ない。重くなった身体を強引に引きずって走った。クロがすでに彼らの仲間入りをしていないことを心に祈った。そして、彼を探すのには案外、苦労しなかった。死闘の痕跡があちこちに残って、折角の花畑も乱暴に踏み荒らされていた。仲間たちの亡骸《なきがら》が見守るその中心に二人のレイバーが対峙《たいじ》する。クロと、もう一人はあの「墓守」と呼ばれたレイバーだ。

二人並べば、その体格差は一目瞭然だ。クロだって身体は大きい方だが、墓守はそれ以上だ。三メートル以上はあるだろう巨体を支えるのは、キャタピラによって自在に駆動する四本の足だ。獣に似た下半身とは対照的に、人型の上半身で担《かつ》ぐのは巨大な銃器と三叉《みつまた》の槍《やり》。ミノタウロスの相手をしたかと思えば、お次はケンタウロスと来たものだ。

墓守が両腕で薙《な》ぎ払《はら》う大槍《やり》に、クロはあっさりと吹き飛ばされる。その風圧を受けただけでも離れた場所にいる私も立っていられなくなる。キャタピラの蹄《ひづめ》が大地を抉《えぐ》りながら、巨軀《きょく》が襲い掛かる。その巨体に似合わぬ瞬発力。クロが姿勢を低め、迎え撃つ。腕を摑《つか》み合《あ》い、両者が組み合った。しかし、分が悪いのは歴然としている。押されている。じりじりと後退させられる。力と力のぶつかり合いで、こんな装甲車みたいな奴《やつ》に勝てるわけがない。

「クロ！」

思わず叫ぶ。

「え、エリスさん！　どうしてここに！　駄目です、逃げてください！」

クロは驚いた様子だったが、今更、止めても遅い。墓守が私を敵として認識した。クロの片腕を摑《つか》んで持ち上げて投げ飛ばすと、背中に掛けた大槍《やり》を構えた。

またもやキャタピラが草花を踏み荒らし、暴走車が突進する。これでは墓守どころか、墓荒らしだ。私ではこんなものを一撃でも食らえば、ただでは済まない。

咄嗟《とっさ》に身を隠したのは、立ったまま動かなくなったレイバーの背中だった。勿論《もちろん》、こんなものでクロをも吹き飛ばしてしまう一撃を防げるとは思っていない。しかし、不意にキャタピラの駆動が停止し、墓守が振り上げた腕を中途半端《ちゅうとはんぱ》に止めた。

槍《やり》を下ろし、素手で私を捕まえようとした。しかし、その動きは魯鈍《ろどん》だ。伸びるその腕から逃れて再び距離を取った。すると、今度は再び、地面から槍《やり》を拾い上げた。

読めた気がする。私は即座に、別のレイバーの亡骸《なきがら》の傍《かたわ》らへと走っていく。墓守の動きが止まる。ジャックの時は、非戦闘員である私を自分から襲おうとはしなかった。なのに、どうしてこの墓守は私のことを執拗《しつよう》に狙うのか疑問だったが、これで確信した。

こいつはジャックとは別の論理で動いているのだ。生前に刻まれた強い意思が死後も彼の動きを束縛している。それはつまり、このレイバーたちの墓標を守るということ。墓を荒らし、彼らの眠りを妨げる者を排除する。恐らく、彼にとって人間は全員、墓荒らしに来た盗人《ぬすっと》にでも見えるのだろう。人間こそ優先して排除すべき対象。クロが襲われたのも元々、私と一緒にここに来たから。恐らくは人間である私の仲間として認識したからだろう。

純粋な人型ではなく、歪《いびつ》な姿をしているのは彼が、戦争のために兵器として改造されたがゆえだろう。だから、火力もパワーも通常のレイバーとは桁が違う。墓守としてこれほど信用できる衛兵はいないだろう。しかし、一つだけ、この墓守には弱みもあることもはっきりした。それは、墓守が墓標を決して傷つけることができないということだ。

どうして、あの大振りの槍《やり》で攻撃してこない。そもそも、あのとんでもない威力のブラスターを何故《なぜ》、この場所で使わないのか。そもそもあの兵器はどこに置いてきたのか。たとえ、あったところで、それはたぶん、使えないのだろう。使えば、動かぬレイバーの亡骸《なきがら》たちを巻き込んでしまう可能性があるから。これを逆手《さかて》に取らぬ手はない。

草原に何体かのレイバーの亡骸《なきがら》が散在する。この近くにいる限りは墓守も下手に攻撃を仕掛けてくることはない。私は次の目標に向かって走った。ケンタウロスの四足が地面を蹴った。しかし、墓標の間の距離が短い分、捕まる危険は低い。そこからは鬼ごっこだ。墓守は私のことを捕まえようとするが、下半身の馬の脚と比べて上半身の動きは緩慢だ。

ただ、逃げるだけでは永久にこのままだ。だから、私は逆襲の好機を探る。そして、ようやく見つけた。距離はかなりあった。私の足では途中で捕まってしまう可能性もあった。

私は躊躇《ちゅうちょ》した。間に合うのか。いや、間に合わせるのだ。

「リミッター解除！」

脳裏に色んなことが浮かんだ。まるで、死ぬ時に見るという走馬灯《そうまとう》の先行上映会みたいに。

古ぼけた映像の奥でお父さんが言った。

『希望という種を育ててほしい』

初めての出会いで、薄汚れたレイバーが、私に言った。

『私は自分の死に場所を探しているのです』。

市民連合に地の果てまで追いやられた《紅き蠍《スコーピオン》》の者たちが私に言った。

『いつか奴《やつ》らに復讐《ふくしゅう》してやる。もう一度、戦争を起こしてやる』

希望って何だろう。未来って何だろう。だって、この星は死に向かって歩いているのだ。私が生きている間ではないけれど、遠くはない将来にこの星は再び、人が暮らすことができなくなる。恐らくは、目の前のレイバーはこう言うだろう。希望などない。あるとすれば、それは安寧《あんねい》の眠りだけだと。確かに、レイバーたちの犠牲によって築かれたはずの今という時代は悲惨なものかもしれない。でも。私の走馬灯《そうまとう》はさらに時間を遡った。

一人の幼い少年が私の前に、下手くそな手書きの手紙を渡す。宛先は《オリンポスの郵便ポスト》。そして、少年が私に言う。「お母さんに手紙、届けて」と。

いいじゃない。夢も希望もなくて。過去ばっかり見て生きていたって。辛い過去も、大切な人を失った心の傷も。人が再び前を向けるようになるには、きっと時間がいっぱい掛かるのだ。

どれだけ回り道したっていいじゃない。最後の最後に、どんな命の終わり方をしたって。本当に大切なものを失うくらいなら。全てを終えるその日まで、私は後ろ向きのまま生きてやる。

「エリスさん！」

クロの声が聞こえる。その瞬間、私はスタートダッシュを決めた。全ての機能を解放された人工筋肉が躍動する。それでも、やはり、身体が重い。生身の左足の方が、ギアの高速回転についていけていない。よろめきかけた身体を意志の力だけで持ち堪《こた》えさせた。

背後から四足のレイバーが迫る。私は手を伸ばす。だが、まだ数メートル足りない。黄色い花に包まれて、遠距離射撃用のブラスターが無造作に放り捨てられていた。

そして、私がヘマをする時というのはやっぱり、いつもこんな、最悪なタイミングなのだ。全身にはまだ痺《しび》れが残っていた。それなのに無茶に筋肉を動かしたせいで、体中に耐え切れないほどの負荷がかかっていた。両膝から一瞬で力が抜け落ちた。気付いたら私は地面とキスしていた。

致命的だった。上から墓守が伸《の》し掛かる。抜け出せる体勢ではない。大槍《やり》の刃がこちらに向けられた。

「カダック！　エリスさんを離してください！」

颯爽《さっそう》と現れた騎士《ナイト》が墓守に摑《つか》みかかる。しかし、大人と子供ほどの体格差に加えて、クロの腕は片側にしかない。楽々と振りほどかれる。それでも、懲りずに食い下がる。

サッカーボールくらいもある拳が顔面に食い込む。遮光ゴーグルが砕けて頭部の形が不格好に歪《ゆが》む。クロは片腕で墓守の胸部を突いたが、鉄壁の装甲に容易《たやす》く弾《はじ》かれる。一度の攻撃でダメージを与えられないのなら手数を増やすだけ。ひたすらジャブを打ち重ねる。

「エリスさんをこんなところで死なせるわけにはいきません！」

再び、墓守の一撃が脳天を砕いた。さらに左のストレートが脇腹を撃ち抜く。それでも二度、三度と立ち上がる。それは執念でしかない。彼が一方的に痛めつけられる姿に、私は自らの考えの浅さを嫌悪《けんお》した。私が余計なことをしなければ。クロがこんなに傷つくこともなかった。

「大丈夫です。レイバーに痛みは存在しません」

この期《ご》に及んで、クロはまだ私のことを気遣うように言うのだ。何を言っているんだ、彼は。大丈夫なわけがない。痛くないはずがない。

最後に墓守が両手で大槍《やり》を担《かつ》ぎ上《あ》げて振り回す。穂の先に光るのは超振動ブレード。戦車の装甲さえ紙切れの如《ごと》く切り裂くと言われる代物だ。白刃《はくじん》が空に鋭い軌跡を描いたその刹那。クロの胴体が上下真っ二つに泣き別れた。

腰から上が真っ白な花の絨毯《じゅうたん》の上に叩《たた》き落《お》とされた。支えるべき物を失った両脚は為《な》す術《すべ》もなく、その場に立《た》ち竦《すく》んでいた。

しかし、そのわずかな一瞬が私に時間を与えてくれた。伸ばした右手がブラスターを摑《つか》んだ。安全装置のロックを外すと、冷却ファンがひとりでに動き出した。両手を使っても担《かつ》ぎ上《あ》げられる重量ではない。中座になり、右膝の上にその巨大な砲身を載せて支えた。

スコープを覗《のぞ》き込《こ》むが、正直、こんなものもいらないだろう。狙う的との距離は二メートル。砲身をわずかに傾け、狙いを定める。だが、至近距離でこのまま撃てば、逆にこちらもただでは済まないだろう。レイバーのために開発された重火力兵器。生身の人間が使えば、半身が吹き飛ばされるだろう。だが、幸い、その私の身体の半分は人間のものではない。

トリガーを弾く瞬間に躊躇《ため》らいの時間が生まれた。自分にしか聞こえないくらいの小さな声で私は呟《つぶや》く。お別れと謝罪、そして鎮魂の言葉。

「今まで、お疲れさま」

視界が爆発した。巨大な炎が敵を呑《の》み込《こ》み、そして、私までも襲おうとする。逃げてはいけない。立ち続けなければ、背中から灼熱《しゃくねつ》に呑《の》み込《こ》まれる。空気が沸騰し、空間が焼け爛《ただ》れる。熱線を吐き出したばかりのブラスターの砲身はなおも数百度の高熱を発し続ける。支える腕も脚も溶け落ちそうになる。

立ち上る黒煙が晴れる。私の目の前には煤《すす》焼けた巨大な黒炭が立っていた。私は武器を地面に下ろす。

だが、その時。焼け爛《ただ》れた二本の腕が私の首を絞めた。この程度で終わってなどいない。気付いた時には遅い。すでに死んだはずのレイバーから感じる、恐ろしいまでの生への執着。首を絞めつける手がゆっくりと力を込める。骨をへし折られるまでそう時間はかからないだろう。

私は全ての反撃の手段を失っていた。

しかし、殺意は不意に停止する。一本のブレードが敵の背中から胴体を貫いていた。ドロドロとした粘着性の液体が人工的に造られた無機質な心臓から止《と》めどなく流れ落ちる。

敵の心臓を貫いたブレード。それはクロの右腕から伸びていた。以前に私が彼に譲ったスペアの義手だ。だから、仕込み刀をこっそり潜ませている仕様も、私の片腕と一緒だ。

「もういいのですよ……カダック。もう……」

雌雄を決した敵に向けたクロの言葉には憐《あわ》れみと優しさが滲《にじ》んでいた。

『ジョン……クロ・メール……』

ひょっとして、最期《さいご》に正気を取り戻したのか。そんなことが本当にあるのか。今にも掻《か》き消《け》されそうなほど儚《はかな》い声で墓守がクロの名前を呼んで応えたのを私は聞いた。

「前にあなたは言っていましたよね。私たちは死んだらどうなるのだろうって。大丈夫ですよ。あなたは立派に天国の門番の仕事を果たしてくれました。今なら神様だってきっと天国に入れてくれますよ。ありがとうございます。今まで、私たちの安息の地を守ってくれて。どうか、これからは貴方《あなた》も安らかに眠ってください」

――そうか。もう、俺の仕事も、やっとこれで終わりなんだな。

そんな声が聞こえたような気がする。私を束縛した腕も力を失って崩れ落ちた。

最期《さいご》に少しだけ笑って、墓守は息を引き取った。

「……クロ。この人と知り合いだったんだよね……」

「ええ。昔の戦友です。気のいい奴《やつ》でした。いつも戦争の不条理に泣いて、それでいて、いつも仲間のために自分から貧乏くじを引くような」

真っ青な草の絨毯《じゅうたん》の上に横たえた古い友人にクロは地面を這《は》って近づき、その亡骸《なきがら》の上にそっと小さな白詰草の花を添えた。

ジャックの時と同じ。その死に際した表情は穏やかで平和そのものだった。最後の最後に、仲間と言葉を交わすことができた。たったそれだけだが、彼にはそれで十分だった。

「クロ。ごめん。私のせいで……」

私は半身を失ったクロを見た。しかし、クロは首を振って「大丈夫です」と否定した。

大丈夫、というが、大丈夫なわけがない。身体は腰から下が無くなり、ボコボコに殴られた顔も頭もみんな、原型を留《とど》めていない。

「前よりももっと男前になったと思います」

「何だか、前も男前だったみたいな言い方ね」

そう言うと、クロは可笑《おか》しそうに笑った。私もつられて、泣きながら笑った。

私は彼に伝えたいことがあった。でも、いざとなると、何も口に出てこない。だから、今は笑うことしかできない。これなら、自分も手紙を用意しておけばよかったと後悔する。

「あの……エリスさん。郵便ポストまで連れていってくれませんか。私、もうこんな格好になってしまって、自分で歩くこともできませんので」

「……うん」

私は背中にクロを負んぶした。下半身を失ったとはいえ、ほとんど鋼鉄の塊のような身体だ。その重量はかなりのもの。ぼろぼろの脚で支えるのがやっと。でも、弱音なんて言わない。そう言えば、クロとこんなに近づいて、肌……というのか分からないが、身体を密着させるのは初めてかも。いやいや、《夜の迷宮》から私を抱いて運んでくれたのはクロだ。でも、あの時は私、気絶していたし。なら、やっぱり私にとってはこれが初めてかな。

「エリスさん。また、声に出ていますよ」

「え！　ほ、本当！」

いくら何でも、今、頭の中で考えていたことが無意識に口から垂れ流されたのであれば、これほど恥ずかしいことはない。今から穴を掘って入るべきだろうか。

「ふふふ。嘘《うそ》ですよ」

「あ、あのね……」

顔を真っ赤にして慌てたところで、少しほっとした。しかし、クロってこんな意地悪な冗談を言う人だったっけ。

「たまにはですね、許してください。私、結構、意地悪な性格なんですよ」

今のは、本当に口に出ていたみたいだ。くわばらくわばら。

「しかし、こうして負んぶされて歩いていると、私、赤ちゃんみたいですよね」

「こんな大きくて重い赤ちゃんなんていないわよ。意地悪なことも言うし。私としては、老人介護しているような気分なんだけど」

「ははは。厳しいですね。ひょっとして、先ほどの仕返しですか」

「かもね」

それから、二人でずっと一面の花畑を歩く。まるで、地球のピクニックみたいに。

「ああ、綺麗《きれい》な花。地上にもこんな場所があればいいのに」

「……あの、エリスさん。私、眠くなってきました」

「あのねぇ、クロったら相変わらず、空気読めないんだから」

「はは、エリスさん。手厳しいです」

「ううん。いいよ。ずっと大変だったからね。少しくらい休んだっていいよ」

「そうですか。何だかんだ言って、エリスさんは優しいから私も好きですよ」

「は……す、好きって」。私は慌ててクロのことを落としそうになる。

「ええ、私は好きですよ、エリスさんのこと。とても素晴らしい相棒だったと思います。きっと、将来は素敵なお嫁さんになると思いますよ」

「はは……そういうことね。まったく、クロが変なこと言うから慌てちゃったじゃない」

「あの…エリスさん」

「うん？　何？」

「今までありがとうございました」

「うん。こちらこそ」

しばらく行くと、真っ白いコンクリートの壁に囲われた建造物が見えた。あれが観測所に違いない。さらに進むと、斜面が続いていた。坂を下り、花の道はまだまだ続いていた。ここで、私は切り出すことにした。

「あのね……クロ。手紙、読んだよ。えっと……その。何て言うのかな、私も同じことを考えていたって言うか、その……。私もクロに出会えてよかったって思っているよ。あ、でも、初対面でガラクタって言ったのはごめんね。ひょっとして、傷ついた？」

風が吹いた。真っ白い花びらが空に舞った。

「えっとね、ぶっちゃけるとね、私も最初、クロと二人きりになって、どうすればいいのか分からなくて。すごく困ったんだ。暗いって言うか……いやいや、今のなし。別に悪口じゃないんだよ。ただ、寡黙《かもく》で何を考えているのか分からないなーって。それに、初対面でいきなり、『自分の死に場所を探しています』とか言われたら、少しひくでしょ。ああ、ごめん、ごめん。そういうつもりじゃないの。ただ、私も他人との距離の取り方とか上手《うま》い方じゃないから。でもね、何日目の夜だったかな。ちょっと、クロとお話ができて、私、ちょっと嬉《うれ》しかったな。クロの話って結構面白いし。あ、身の上話を面白いとか言ったら不謹慎かな。まあ、思っていたより、話したがり屋の人なんだなぁって思うと、すごく親近感が湧《わ》いたんだ。それに、一応、ちょっとだけ頼りにもなるかな。だから、へへ。結構、楽しい旅だったよ。また、一緒にクロと旅がしたいな。ずっとずっと、旅がしたいな。あ、お礼、言わなくちゃね。クロが私をお父さんやお母さんに引き合わせてくれたんだから。たぶん、私、クロがいなかったら、もう二度と前を向くことなんてできなかったと思う」

随分と長い距離を歩き続けたと思う。そして、ようやく、私は見つけた。

花々に囲われてぽつんと佇《たたず》む古ぼけた郵便ポストを。今はもうほとんど見かけない丸筒の形をした真っ赤なポスト。ようやくたどり着いたこの旅の終着点。感慨がないわけではないが、思っていたよりは普通の郵便ポストだった。別に隣に天国の階段があるわけでもないし、お話に出てくるようなドラゴンが守っているわけでもないし。ああ、おっかない墓守はいたけど。普通だ。こんなもののために、八千キロも旅をしてきたのかと思うと、少し滑稽《こっけい》だった。

「最後に言わせて。クロ。独りきりで死のうだなんて思わないで。死ぬのは怖いよ。でも、もっと怖いのは独りきりになることだと思うの。ううん、ごめん。もっと、私のエゴ、丸出しの言い方をしていいかな。もう私を置いていかないでほしいの。私、お父さんの死に目にも、お母さんの死に目にも会えなかった。ううん、それどころか、いつどこで亡《な》くなったのかさえ分からない。もう、人から置いて行かれるのは嫌なんだ」

クロは自分の死に場所を探していると言った。そして自分の寿命が近いことを知っていた。

死は必ず、いつかは誰にでも等しく訪れる。

「……クロ？」

返事はない。

「……疲れたから眠っているのかな」

私は郵便ポストの足元に、クロを下ろした。もう一度、私は彼のことを揺する。けれども、あの寝ぼけたような表情を再び私に向けることはなかった。

「クロ、クロ。着いたよ。ほら、起きて」

何度も揺すって、彼の名前を呼ぶ。しかし、何の反応もなかった。あの緑色をした目の光も消えていた。

「クロ、クロってば」

本当は途中から少し分かっていた。でも、やっぱり、認めたくなかった。あの鉄骨みたいに太い腕が力なく地面の上に崩れ落ちる。

「……本当に馬鹿。一人きりにしないでって言ったばかりなのに」

オリンポスに慟哭《どうこく》がやまびこのように反響した。装甲もボロボロに剥がれたクロの身体を私の涙がびしょびしょに濡《ぬ》らした。動かなくなった彼の亡骸《なきがら》にしがみついて、何度も嗚咽《おえつ》した。

やがて、夕闇が大地の底から這《は》い上がる。揺らぐ草花の隙間から虫たちがささやかに歌う声を聞いた。

それからはずっと頭が空っぽになった。どうしようもない虚脱感に抗《あらが》えず、私は郵便ポストの横に座り込む。それから長い時間、私はただ空を見上げて呆《ほう》けた。

私の気持ちなんか関係なく、空は夜の闇に支配され、一面に瞬《まばた》く星の光が宝石箱のように煌《きら》めいた。ちょうど八十年前に、膝に黒猫のクロを抱いて見上げた空に似ていた。今度はもう、星が空から落ちてくることなんかないと思うけど。

風の冷たい静かな夜はいつだって、私の中の孤独感を煽《あお》りたてる。世界でたった独り取り残される疎外感が私の胸を苦しめる。そんな時、いつも私はどうしているんだっけ。

気付いたら、鼻歌を口遊《くちずさ》んでいた。クロが好きで、わざわざ地球から持ち込んでずっと大事に持ち続けたあの歌姫の曲だ。カセットデッキはローバースクーターもろとも、砂漠の中に埋もれてしまったが、テープはきちんと取り出して、今も郵便鞄《かばん》の中で大切に保管してある。

デッキはないので、頭の中でメロディーを再生させ、透き通る歌姫の声に私の声を重ね合わせる。運命が二人を分かつ。いつか、再び会える時を信じて――。

前を向いて歩こう。

下手くそですね、と隣で誰かさんの声で言われた気がする。

いいじゃない、こんな場所にいるのは私たち二人だけなんだから。ここはステージじゃない。だから、楽しんだもの勝ち。でしょ？

そういえば、この曲。このデュオがリリースした最後の曲だってクロが言っていた。この曲をスタジオで収録した日。この歌姫の身体はすでに不治の病に侵されていたのだと、クロが寂し気に蘊蓄《うんちく》を披露していたことを思い出した。

運命に分かたれても、信じて前を向こう——。

彼女はどんな気持ちで、誰に向けてこの歌を最後に捧《ささ》げたのかな。

空に瞬く月が昇る。私は彼の荷物にもう一通、手紙が入っていることに気付いた。宛先には

セイラという名前が記されていた。クロが二百年前、地球に置いてきた家族の名前だ。

「何だ、やっぱり書いているじゃない」

でも、封もされず、一瞥《いちべつ》したところ、途中まで書いて終わっていた。きっと、薄れる記憶の

中で何も書けなかったのかもしれない。私はしばらく考えた。そして自分で切手を貼りつけた。

「切手代はサービスだからね」

途中までても、手紙は手紙。偽らざる彼の気持ちを代弁したものだ。だからきっと、届くは

ず。私は郵便鞄《かばん》の中に詰め込まれた数十通の手紙とともに、ポストの差込口に投函《とうかん》した。きっ

と、後で集配に来た天国の郵便配達員《ポストマン》が見たら、あまりの手紙の多さに驚くかもしれない。

オリンポスの郵便ポストとは人々の願望が生み出した都市伝説に過ぎないのかもしれない。

それでも手紙に託された想《おも》いだけは本物だと私は信じている。

だから、私は届ける。これからも届け続けたいと思っている。

「頑張ってください」

風に紛れてクロの声が聞こえたような気がする。

「さてと」。私は立ち上がる。そして、最後にクロの亡骸《なきがら》と向かい合う。

死にかけた赤い大地――。でも、本当はこの星はまだ生きている。教えてあげなきゃ、みんなに。惑星改造の夢はまだ終わっていないって。だから、私は生きて帰る。

そして、いつの日か、この目の前の花畑のような光景が戻ったら。もう一度、この星を旅するんだ。

だから、その時は――。

「またいつか、一緒に旅をしようね」

郵便ポストに寄り添って、クロが笑ったような気がした。

私は軽くなった郵便鞄《かばん》を携えて、再び前へと歩き出した。

......for many letters.

オリンポスの郵便ポスト
Fin

あとがき

とても印象的で陽気なおじさんに会いました。もうかれこれ八年ほど前のことです。

駅前アーケードの外れに小さな貸しギャラリーがありました。そこで開かれていた個展を訪れた時のことです。お客さんは僕一人だけ。細長く伸びた狭い画廊《がろう》に、額縁に飾られた不思議な色合いの版画や油絵の作品がいくつも並んでいました。その奥に顎鬚《あごひげ》をたくわえたダンディなおじさんが立っていました。目が合って、僕はぺこりと挨拶《あいさつ》しました。

「どうも。私、こう見えても、余命一カ月の病人なんでね」

おじさんの最初の自己紹介はこんな感じでした。とても病人とは思えぬ明るい調子で、そんな重いことをいきなり言われても僕は正直、どう言葉を返せばいいか分かりませんでした。

おじさんは本当に末期の咽頭《いんとう》がんでした。一カ月前に医者から宣告を受けたそうです。だから、正確には余命十一カ月。失礼かもしれませんが、特に有名な芸術家ではありません。サラリーマンをやりながらこつこつと四十年間、小さな画廊で小さな個展を開いてきたような人です。まだ六十歳。医者から示された選択肢は二つ。のどの摘出手術か、抗がん剤による治療か。

でも、そのどちらもおじさんは拒否しました。手術を受ければ、喋《しゃべ》れなくなるし、抗がん剤を使えば身体を自由に動かせなくなるからだと。当然、絵筆も満足に握れなくなる。でも、おじさんには自分の命よりも大事にしたい情熱があったのです。

「芸術を取ったら、自分の人生には意味なんかなくなる。息をすることとさ、生きることって違うんだよ」

おじさんの言葉は格好良かった。当時、仕事でもあまりうまくいっていなかった僕はその言葉に少しだけ励まされました。今思えば、おじさんだってきっと怖かった筈《はず》です。でも、やっぱり、この世に何かを残していきたい、生きた痕跡を残しておきたいという気持ちがあったんだと思います。その想いがおじさんを突き動かして支えていたんだと思えてなりません。

おじさんは気前良く、僕の前でプレス機を使って版画の実演もしてくれました。真っ白い台紙の上に桜の花びらの模様が散り、そして和紙で貼った黄色い満月。それを小さな額に入れて僕にプレゼントしてくれました。

それからはおじさんとは会っていません。後で聞いたところでは、おじさんが亡くなったのはそれから二年後の春先。この小さな画廊で再び個展を開いていた期間中だったそうです。

今になって振り返れば、おじさんとの出会いが僕にとって、この「オリンポスの郵便ポスト」という作品の原点になったのだと思います。

時間はかかりましたが、僕もようやく自分の作品と呼べるものをこの世に生み出すことができました。それもこれも、電撃小説大賞の選考委員、編集部の方々、イラストを描いてくださったいぬまちさんのおかげです。感謝を述べさせていただきます。そして、拙作《せっさく》を手にし、最後までお付き合いしてくれた読者の皆様にも。ありがとうございます。

## ◉藻野多摩夫著作リスト

「オリンポスの郵便ポスト」（電撃文庫）

**本書に対するご意見、ご感想をお寄せください。**

電撃文庫公式ホームページ 読者アンケートフォーム
http://dengekibunko.jp/
※メニューの「読者アンケート」よりお進みください。

ファンレターあて先
〒102-8584　東京都千代田区富士見1-8-19
アスキー・メディアワークス電撃文庫編集部
「藻野多摩夫先生」係
「いぬまち先生」係

**初出**

本書は第23回電撃小説大賞で《選考委員奨励賞》を受賞した『オリンポスの郵便ポスト』に加筆・修正したものです。

電撃文庫

# オリンポスの郵便《ゆうびん》ポスト

## 藻野多摩夫《ものたまお》

発　行　　2017年3月10日　初版発行

発行者　　塚田正晃
発行所　　株式会社KADOKAWA
〒102-8177　東京都千代田区富士見2-13-3
プロデュース　　アスキー・メディアワークス
〒102-8584　東京都千代田区富士見1-8-19
03-5216-8399（編集）
03-3238-1854（営業）
装丁者　　荻窪裕司 (META＋MANIERA)
印刷・製本　　旭印刷株式会社


ISBN978-4-04-892663-8　C0193　Printed in Japan

電撃文庫　http://dengekibunko.jp/
株式会社 KADOKAWA　http://www.kadokawa.co.jp/

# 電撃文庫創刊に際して

文庫は、我が国にとどまらず、世界の書籍の流れのなかで〝小さな巨人〟としての地位を築いてきた。古今東西の名著を、廉価で手に入りやすい形で提供してきたからこそ、人は文庫を自分の師として、また青春の想い出として、語りついできたのである。

その源を、文化的にはドイツのレクラム文庫に求めるにせよ、規模の上でイギリスのペンギンブックスに求めるにせよ、いま文庫は知識人の層の多様化に従って、ますますその意義を大きくしていると言ってよい。

文庫出版の意味するものは、激動の現代のみならず将来にわたって、大きくなることはあっても、小さくなることはないだろう。

「電撃文庫」は、そのように多様化した対象に応え、歴史に耐えうる作品を収録するのはもちろん、新しい世紀を迎えるにあたって、既成の枠をこえる新鮮で強烈なアイ・オープナーたりたい。

その特異さ故に、この存在は、かつて文庫がはじめて出版世界に登場したときと、同じ戸惑いを読書人に与えるかもしれない。

しかし、〈Changing Times,Changing Publishing〉時代は変わって、出版も変わる。時を重ねるなかで、精神の糧として、心の一隅を占めるものとして、次なる文化の担い手の若者たちに確かな評価を得られると信じて、ここに「電撃文庫」を出版する。

**1993年6月10日**
**角川歴彦**

ゼロから始める
魔法の書
虎走かける
Illustration しずまよしのり
第20回電撃小説大賞《大賞》受賞作!
“魔術”から“魔法”への大転換期を駆け抜ける、
世間知らずの魔女と獣の傭兵のグリモアファンタジー!
電撃文庫

はたらく魔王さま!
ハイスクールN!
和ケ原聡司
イラスト■三嶋くろね キャラクターデザイン■029
Satoshi Wagahara
Illustration ■ Kurone Mishima
Character design ■ Oniku
魔王と勇者が高校生になっちゃった!?
勇者に敗れ東京は笹塚に逃げ延び、高校生活を満喫していた魔王。だがある日事故に巻き込まれ、元勇者の恵美に正体がバレてしまう。品行方正な高校生活を送る魔王を怪しんだ恵美は、女子高生の制服をまとい、学園へと潜入するのだが――!?
電撃文庫